AF010879

y Hendyrau

Y NENDYRAU

SERAN DOLMA

Y Nendyrau
Seran Dolma

© Seran Dolma
© Gwasg y Bwthyn, 2023

ISBN : 978-1-913996-70-3

Cedwir pob hawl.
Ni chaniateir atgynhyrchu unrhyw ran o'r cyhoeddiad hwn
na'i gadw mewn system adferadwy, na'i drosglwyddo
mewn unrhyw ddull, na thrwy unrhyw gyfrwng, electronig,
electrostatig, tâp magnetig, mecanyddol, ffotogopïo, recordio,
nac fel arall, heb ganiatâd ymlaen llaw gan y cyhoeddwyr.

Dymuna'r cyhoeddwyr gydnabod cymorth ariannol
Cyngor Llyfrau Cymru

Darluniau : Seran Dolma
Dylunio mewnol a'r clawr : Almon

Cyhoeddwyd gan
Gwasg y Bwthyn, 36 Y Maes, Caernarfon, Gwynedd LL55 2NN
post@gwasgybwthyn.cymru
www.gwasgybwthyn.cymru
01558 821275

I Elis ac Idris

Hoffwn ddiolch i fy mam, Siân, am bopeth. Hefyd i fy chwaer, Melangell, ac i 'nheulu estynedig, dwi'n lwcus iawn ohonoch chi. Diolch i Rhys ac Elis ac Idris, fy nheulu annwyl. Diolch i Enid a Hywel am eu help a'u cefnogaeth dros y blynyddoedd. Diolch i'r athrawon ddaru fy ysbrydoli i sgwennu pan oeddwn i'n ifanc, ac sydd wedi holi dros y blynyddoedd 'Wyt ti'n dal i sgwennu?' – Eldryd Gruffudd, Elfyn Vaughan Jones

DIOLCHIADAU

a Christine Evans yn benodol. Diolch i Angharad Price a thiwtoriaid yr Adran Gymraeg ym Mhrifysgol Bangor; wnes i ddim gorffen yr MA, ond mi roedd yn ysbrydoliaeth cael cymryd rhan am gyfnod. Diolch hefyd i Carolyn Tudur, ddaru fy mhrocio i ar y foment iawn i fynd i babell Llenyddiaeth Cymru yn 'Steddfod. Diolch i Gynllun Mentora Llenyddiaeth Cymru a gefnogir gan Y Loteri Genedlaethol trwy Gyngor Celfyddydau Cymru, a diolch i Lleucu Roberts am ei chefnogaeth fel mentor. Diolch i Llwyd Owen am bwyntio allan y dylai nofel graffeg gael lluniau, ac ychwanegu dwy flynedd at y gwaith! Diolch i Huw Aaron am ei gyngor am greu comics. Diolch i Gyfeillion Cyngor Llyfrau Cymru am ddyfarnu'r penodau agoriadol yn fuddugol yn eu cystadleuaeth Nofel i

Bobl Ifanc yn 2020. Diolch i fy nghydweithwyr, Sian Elen a Rachel Hunt, ac i fy holl ffrindiau annwyl, fe wyddoch chi pwy ydach chi. Diolch i Lindsey Colebourne am sgwrs a ysbrydolodd 'stori Miko',

DIOLCHIADAU

ac i Joanna Macy am y syniad o 'gyngor yr holl fodau'. Diolch i griw Utopias Bach am y croeso a'r gofod creadigol yn ystod y pandemig, ac am fy ngyrru i gyfeiriadau newydd. Diolch i Meinir Pierce Jones a Marred Glynn Jones yng Ngwasg y Bwthyn am eu hamynedd a'u cefnogaeth wrth ddod â'r llyfr drwy'r wasg. A diolch i Bedwyr ab Iestyn am gysodi'r llyfr mor effeithiol, ac yn arbennig am gynllunio'r clawr perffaith.

Diolch i'r ddaear, diolch i'r dyfroedd, diolch i'r awyr. Diolch i'r coed a'r planhigion, diolch i'r anifeiliaid a'r adar, y pysgod a'r trychfilod. Heb fyd, nid oes pobl.

1

Pan ti'n edrych allan o ffenest gegin ein fflat ni, ti'n gweld dim byd ond awyr. O fy ystafell i, sy'n wynebu'r ffordd groes, ti'n gweld y tŵr arall, yn adlewyrchu ein tŵr ni, yn ôl ac ymlaen yn ddiddiwedd. Mae'n siŵr eu bod nhw'n edrych yn drawiadol o bell, y ddau dŵr yng nghanol y môr, a dim byd arall o gwmpas am filltiroedd. Dydw i erioed wedi gweld, achos dydw i ddim wedi bod allan ers i weddill y ddinas ddiflannu o dan y môr.

Pan roddais gipolwg allan o ffenest fy ystafell wely'r bore hwnnw, fe welais i wyneb yn edrych yn ôl arnaf fi o'r ochr arall. Trodd fy stumog drosodd y tu mewn i mi. Doedd 'na neb yn y tŵr arall; roedd o'n wag, roedden ni'n gwybod hynny. Roedd Dad wedi bod yno droeon efo rhai o'r oedolion eraill. Roedden nhw'n dod yn ôl bob tro yn rhyfeddu nad oedd neb wedi cartrefu yno.

Roeddwn i'n meddwl i ddechrau mai adlewyrchiad fy ngwyneb i fy hun oedd o, ac edrychais eto, ond nid fi oedd yno. Merch oedd hi, efo gwallt hir, tywyll. Cododd ei llaw arnaf fi, a syllais yn ôl ar draws y bwlch. Fuodd hi ddim yno'n hir. Trodd i edrych dros ei hysgwydd, fel petai hi'n clywed rhywun yn galw, ac yna diflannodd o'r golwg. Dywedais wrth Dad am y peth amser brecwast.

'Dwi 'di cael hynna weithia,' medda fo, 'cael fy nychryn gan fy adlewyrchiad fy hun yn y gwydr, a meddwl bod 'na rywun yno.'

Roeddwn i ar fin dadlau, dweud na, roedd 'na rywun arall, dim adlewyrchiad oedd hi... Ond am ryw reswm wnes i ddim. Weithiau mae rhywun eisiau cadw pethau iddo'i hun, dim ond er mwyn y pleser o wybod rhywbeth dydi neb arall yn ei wybod.

Ar ôl brecwast es i fyny i'r to i edrych am y Brodyr Llwydion.

Dydyn nhw ddim yn siarad llawer, ond maen nhw'n groesawgar, bob amser yn gwenu. Dwi wedi mynd i'r arfer o fynd i eistedd efo nhw am eu sesiwn myfyrio bob bore (yr ail sesiwn iddyn nhw, maen nhw'n codi am bump ac yn myfyrio am ddwy awr cyn brecwast). Weithiau rydw i'n ceisio dilyn fy anadl a rhyddhau fy meddwl fel mae'r Brawd Phap Dien wedi dysgu i mi, ond dro arall, fe fydda i'n eistedd yno'n synfyfyrio ac yn breuddwydio. Y diwrnod hwnnw, cynllunio'r oeddwn i, am sut i gysylltu efo'r ferch yn y tŵr gyferbyn. Yn yr hen ddyddiau fe fyddwn i wedi gallu ei ffeindio hi ar y we mewn dim, ond mae hynna i gyd wedi mynd rŵan. Allwn i fynd drosodd rywsut? Nofio? Siglo ar raff, fel Spiderman? Hedfan? Gadewais i'm dychymyg grwydro.

Doeddwn i'n gwybod dim am y ferch. Roeddwn i'n cael y teimlad nad oedd hi yno ar ei phen ei hun, ond sut fath o bobl oedd yno gyda hi fedrwn i ddim dyfalu. Gallai hi fod wedi cael ei herwgipio gan gang a'i dal yn wystl. Efallai fod angen ei hachub hi. Dychmygais fy hun yn siglo ar raff, yn ei chipio a'i chario trwy'r awyr, a hithau'n gafael yn dynn rownd fy ngwddf i, ei gwallt yn cosi f'ysgwyddau...

Ar y llaw arall, gallai hi fod yn aelod o gang ei hunan. Efallai mai gang o blant oedden nhw, wedi meddiannu'r tŵr, ac yn gwneud eu rheolau eu hunain – aros ar eu traed trwy'r nos, chwarae gemau cyfrifiadur, byth yn gorfod bwyta llysiau na golchi eu dannedd. Efallai y dylwn i ymuno hefo nhw, yn lle aros yn fan hyn yn gwylio fy mywyd yn llithro heibio'n araf bach.

Penderfynais yn y pen draw y byddai'n well i fi geisio cyfathrebu gyda'r ferch a darganfod mwy amdani hi, yn hytrach na mynd drosodd i'r tŵr arall ar unwaith. Treuliais ychydig o amser yn meddwl sut i wneud hynny, ond yna daeth y sesiwn myfyrio i ben, ac roedd hi'n amser i mi fynd i helpu Melissa i drwsio'r pwmp sy'n rhedeg y system awyru.

Mae cymaint o ffenestri yn y tŵr nes bod y lle fel tŷ gwydr ar ddiwrnod heulog, ac mae'r system awyru'n eithaf hanfodol i'n cadw ni rhag pobi. Rhwng hynny a bod ar shifft coginio trwy'r prynhawn, a Dad eisiau sgwrs am donnau electromagnetig ar ôl swper (mae o'n gweld ei hun yn dipyn o athro ffiseg), chefais i ddim llawer o amser i weithio allan sut i ddanfon neges i'r tŵr gyferbyn.

Roedd hi yno eto'r bore wedyn, yn edrych yn syth ataf fi, yr un amser, yr un olwg chwilfrydig ar ei hwyneb. Cododd ei llaw, a gwenu. Codais innau fy llaw yn ôl. Chwythodd hi ar y ffenest i wneud niwl, a dechreuodd sgwennu rhywbeth. Roedd y llythyren gyntaf yno, ond roedd yr ychydig ager ar y ffenest wedi mynd erbyn iddi gyrraedd yr ail lythyren. Pwyntiodd ati ei hun. Roedd hi'n trio dweud wrthyf fi beth oedd ei henw. Codais fy mawd arni, i ddangos fy mod i am fod yn ffrindiau. Meddyliais y gallwn i sgwennu neges a'i dangos iddi trwy'r gwydr; os oedd y sgwennu'n ddigon mawr, fasa hi'n medru ei ddarllen o'r pellter yna. Codais fy mys, yn arwydd iddi aros, ac es i chwilio am y bwrdd gwyn o swyddfa Dad, ond erbyn i mi ddod yn ôl, roedd hi wedi mynd.

Y bore ar ôl hynny, roeddwn i'n barod efo'r bwrdd gwyn a'r marciwr i sgwennu arno fo, o flaen y ffenest, ond doedd hi ddim yno. Arhosais wrth y ffenest am hanner awr, yn gobeithio y byddai hi'n ymddangos, ond ddaeth hi ddim. Ysgrifennais ar y bwrdd gwyn:

'Daniel ydw i', ond ddaru hi ddim dod i'w ddarllen o.

Prynodd Dad ein fflat ni gan ddyn busnes, dwi'n meddwl ei fod o'n rhywbeth i'w wneud efo ffilmiau. Cynhyrchydd, efallai, neu gyfarwyddwr, dwi ddim yn siŵr. Roedd y dyn yn amlwg wedi talu miliynau am y lle; mae o'n fflat anferth, yn cymryd llawr cyfan iddo'i hun yn chwarter ucha'r tŵr (llawr 107). Mae ganddo garpedi gwyn, trwchus, system hi-fi efo speakers ym mhob stafell, sgrin deledu anferthol, lloriau marmor yn yr ystafelloedd molchi, a bath mawr dyfn sy'n medru chwythu swigod aer fel jacuzzi. Mae'r cypyrddau dillad yr un maint â'n stafell wely fi yn yr hen dŷ.

Mae o'n llawer mwy o le nag ydan ni angen, Dad a fi, ond yn ein fflat ni mae pawb yn coginio ac yn bwyta ar nosweithiau cymdeithasol, ac yn fan hyn mae'r cyfarfodydd yn digwydd, felly mae'r lle'n cael ei ddefnyddio dipyn. Roedd y dyn, y cynhyrchydd ffilmiau, wedi penderfynu gadael ar frys. Roedd pawb call yn gadael, achos fod lefel y môr yn codi'n llawer cyflymach nag oedd neb wedi'i ragweld, a hanner y ddinas dan ddŵr. Roedd y sgwâr rhwng y ddau dŵr wedi boddi bryd hynny'n barod, a'r cyntedd ar y llawr gwaelod yn profi llifogydd gyda pob llanw uchel. Roedd hi'n amlwg y byddai'r môr yn dal a dal i godi.

Felly dyna ni, fedri di ddim byw mewn skyscraper gyda'r lloriau gwaelod dan ddŵr, neu dyna roedd y rhan fwyaf o bobl yn ei feddwl. Pawb, deud y gwir, ond am Dad, a'r 'chydig bobl od roedd o wedi eu hel ar gyfer ei 'brosiect'.

Fe gafodd Dad y fflat am ffracsiwn bach o'i werth, ond roedd y dyn yn lwcus o allu'i werthu fo o gwbl. Roedd llawer o bobl wedi gadael eu fflatiau moethus yn wag, heb hyd yn oed drio'u gwerthu nhw. Nid bod hyd yn oed hynny o bres gafodd o wedi gwneud llawer o les iddo fo yn y diwedd, mae'n debyg. Dydi pres ddim yn golygu lot erbyn hyn. Petrol, bwyd, sebon, dillad; pethau felly sy'n cyfrif bellach.

Roedd Dad yn nabod y cynhyrchydd ffilmiau, a dipyn o bobl eraill yn y tŵr, am ei fod o wedi bod yn gwneud gwaith ar y tyrbin gwynt mawr sy'n eistedd yng nghanol yr adeilad. Roedd 'na ffasiwn ers talwm o roi tyrbeini gwynt yn rhan o'r adeiladau mawr 'ma, i wneud iddyn nhw edrych yn 'wyrdd' – sef, gwneud iddi edrych fatha'u bod nhw'n cynhyrchu eu hynni adnewyddol eu hunain. Ond ychydig iawn o drydan ddaru'r tyrbin yma ei gynhyrchu pan oedd o'n newydd, achos wrth droi, mi roedd o'n ysgwyd ac yn gwneud sŵn, a doedd y bobl yn y fflatiau moethus islaw ac uwchben ddim yn hoffi hynny. Felly fe gafodd y tyrbin ei ddatgysylltu, ac roedd y tŵr yn defnyddio trydan o'r grid fatha pob adeilad arall. Twp. Roedd pobl yn wirioneddol dwp ers talwm. Dyna pam ydan ni yn y twll yma rŵan.

Beth bynnag am hynny, roedd Dad yn meddwl y basa'r tyrbin yn dal i fedru gweithio, a gan fod y rhan fwyaf o'r trigolion wedi gadael, fyddai ddim angen hanner cymaint o bŵer. Credai hefyd y basai'r tŵr yn dal i sefyll efo'r lloriau gwaelod dan ddŵr. Byddai symud i mewn i loriau uchaf adeilad tal fel hwn gystal os nad gwell cynllun na ffoi mewn cwch efo pawb arall i chwilio am ddarn o dir sych.

Roedd y cychod yn ofnadwy. Cychod bach tila, wedi eu gorlwytho efo pobl oedd bron ag anobeithio, yn cael eu gyrru gan smyglwyr oedd yn poeni am ddim byd ond pres. (Hynna eto! Tybed beth wnaethon nhw efo'u miloedd, ar ôl i'r banciau i gyd chwalu a'r siopau gau? Twp, twp, twp.) Roedd eu hanner nhw'n suddo. Fe foddodd miloedd yr haf hwnnw pan oedd pawb yn gadael.

Ond roedd gan Dad weledigaeth. Dyn felly ydi Dad. Mae o'n credu nid yn unig mewn goroesi, ond mewn byw, a byw yn dda. 'Mae byd arall yn bosibl', dyna mae o'n ei ddweud o hyd. Doedd o ddim yn ddigon i ni symud i mewn i'r tŵr ar ein pennau'n hunain – fe fydden ni'n llwgu, yn unig ac yn ynysig, yn ddiamddiffyn rhag gangiau. Roedd Dad eisiau creu cymdeithas newydd, felly dyma fo'n mynd ati i recriwtio pobl. Ei ffrindiau o oedd llawer ohonyn nhw – pobl roedd o wedi bod i'r coleg efo nhw, wedi gweithio efo nhw dros y blynyddoedd ar brosiectau adeiladu a phrosiectau ynni adnewyddol. Ond roedd 'na bethau penodol roedd o'n chwilio amdanyn nhw hefyd. Roedd o eisiau: pobl oedd yn gallu tyfu bwyd; pysgotwyr; rhywun oedd yn deall cychod; peiriannydd; pensaer; pobl fyddai'n deall yr adeilad ei hun, ac yn gallu helpu i'w addasu ar gyfer ei ddefnydd newydd. Roedd angen arbenigwr puro dŵr a charthffosiaeth, plymar, saer maen, doctor…

Tua diwedd y paratoi, penderfynodd fod angen rhywun oedd yn gallu defnyddio arfau ac amddiffyn yr adeilad hefyd. Doedd o ddim wir eisiau gwarchod y lle gyda gynnau, ond roedd pethau'n mynd yn fwy a mwy peryglus, a gangiau'n crwydro'r wlad yn dwyn odd' ar ei gilydd a gan bobl gyffredin, ac wrth gwrs, doedd dim heddlu'n bodoli bellach. Doedd o ddim yn hapus iawn am orfod gwahodd Mikey a'i griw i fyw ar y lloriau gwaelod, ond o leiaf rydan ni'n gwybod ein bod ni'n saff rhag unrhyw un a hoffai ymosod i ddwyn ein hadnoddau. I wneud iawn am y gynnau, gwahoddodd lond llaw o artistiaid, beirdd a cherddorion i fyw yma. Nhw, a'r Brodyr Llwydion. Ac ar y cyfan, does dim ond angen i Mikey a'i ddynion fynd allan o amgylch y tŵr yn y cwch modur yn fflachio'u gynnau bob hyn a hyn ac mae'r gangiau'n cadw draw.

Felly, dyma ni. Mae o yn gweithio'n reit dda. Mae gynnon ni drydan, a dŵr, a bwyd a chartref saff. Ond mae o'n ddiflas.

Does 'na ddim ysgol, ond rydw i i fod i dreulio amser efo pobl wrth iddyn nhw fynd o amgylch eu gwaith, i gael dysgu am y gwahanol bethau sy'n gorfod digwydd yma. Mae Dad eisiau i fi ddewis cyn bo hir beth i arbenigo ynddo fo, fel bod gen i sgiliau ar gyfer y dyfodol. Wn i ddim yn union beth mae o'n olygu wrth sôn am y dyfodol. Does gen i ddim awydd aros yn y tŵr 'ma am weddill fy oes, ond does 'na ddim lot ar ôl o weddill yr ynysoedd, medden nhw. Efallai, ymhell i ffwrdd yng ngwledydd y gogledd, ei bod hi'n wahanol. Dydyn ni ddim yn cael newyddion o weddill y byd, felly fe fyddai'n rhaid mynd i weld.

Dwi'n breuddwydio weithiau am arwain taith i'r gogledd mewn llong hwylio dri mast fel sydd yn y llyfr llongau yn y llyfrgell. Fi fydd y capten, a bydd gen i griw o longwyr, ac fe gawn ni frwydro efo môr-ladron a gangiau, a gweld morfilod, a darganfod tiroedd newydd, a chyrraedd Cymru i ddarganfod beth ddigwyddodd i bobl yn fanno. Dwi'n dychmygu eu bod yn byw mewn pebyll fel yr yurts yn yr hen lyfrau, ac yn hela ceirw, ac yn adrodd chwedlau o amgylch y tân gyda'r nos, ond pwy a ŵyr. Efallai fod 'na ryfel wedi bod, a phawb wedi marw. Mi fasa hi'n dda gwybod, beth bynnag.

Feddyliodd Dad am bron iawn bob dim pan oedd o'n cynllunio'i gymdeithas newydd yn y tŵr. Ond ddaru o ddim meddwl am ffrindiau i mi. Mae 'na ddau blentyn arall yn byw yma, ond maen nhw'n blant bach. Efeilliaid pedair oed. Digon ciwt, ond fedri di ddim cael sgwrs gall efo nhw, heb sôn am chwarae Grand Theft Auto. Mae Melissa, y plymar, yn disgwyl babi, ac mae ei bol yn dechrau mynd yn fawr, felly dwi wedi bod yn ei helpu hi efo'r jobs sy'n golygu plygu lawr a ffitio i mewn i lefydd bach tyn o dan sincs ac ati. Mae Dad yn meddwl bod lot o bobl yn mynd i ddechrau cael babis, rŵan ein bod ni wedi sortio pob dim, ac yn eithaf cyffyrddus a saff. Wel mae hynny'n iawn, ond mae'n dal yn wir fod 'na lwyth o oedolion, wedyn bwlch mawr efo neb ond fi, wedyn plant bach a babis.

Yn ffodus, dwi'n un da am ddifyrru fy hun. Dwi'n hoffi darllen, a sgwennu. Mae Dad yn meddwl ei bod hi'n bwysig i mi gael addysg, i ddal i ddysgu'r pethau faswn i wedi'u dysgu yn yr ysgol. Dwi yn trio, ond weithiau dwi'n diflasu, ac yn darllen hen gomics, neu yn ddiweddar dwi wedi dechrau fy nghomic fy hun: Aqualung. Mae'n cymryd amser hir i wneud yr holl luniau, ond dwi wedi bod yn copïo lluniau o gomics a llyfrau ers blynyddoedd, felly mae'r steil yn edrych yn reit dda. Dwi'n hoffi gwneud y cefndiroedd, a'r môr-forynion â'u bronnau noeth yn nofio o gwmpas o dan y dŵr.

Mae Aqualung yn byw yn y ddinas suddedig wrth ein traed ni. Dyn ydi o, ond mae o'n medru anadlu o dan y dŵr, ac mae ganddo draed gweog. Aqualung oedd y cymeriad cyntaf wnes i ei ddarlunio, rhyw fath o archarwr tanddwr, sydd wedi cael y gwaith o amddiffyn y dywysoges Niloufar a'i mwclis hud ar daith beryglus i wahanol fydoedd. Mae o'n lot o hwyl, er bod y stori'n mynd dros ben llestri braidd. Ond peth felly ydi comic.

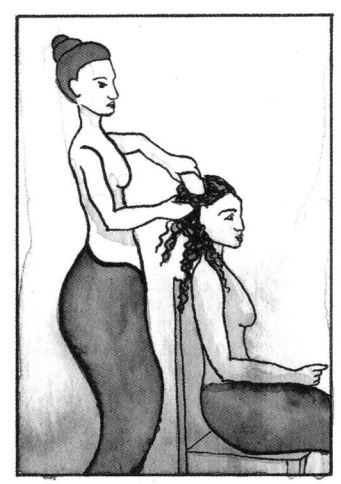

3

Yn fy stafell wely oeddwn i pan ddaeth y neges gyntaf. Roeddwn i'n eistedd wrth fy nesg, yn 'astudio'. Roedd Aqualung newydd orchfygu'r lladron pen-ffordd, pan glywais sŵn 'tap tap' ysgafn ar y ffenest.

Edrychais i fyny, a gweld rhywbeth du yn hofran y tu allan i'r ffenest. Roedd 'na sŵn hymian ysgafn, ac o edrych yn iawn, gwelais mai peiriant oedd yno. Hofrenydd bach, bach, efo pedwar llafn yn troelli, yn symud i fyny ac i lawr jyst y tu allan i'r ffenest, fel petai'n trio cael fy sylw. Syllais arno, gan geisio meddwl ble oeddwn i wedi gweld peth tebyg o'r blaen, beth oedd o, a beth oedd hyn yn ei olygu. Tra oeddwn i'n edrych, bagiodd ychydig, ac yna hedfan ymlaen eto gan daro'r ffenest uwch fy mhen, fel petai'n gofyn am gael dod i mewn. Daeth gair i fy meddwl: drôn. Drôn bach yn cael ei reoli o bell.

Edrychais ar unwaith draw at y tŵr arall, ac yno, yn ddigon siŵr, roedd y ferch a'r gwallt tywyll, yn codi llaw arnaf, a rhywbeth yn ei llaw arall – rheolwr y drôn! Sefais ar y gadair, ac agor y ffenest (dim ond rhan uchaf y ffenestri sy'n agor, gan ein bod ni mor uchel i fyny yn y tŵr). Hedodd y drôn i mewn i'r ystafell ar chwa o wynt cynnes, a glanio ar fy nesg, ei lafnau yn arafu a'r injan yn canu grwndi. Roedd darn o bapur wedi ei glymu wrth gorff yr hofrenydd gyda band lastig melyn, fel mae merched yn eu defnyddio i glymu eu gwalltiau. Tynnais y band lastig ac agor y papur, oedd wedi ei blygu drosodd sawl gwaith. Dyma beth oedd arno:

Helô, fy enw i yw Rani, beth yw dy enw di? Sut mae pethau yn eich tŵr chi? Dim mor dda yma.

Edrychais i fyny o'r papur, ar y ferch. Roedd hi'n syllu arna i, ac yn tapio'i throed fel mae Sonic y draenog yn ei wneud pan ti'n cymryd rhy hir i symud. Trois y papur drosodd a sgriblo nodyn ar yr ochr arall:

Hia Rani, Daniel ydw i. Mi ydan ni'n iawn yn y tŵr yma. Mae gynnon ni drydan a dŵr, bwyd, system awyru, yr holl bethau hanfodol, ond mae hi'n reit ddiflas yma. Be sy'n digwydd yn lle chi? Pwy sydd yno hefo chdi? Ers pryd ydach chi yno? Sut nad ydw i wedi eich gweld chi cyn rŵan?

Plygais y papur yn ôl yn becyn bach sgwâr a'i glymu i'r drôn, a chodi hwnnw at y ffenest. Edrychais draw i wneud yn siŵr bod Rani'n gwylio cyn gollwng fy ngafael. Disgynnodd yr hofrenydd bach fetr neu ddau cyn iddi bwyso'r botwm i ddeffro'r llafnau, ond achubodd ei hun a hedfan drosodd yn ddigon smart at y tŵr gyferbyn ac i mewn i'r ffenest agored uwch pen Rani. Gwyliais o bell wrth iddi dynnu'r nodyn oddi ar yr hofrenydd a'i ddarllen yn frysiog. Wedi iddi orffen, trodd at y ffenest gyda gwên fawr, gan ddal un bys i fyny i ddweud wrthyf fi am aros. Roedd hi'n anodd gweld beth oedd hi'n ei wneud wedyn, gan fod yr haul wedi dod allan o'r tu ôl i gwmwl, ac roedd yr adlewyrchiad ar y gwydr yn fy nallu. Ar ôl ychydig gwelais ei bod hi'n paratoi i yrru'r hofrenydd bach drosodd unwaith eto.

Dyma oedd yn y nodyn nesaf:

Falch iawn o dy gyfarfod di, Daniel.
Fe egluraf bopeth, ond does dim amser yn awr.
Disgwylia yn yr un lle ar yr un adeg yfory,

mi yrraf neges hirach. Mae Mam yn galw, ac mae'n rhaid i mi fynd.

Rani

PS Cofia yrru'r hofrenydd yn ôl.

Sgriblais ar gefn y nodyn:

Edrych ymlaen at fory, Dan

Yna rhois y drôn allan drwy'r ffenest a'i wylio'n hedfan adref fel gwenynen yn dychwelyd i'w chwch. Diflannodd Rani o'r golwg y funud ar ôl iddi dderbyn y drôn a chau'r ffenest, a welais i ddim golwg ohoni am weddill y dydd. Roedd hi'n anodd canolbwyntio ar ôl hynny, a fedrwn i ddim mynd yn ôl at anturiaethau Aqualung, er fy mod wedi edrych ymlaen at ddarlunio palas y duw Poseidon.

Bellach allwn i feddwl am ddim byd ond Rani, a beth fyddai yn ei neges y diwrnod wedyn. Tybed a oedd hi mewn trafferth? A oedd hi angen help? Tybed ble cafodd hi'r drôn? Efallai ei bod wedi dod o hyd iddo mewn fflat gwag. Dwi wedi hawlio digon o bethau o'r fflatiau gwag yn ein tŵr ni. DVDs a gemau cyfrifiadur, dillad, wats neis iawn, sy'n weindio'i hun wrth i mi symud, ambell lyfr. Mae Dad yn chwerthin ar fy mhen i am y wats a'r dillad, ond dwi'n hoffi edrych yn cŵl, hyd yn oed os does 'na neb o bwys i 'ngweld i.

Tybed oedd gan Rani ddillad neis? Fedrwn i ddim gweld yn iawn beth oedd hi'n ei wisgo, ond edrychai fel rhyw fath o wisg draddodiadol Asiaidd, efo sgarff hir yn hongian i lawr ei chefn. Tybed o ble'r oedd hi'n dod? Roedd y cwestiynau yn berwi yn fy mhen, ond doedd dim diben ceisio'u hateb nhw, roedd rhaid disgwyl tan y diwrnod wedyn. Penderfynais fynd allan ar ben y to i helpu'r Brodyr Llwydion yn yr ardd.

Camais allan o'r lifft ar ben y to. Mae 'na bwll nofio sy'n cymryd tua chwarter y lle ar ben y to (rydan ni'n defnyddio hwn i storio dŵr glaw, nid i nofio ynddo), ac mae'r gweddill yn ardd gyda gwlâu uchel yn llawn tomatos, pwmpenni, ffa, letys, betys, moron... pob math o lysiau. Roedd y Brawd Phap Dien ar ei bengliniau'n trawsblannu egin bach bregus i wely o bridd llaith, tywyll.

'Gaf i helpu?' gofynnais. Edrychodd Phap Dien i fyny'n araf o'i waith, a chanolbwyntio'i holl sylw arnaf.

'Daniel!' meddai, fel petawn i'n hen ffrind colledig na welsai ers blynyddoedd, er y bûm i yno'n barod unwaith y bore hwnnw. 'Wrth gwrs, mae'n wych cael dy help. Cymer yr egin seleri yma. Cei di weithio o'r ochr arall i'r gwely, a bydd y rhesi yn cyfarfod yn y canol.'

Es ati, gan benlinio gyferbyn â'r Brawd yr ochr arall i'r gwely. Roeddwn i'n eithaf mwynhau garddio, ac yn dod i helpu allan ar y to yn aml. Er mai tawel iawn ydi'r Brodyr gan amlaf, mae 'na rywbeth rydw i'n ei fwynhau am eu cwmni. Does 'na ddim pwysau, dim straen, mae popeth yn digwydd yn hamddenol yn ei amser ei hun. Mae o hefyd yr unig gyfle gaiff rhywun i fynd allan a theimlo'r gwynt ar ei groen. Weithiau fe fyddaf yn mynd â barcut i'w hedfan oddi ar y dec wrth ochr y pwll nofio. Mae hi'n medru bod yn o wyntog yno, ond roedd heddiw'n dawel.

'Rydw i wedi bod yn meddwl llawer y bore 'ma,' meddai Phap Dien, yn annisgwyl.

'Do?' holais i. 'Meddwl am beth?'

'A. Nid cynnwys y meddyliau sy'n bwysig, ond sylwi ar y gofod lle mae'r meddyliau'n ymddangos,' meddai Phap Dien.

Wyddwn i ddim yn iawn sut i ymateb i hynny, felly es ymlaen gyda'r gwaith trawsblannu, gan wneud twll gyda blaen fy mys i bob egin bach, a gollwng y gwreiddyn i mewn cyn gwasgu'r pridd yn ôl i'w le.

'Ac eto…' meddai Phap Dien, 'mae'n bwysig cofio am yr hen bethau. Fuost ti i'r deml yn y ddinas cyn iddi suddo?'

'Naddo,' atebais innau.

'Y mynachdy oedd yr adeilad hynaf yn y ddinas. Sefydlwyd e gan y meistr Sheng Yen yn y nawfed ganrif. Lle llonydd, fel calon garedig yng nghanol cynnwrf a sŵn y ddinas. Adeilad sgwâr, efo cwrt yn y canol. Yn y cwrt roedd hen goeden gonwydd â boncyff cnotiog, a chreigiau a ddewiswyd gan y trydydd abad, Liễu Quán. Dywedai rhai fod y creigiau yn cynrychioli'r bydysawd a'r nefoedd. Byddai'r mynachod yn cribinio'r gro oedd o amgylch y creigiau bob bore i edrych fel tonnau yn torri ar ynysoedd yn y môr. Y tu ôl i'r mynachdy roedd gardd lysiau lle'r oeddem yn tyfu bwyd ar gyfer y gegin. Roedden ni'n agor y drysau bob amser cinio i gardotwyr a phlant amddifad ddod i gael bwyd. Roedd yn hen drefn oedd wedi para ers gymaint o ganrifoedd, roeddwn i'n arfer meddwl y byddai'n para am byth.

'Pan godododd y môr, fe ddinistriwyd y gerddi llysiau gan ddŵr hallt dros nos. Roedd hi'n noson leuad lawn, a'r llanw'n uchel, ac roeddet ti'n medru gweld y planhigion yn cael eu sugno i lawr yn ddistaw o dan y dŵr. Dim storm, dim tonnau mawr, jyst dŵr yn llifo'n araf bach dros y tir.

'Roedd y mynachdy ei hun wedi ei godi ar blatfform pren, felly fe gymerodd dipyn hirach i'r môr gyrraedd y llawr gwaelod, ond erbyn i dy dad ddod i ymweld â ni, roedd y matiau ar lawr y neuadd fyfyrio o dan ddŵr, a'r halen yn troi traed y cerflun mawr o'r Bwda'n ddu. Roedd llawer o'r mynachod wedi gadael, wedi mynd gyda'r cychod i weld a fyddai hi'n bosibl ailddechrau yn rhywle newydd. Dim ond pedwar ohonon ni oedd ar ôl, a doedd gynnon ni ddim bwriad symud – i ble fasan ni'n mynd? Y deml oedd ein byd, a phan mae'r byd yn dod i ben, does dim dewis ond ildio.

'Ond nid felly ein karma. Roedden ni'n eistedd at ein canol mewn dŵr, yn y neuadd fyfyrio, yn wynebu'r Bwda aur, fel pob diwrnod arall, pan gerddodd dy dad i mewn, gan greu tonnau bychain a ymledai'r holl ffordd ar draws yr ystafell at yr allor. Ddywedodd o ddim byd, dim ond rhoi ei ddwylo at ei gilydd a moesymgrymu, ond roeddwn i'n gwybod fod ganddo neges bwysig, felly codais, a'i arwain o i fyny'r grisiau i'r ystafell sgroliau.

'Dywedodd ei fod yn ceisio creu cymdeithas newydd mewn tŵr ar gyrion y ddinas, a bod angen rhywrai i greu gardd, i dyfu llysiau i'r trigolion. Roedd o'n ein gwahodd ni i symud i'r tŵr, a pharhau gyda'n harferion traddodiadol yn y lle newydd. Derbyniais ar unwaith, ar yr amod ein bod yn cael dod â'r Bwda aur a'r sgroliau gyda ni. Cytunodd dy dad, gan ddweud y byddai'n anrhydedd cynnig gwarchodle i bethau sanctaidd y traddodiad.'

Edrychodd Phap Dien i fyny o'i waith.

'Ydach chi'n colli'r hen deml?' gofynnais.

'Ydw, wrth gwrs. Fel colli hen ffrind. Ond colled yw ein hanes; colli ein hieuenctid, colli ein hiechyd, ein rhieni, ein cartref, ein bywyd yn y pen draw. Does dim diben ceisio cydio yn y pethau hyn, mae'n rhan o drefn natur fod pethau'n dod i ben. Trwy ollwng dy afael ar bethau mae rhyddhau dy feddwl.' Gwenodd, ac roedd ei wên yn mynegi llawenydd digymysg.

'Ydach chi'n falch eich bod wedi dod yma?' gofynnais.

'Ydw. Mae dyfodol y llinach yn fwy saff yma na phetaen ni wedi suddo o dan y dŵr gyda'r deml,' atebodd Phap Dien gyda golwg ar ei wyneb na fedraf ond ei ddisgrifio fel direidi.

Pan ddatglymais y llythyr oddi ar y drôn y bore wedyn, roedd wyth tudalen ynghlwm, a phob un yn drwch o ysgrifen fân, daclus mewn beiro du ar bapur ac arno linellau cul glas:

Annwyl Daniel,
Yn ein tŵr ni mae fy nwy chwaer, Amina, sy'n ugain oed, a Nazima sy'n wyth. Fi sydd yn y canol, dwi'n bymtheg oed. Rani ydi fy enw i, fel rwyt ti'n gwybod. Mae 'na ddau o blant eraill, Rex a Marshall — maen nhw'n ddwy a chwech oed. Dydyn nhw ddim yn frodyr i ni, ond maen nhw'n rhan o'r teulu erbyn hyn. Yr unig oedolyn sydd yma (ar wahân i Amina, sy ddim yn cyfrif, achos mae hi'n chwaer i fi) ydi ein mam ni. Suhaila yw ei henw hi.

Mae ein tad ni yn y tŵr hefyd, ond mae o wedi marw ers blwyddyn. Ddaru ni ei adael o ar y pumed llawr pan symudon ni i fyny. Roedd Dad yn sâl iawn pan ddaethon ni i fyw yma, felly er ein bod ni'n gwybod fod pawb yn gadael y tŵr, doedden ni ddim yn medru'i symud o, a doedden ni ddim yn medru ei adael o chwaith. Dydw i ddim yn hoffi meddwl am yr amser yna. Roedd Mam yn aros wrth ochr Dad trwy'r amser, ac roedd hi'n anodd cael gair allan ohoni hi. Doedd hi ddim yn gallu meddwl am y dyfodol nac am beth ddylen ni ei wneud. Dwi'n cofio Amina'n trio cael sgwrs efo hi, yn dweud os nad ydan ni'n gadael cyn bo hir, mi fydd hi'n rhy hwyr, ac mi fyddwn ni'n SOWND yma, a Mam yn dweud: 'Mae dy dad yn sâl, rhaid i ni edrych ar ei ôl o.'

Dyna'r unig beth fyddai hi'n ei ddweud o un diwrnod i'r llall.

Felly aeth Amina ati i baratoi am y gwaethaf. Roedd hi'n gweithio fel nyrs yn yr ysbyty, ac wedi bod yn cynilo'i chyflog, felly roedd ganddi ychydig o arian. Fe brynodd stof fach, a llwythi o boteli nwy — y rhai bach roedd pobl yn arfer eu defnyddio mewn carafannau — a channoedd ar gannoedd o duniau bwyd, a phacedi o reis, pasta, bisgedi, a ffacbys. Roedd y tŵr bron yn wag erbyn hynny, pawb yn gadael ar gychod bach a mawr. Roedd Amina wedi gwneud ffrindiau efo cwpl oedd yn byw ar y degfed llawr, a'r diwrnod roedden nhw'n gadael, roddon nhw oriad eu fflat iddi, oherwydd roedden nhw'n gwybod nad oedden nhw ddim yn dod yn ôl. Felly fe lanwodd Amina'r fflat ar y degfed llawr efo'i nwyddau argyfwng — bwyd a thanwydd, gan mwyaf, ond pethau eraill hefyd — moddion a rhwymau, dillad, plancedi, tŵls, batris, tortshys, dŵr potel — pob math o bethau. Mae Amina'n ddynes ymarferol.

Felly ar ôl i fy nhad farw, fe lapion ni fo mewn cynfas wen, a rhoi cannwyll wrth ei draed, a sicrhau bod ei ben yn cyfeirio tuag at Mecca. Adroddon ni'r Salat al-Janazah, wedyn cau drws yr ystafell a'i adael fel'na, a mynd i fyw ar y degfed llawr. Doedd y lifft ddim yn gweithio, wrth gwrs, felly roedd rhaid i ni gerdded i fyny'r grisiau gyda hynny o bethau roedden ni'n medru eu cario, oherwydd doedden ni ddim eisiau gorfod mynd yn ôl i lawr. Doedd neb arall yn y tŵr erbyn hynny, ac roedd o'n deimlad rhyfedd — yr holl ddrysau wedi eu cau ar yr holl fflatiau lle'r oedd gymaint o fywyd wedi bod, ond y cwbl yn wag rŵan. Tybed beth oedd ar ôl y tu ôl iddyn nhw?

Dim ond am ddau fis roedden ni wedi bod yn byw yn y fflat ar y degfed llawr pan sylweddolon ni fod y dŵr yn mynd i redeg allan. Roedd Amina wedi dod â hanner cant o boteli mawr o ddŵr mineral, ac roedd hi'n gwybod nad oedd hynny'n hanner digon, felly roedd hi wedi cael distyllwr solar i buro dŵr y môr. Ond roedd mynd at lefel y môr yn golygu mynd i lawr y grisiau, i'n hen fflat ni, a doedd neb eisiau gwneud hynny. Doedd Mam ddim yn fodlon i ddechrau, ond ddaru Amina'i pherswadio hi yn y diwedd mai'r unig ffordd o gael dŵr i'w yfed oedd torri i mewn i fflatiau eraill a chwilio am fwy o boteli. Roedd hyn cyn i ni lwyddo i agor y drws sy'n arwain allan at y to. Roedden ni'n meddwl ar y pryd fod y drws hwnnw yn amhosibl i'w agor, ond fe lwyddon ni yn y pen draw, a rŵan rydan ni'n hel dŵr glaw mewn dysglau a bwcedi, ac yn ei gadw ar gyfer dyddiau sych.

Roedd y drysau ar y fflatiau i gyd yn rhai pren solet, efo cloeau cryfion, a doedd dim gobaith y bydden ni'n pedair yn gallu torri un ohonyn nhw i lawr, heb sôn am dorri dwsinau i chwilio'r holl fflatiau. Roedd y cloeau yn agor o'r tu mewn yn hawdd heb oriad, felly dyfeisiodd Amina ffordd o ddefnyddio dril llaw i wneud twll yn y drws oedd yn ddigon mawr i law fach Nazima allu gwthio trwodd ac agor y clo o'r tu mewn. A dyna beth wnaethon ni.

Mynd i fyny, lawr ar ôl llawr, ddydd ar ôl dydd, yn torri i mewn i fflatiau eraill, ac yn helpu ein hunain i'r cynnwys. Roedd o'n teimlo'n ddrwg ar y cychwyn, fel lladrata. Ond ar ôl dipyn, mae rhywun yn dod i arfer efo unrhyw beth, ac fe ffeindion ni bob math o bethau defnyddiol, a llawer o bethau oedd ddim yn ddefnyddiol o gwbl, ond yn ein difyrru ac yn tynnu ein meddyliau oddi ar y sefyllfa am ychydig. Llawer o lyfrau; dillad crand, minlliw a farnis ewinedd; llond drôr o sgarffiau sidan o bob lliw; teganau o bob math; piano, ffliwt, acordion. Wrth gwrs, roedd 'na bob math o offer trydanol oedd yn hollol ddiwerth i ni, ond daethon ni o hyd i lawer o fatris hefyd, felly rydan ni'n medru gwrando ar gerddoriaeth ar beiriant CDs, sydd yn ysgafnu tipyn ar y diflastod gyda'r nos. Ac roedd 'na boteli o ddŵr yma ac acw mewn cypyrddau cegin. Digon i'n cadw ni i fynd am y tro. Fe fuon ni wrthi am ddyddiau, wedi dod i arfer yn hollol efo'r gwaith o ysbeilio fflatiau, tan un diwrnod mi ddechreuon ni ar ddrws ar y pymthegfed llawr, a chlywed rhywbeth y tu mewn. Y tair ohonon ni oedd yno — roedd Mam wedi aros yn ein fflat ni, fel y gwnâi bob dydd. Edrychais i ar Amina, a hithau arna i.

'Beth oedd hwnna?' gofynnodd, a'i llygaid yn fawr gan ofn.

'Wn i ddim,' medda finnau, yn dal fy anadl, ac yn gwrando.

'Llygoden?' mentrodd Nazima. A'r eiliad wedyn dyna fo eto. Sŵn crio oedd o. Plentyn bach yn crio.

'Allah a'n gwarchod ni,' meddai Amina, a dechrau drilio'n wyllt i orffen y twll yn y drws. Unwaith roedd y twll wedi ei orffen, siaradodd Amina i mewn iddo:

'Helô,' meddai. 'Amina ydw i, dwi eisiau'ch helpu chi. Dwi yma efo fy nwy chwaer, Rani a Nazima. Peidiwch â bod ofn, dydyn ni ddim eisiau'ch brifo chi.'

Wedyn rhoddodd Nazima'i llaw trwy'r twll ac agor y clo. Roedd y lle yn drewi, o arogl bwyd yn pydru a hen glytiau babi, ond doedd 'na neb i'w weld. Aethon ni i mewn yn ofalus ac yn ddistaw, a chwilio trwy'r fflat. Mae'r fflatiau i gyd yr un peth ar y lloriau canol, felly roedden ni'n gwybod ein ffordd o gwmpas yn iawn. Roedd y gegin mewn cyflwr ofnadwy, efo tuniau bwyd yn bob man, llestri budron, pryfed, briwsion, sbwriel; ond neb i'w weld. Roedd 'na domen anferth o glytiau budron yn y bath, mor ddrewllyd fel na allwn i ddim mynd i mewn i'r stafell ymolchi heb gyfogi.

Yn y llofft roedden nhw, yn cuddio o dan y gwely. Un bachgen bach pump oed, a babi oedd yn ddigon hen i gropian, ond heb ddysgu cerdded eto. Roedd y ddau ohonyn nhw'n fudr ac yn ofnus. Trwy orwedd ar y llawr a siarad yn dawel a charedig i mewn i'r bwlch o dan y gwely, fe lwyddais i'w darbwyllo nhw i ddod allan ymhen hir a hwyr.

'Rani ydw i,' meddwn i, 'a dyma fy chwiorydd. Rydan ni eisiau'ch helpu chi. Plis dewch allan i siarad efo ni.'

Yn araf, araf iawn, llithrodd y bachgen mwyaf allan o'i guddfan o dan y gwely, a'r babi'n cropian i'w ganlyn.

'Ble mae eich rhieni?' gofynnais i'r mwyaf.

'Wedi mynd,' meddai'r bachgen.

'Ydach chi ar eich pennau'ch hunain?' holais.

'Ia. Efo Rex,' meddai yntau, gan bwyntio at ei frawd bach.

'Wyt ti wedi bod yn edrych ar ôl Rex ar dy ben dy hun bach?'

'Do.'

'Rhaid bod hynna wedi bod yn anodd iawn.'

Nodiodd y bychan, ei wallt clymog yn disgyn i'w lygaid.

'Fasach chi'n hoffi dod i weld ein fflat ni? Ella fedrwn ni roi rhywbeth i chi'i fwyta a'ch golchi chi'ch dau?'

'Ti ydi'r mami?' gofynnodd y bychan, gan edrych i fyny ar Amina. Gwenodd hithau arno'n garedig,

'Na, mae ein mami ni adref yn ein fflat ni. Fasach chi'n hoffi ei chyfarfod hi?' meddai Amina.

Nodiodd y bachgen bach, a dagrau yn ei lygaid glas. Dwi'n meddwl mai dagrau o ryddhad oedden nhw.

Felly dyna sut ddiweddon ni'n mabwysiadu Rex a Marshall. Pwy a ŵyr beth ddigwyddodd i'w rhieni nhw. Efallai eu bod nhw wedi bwriadu dod yn ôl i'w nôl nhw, a bod rhywbeth wedi digwydd. Dwi ddim yn hoffi meddwl eu bod nhw wedi'u gadael nhw yn fwriadol. Dydi Rex ddim yn cofio dim am ei rieni, wrth gwrs, ac mae o'n blentyn hapus iawn, ond rhaid bod Marshall yn cofio rhywbeth. Wnaiff o ddim sôn dim byd, ond weithiau mae o'n cael breuddwydion, ac yn deffro'n crio yn y nos.

Mae gan Marshall dymer wyllt hefyd. Mi wylltiodd efo Amina unwaith am ei bod hi'n mynnu y dylai o gadw ei deganau oddi ar y bwrdd amser bwyd, a thaflodd ddysglaid o gawl poeth ati hi. Gafodd o eistedd allan yn y coridor am hynny, oedd yn gosb gas, oherwydd mae arno fo ofn bod ar ei ben ei hun. Wnaiff o ddim aros mewn ystafell ar ei ben ei hun hyd yn oed am funud, mae'n rhaid iddo fo gael rhywun gydag o bob amser.

Mae Amina'n gwneud ei gorau efo'r bechgyn, ond at Mam maen nhw'n glynu gan fwyaf. Amina sy'n gwneud y gwaith ymarferol i gyd, eu bwydo nhw a'u glanhau nhw, a gwneud yn siŵr eu bod nhw'n mynd i'r gwely ar amser rhesymol (oedd yn anodd iawn ar y cychwyn, gan eu bod nhw wedi arfer cysgu a deffro pryd bynnag oedden nhw eisiau). Ond pan maen nhw eisiau cysur a mwythau, at Mam maen nhw'n mynd.

Dydi hi ddim yn siarad llawer efo nhw. A dweud y gwir, ychydig iawn mae hi'n siarad o gwbl. Ond mae hi fel petai hi'n deall rhywbeth amdanyn nhw nad ydi'r lleill ohonon ni ddim, ac yn gallu rhoi'r cariad maen nhw ei angen iddyn nhw yn dawel bach, heb orfod gwneud dim mwy na'u codi nhw ar ei glin a mwytho'u gwalltiau nhw. Druan ohonyn nhw. Ond maen nhw'n fechgyn drwg hefyd. Fel mae bechgyn, am wn i.

Mae'n dda cael dweud popeth wrth rywun, ond nid er mwyn dweud hanes Rex a Marshall ydw i'n ysgrifennu. Gofynnaist pam nad wyt ti wedi gweld neb yn ein tŵr ni o'r blaen. Yr ateb ydi ein bod ni wedi bod yn cadw o'r golwg. Doedd hynny ddim yn anodd iawn, mae'r tŵr yn ddigon mawr i ni fod wedi gallu cadw i'r ochr sy'n wynebu'r ffordd groes i'ch tŵr chi.

Fe sylwon ni arnoch chi'n symud i mewn, ac roedd Mam ac Amina eisiau gwneud yn siŵr ein bod ni'n cadw allan o olwg eich gang chi, rhag ofn i chi ein herwgipio ni a dwyn ein bwyd a'n tanwydd. Ond rŵan mae'r bwyd yn rhedeg yn isel, a fyddwn ni ddim yn gallu aros yma'n llawer hirach heb lwgu, felly rydw i wedi penderfynu cysylltu gyda ti. Rydw i wedi bod yn sleifio i fyny i'r fflat yma sy'n edrych draw am dy ystafell wely bob hyn a hyn, pan gaf i amser i mi fy hun, a dwi'n dy weld di'n eistedd wrth dy ddesg. Ti'n edrych yn feddylgar, yn fachgen tawel. Ti'n llawer ieuengach na'r rhai eraill yn dy gang. Wn i ddim pam, ond dwi'n teimlo y gallaf fi ymddiried ynot ti. Felly dyma fi, ar ddiwedd wyth tudalen, yn cyfaddef mai gofyn am help ydw i. Does neb arall yn gwybod fy mod i wedi cysylltu gyda ti, ond dwi'n gwybod na allwn ni fynd ymlaen lawer hirach heb gael bwyd o rywle.

 Mae'n amlwg bod gennych chi fwyd. Byddaf yn breuddwydio weithiau am yr afalau oedd ar y goeden yn ein gardd ni ers talwm. Afalau bach cochion, gyda gwawr binc yn y cnawd, yn blasu mor ffres. Chefais i ddim byd ffres i'w fwyta ers amser mor hir, ond dwi'n cofio'r blas, a'r arogl, yn berffaith. Rydan ni wedi bod yn byw ar un pryd y diwrnod, ond bore ddoe fe orffennodd y nwy, felly allwn ni ddim coginio dim mwy. Os arhoswn ni'n fan hyn, rydan ni'n mynd i lwgu.

 Mae ar Mam ofn i chi ddod i wybod amdanon ni, ond dwi wedi gweld y gerddi ar do eich tŵr chi, a'r bobl sy'n gweithio yno. Dydyn nhw ddim yn bobl ddrwg, mi fedraf weld hynny. Maen nhw'n edrych fel mynaich. Ac eto, mae gyda chi ddynion mewn cwch modur gyda gynnau. Pwy ydach chi? Beth ydach chi'n ei wneud? Sut rai ydi'r bobl yn eich tŵr chi? Fasan nhw'n fodlon ein helpu ni? Oes gyda chi ddigon o fwyd i'w rannu?

Mewn gobaith,
Rani

O.N. Wrth ddarllen yn ôl dwi'n gweld nad ydw

i wedi ateb hanner dy gwestiynau. Mae'n ddrwg gen i! Bydd rhaid aros tan y tro nesaf, mae'r llythyr hwn yn rhy hir o lawer yn barod!

Pan edrychais i fyny, roedd Rani wedi eistedd i lawr a'i choesau wedi'u croesi, ac yn darllen llyfr. Gafaelais yn fy mhapur ac ysgrifennu'n frysiog.

Annwyl Rani,
Mi wna i siarad efo Dad. Fo ydi'r bòs yma, o ryw fath (fasa fo byth yn cyfaddef hynny, ond mae pawb yn gwrando arno fo). Wna i ddim gadael i chi lwgu. Dwi'n meddwl y dylech chi ddod yma i fyw. Mae 'na griw ohonon ni. Dydyn ni'n gwneud fawr ddim byd ond trio goroesi, ond rydan ni'n gwneud job go lew o hynny hyd yn hyn. Mae 'na ddŵr, a bwyd, a thrydan (mae'r llffts yn gweithio, hyd yn oed!). Mae'r dynion efo gynnau yn bennaf er mwyn sioe, rhag ofn bod rhywun yn meddwl ymosod (er, mae 'na fwledi ynddyn nhw, petai angen). Bydd yma'r un amser fory ac mi wna i adael i ti wybod beth ddywedith o. Paid â phoeni, mi wnawn ni eich helpu chi.
Daniel

Dangosais lythyr Rani i Dad ar unwaith.

'Wrth gwrs!' meddai ar ôl gorffen darllen. 'Mae'n gwneud synnwyr. Ddylwn i fod wedi sylweddoli bod 'na rywun yno. Roedd hi'n amlwg bod rhywun wedi bod yn torri cloeon ar y fflatiau, ac yn helpu eu hunain i bethau, ond fydden ni byth yn gweld neb yn mynd na dod. Roeddwn i'n cymryd eu bod nhw wedi bod yn sleifio i mewn ac allan yn y nos, ond wrth gwrs, maen nhw'n byw yno!'

'Rhaid i ni eu helpu nhw!' medda fi.

'Dwi'n cytuno,' meddai Dad. 'Ond rhaid i ni drafod y peth yn y pwyllgor yn gyntaf.'

Mae'r pwyllgor yn gyfarfod sy'n agored i bawb yn y tŵr i drafod pob dim ynglŷn â byw yn y tŵr, o'r system garthffosiaeth i grefydd. Mae'n digwydd unwaith yr wythnos ac mae'n medru bod yn hir ac yn ddiflas tu hwnt. Fel arfer rydw i'n ei osgoi, ond yn amlwg, roeddwn i am fynd i'r un yma, oedd yn digwydd bod y noson honno.

Dad oedd yn cadeirio, yn ôl yr arfer. Darllenodd yr agenda yn uchel:

'Un: Y trip i brynu reis. Dau: Pwmp yr awyrydd. Tri: Adroddiad gardd. Pedwar: Cyflwr y cychod. Pump: Cyflenwad disel. Chwech: Y cynnig i greu ffatri sebon ar y deuddegfed llawr. Saith: Yr ieir. Wyth: Unrhyw fater arall.' Edrychodd Dad i fyny. Daliais ei lygad. Roeddwn i'n barod i dorri ar draws petai angen, ond medda fo:

'Mae un mater arall wedi codi heddiw, yr ydw i'n teimlo y dylid ei drafod o flaen y materion hyn, os ydi pawb yn fodlon.' Edrychodd pawb yn ddisgwylgar arno.

'Daniel, hoffet ti egluro?' gofynnodd Dad. Dyma'r tro cyntaf i mi gael gwahoddiad ganddo i siarad yn y pwyllgor. Roedd yn gwneud i mi deimlo'n bwysig, ond yn nerfus.

'Ymm,' medda fi. 'Ie, wel. Mae 'na bobl yn y tŵr arall.' Aeth murmur trwy'r cyfarfod.

'Teulu ydyn nhw. Mam a phump o blant. Mae un ohonyn nhw'n ugain oed, un yn bymtheg, a'r lleill yn blant bach. Fe welais i'r ferch bymtheg oed, Rani, ddau ddiwrnod yn ôl am y tro cyntaf, ac ers hynny, mae hi wedi gyrru llythyr ata i gyda drôn. Mae eu bwyd nhw'n mynd yn brin, does ganddyn nhw ddim nwy ar ôl i goginio, ac maen nhw'n gofyn allwn ni eu helpu nhw.'

'Teulu? Sut bod ni heb weld nhw o'r blaen?'

'Sut fedri di fod yn siŵr ei bod hi'n dweud y gwir?'

'Trap ydi o.'

'Gang, yn defnyddio'r ferch 'ma i'n hudo ni yno.'

'Cynllwyn i ddwyn ein bwyd ni. I gymryd ein tŵr ni drosodd...'

Roedd pawb yn siarad ar unwaith.

'Petaech chi'n darllen y llythyr,' medda fi, 'mae o'n llawn manylion. Fasa neb yn mynd i'r fath drafferth...' Ond doedd neb yn gwrando

Cododd Dad ei law i gael tawelwch.

'Mae Daniel yn meddwl y dylen ni wahodd y teulu yma i fyw yn y tŵr gyda ni,' meddai.

'Dim ffiars o beryg.' Ken ddywedodd hynny. Adeiladwr ydi Ken. Mae o'n hollol ddi-ofn yn dringo o gwmpas y tu allan i'r tŵr ar raff, yn gwneud pa bynnag waith trwsio sydd ei angen, ond dydi o ddim yn berson hawdd gwneud ag o. Mae o'n amheus o bobl ddiarth, i'r graddau ei fod o'n baranoiaidd.

'Wrth gwrs y dylen ni!' meddai Melissa. Chware teg iddi.

'Rhaid i ni gael gwybod mwy amdanyn nhw,' meddai Lieu, y meddyg.

'Fedrwn ni ddim gwrthod pobl sydd mewn angen,' meddai rhywun o'r cefn, allwn i ddim gweld pwy.

'Dwi'n cytuno efo Dr Lieu,' meddai Dad. 'Os ydi hi'n wir mai plant ydi'r rhan fwyaf ohonyn nhw, a'u bod nhw angen ein help, wrth gwrs y dylen ni eu helpu nhw, ond fedri di ddim bod yn rhy ofalus. Fel mae Ken wedi sôn yn barod, mae'n bosib mai trap o ryw fath ydi o. Dwi'n awgrymu ein bod yn gyrru criw i'r tŵr gyferbyn i gael mwy o wybodaeth, gyda gard arfog, os fedri di sbario rhywun, Mikey.' Edrychodd Dad ar Mikey. Doedd o heb ddweud dim byd, dim ond eistedd yn y tu blaen a'i goesau ar led a golwg amheus ar ei wyneb caled.

'Dim problem,' meddai.

'Pwy arall sydd am fynd?' gofynnodd Dad.

'Fi!' medda fi ar unwaith, gan godi fy llaw.

'Na, nid ti, Daniel. Mae'n rhy beryglus,' meddai Dad. 'Rhywun arall?'

'Ond Dad!' medda fi, ac roeddwn i'n gwybod fy mod yn swnio fel plentyn, ac roeddwn i wedi gwylltio efo fo am wneud i mi swnio fel plentyn, a beth bynnag, chymerodd neb unrhyw sylw ohonof fi. Eisteddais yno'n berwi tra aeth y sgwrs ymlaen dros fy mhen.

'Ddyliat ti fynd, Nick,' meddai Melissa wrth Dad.

'Mi af fi,' meddai yntau.

'A fi,' meddai Lieu, ac yna cododd dau bâr arall o ddwylo; Ken, a rhywun arall, ond roeddwn i wedi gwylltio gormod i sylwi pwy oedd y person olaf.

'Grêt, diolch yn fawr, bawb,' meddai Dad, heb edrych arnaf fi. 'Fe awn ni bore fory, cyn i mi gychwyn ar y trip reis. Fyddan nhw ddim yn ein disgwyl ni, ond gorau oll os ydi o'n ymweliad dirybudd. Iawn, gyda bod hynny wedi ei drefnu, awn ni ymlaen i drafod y trip arall sydd ar y gweill, i nôl reis. Ydi'r cargo llysiau yn barod i fynd?'

Edrychodd ar Phap Dien. Nodiodd yntau.

'Dylwn i fedru cyfnewid y llysiau a'r nwyddau eraill am o leiaf hanner can kilo o reis,' aeth Dad yn ei flaen. 'Rydw i am groesi i'r ynys fawr tua diwedd y bore fory, gan obeithio bod y farchnad yn dal i ddigwydd bob mis. Roedd pethau'n edrych yn eithaf ansefydlog y tro diwethaf, ond y gobaith ydi bod y cyfnod yma o dywydd mwy cymedrol wedi caniatáu i'r ffermwyr gynaeafu eu cnydau...' Aeth Dad ymlaen i drafod y trefniadau ar gyfer y trip, ond roeddwn i wedi gwylltio gormod i wrando. Codais a cherdded allan o'r ystafell, jyst fel oedd Melissa'n gofyn i Dad,

'Nick, pam wyt ti'n mynnu mynd ar dy ben dy hun bob tro? Fasa fo ddim yn fwy diogel petai dau neu dri o bobl yn mynd efo'i gilydd?'

Roeddwn i wedi gobeithio y byddai Rani yn y ffenest pan gyrhaeddais fy ystafell, ond doedd dim golwg ohoni. Hoffwn i fod wedi ei rhybuddio am yr ymweliad bore fory. Roeddwn i'n gwybod i sicrwydd ei bod hi'n dweud y gwir, ac roeddwn i'n gweld yr amheuaeth yma gan yr oedolion yn hollol ddiangen, ac yn sarhad ar fy ffrind newydd. Roeddwn i wedi digio wrth Dad am beidio â gadael i mi fynd, ac am ddweud o flaen pawb ei bod yn rhy beryg, fel petawn i'n blentyn. Dyna dydi Dad ddim yn ei ddeall. Dydw i ddim yn blentyn. Mae gen i ymennydd, dwi'n medru gweithio pethau allan drosta i fy hun. Yn fwy na hynny, roeddwn i wedi gwylltio'n gandryll efo fo am ei newid agwedd pan oedd o'n siarad o flaen y pwyllgor gyda'r oedolion i gymharu efo beth ddywedodd wrtha i yn breifat. Roeddwn i'n gwybod nad oedd o ddim go iawn yn meddwl mai trap oedd o. Roedd wedi darllen y llythyr, roedd yn amlwg bod Rani'n dweud y gwir. Roedd Dad jyst eisiau cael ei weld yn cymryd ofnau pobl i ystyriaeth, yn cynnwys pawb. Chwarae gwleidyddiaeth. Rhagrith.

Fi oedd yn iawn, wrth gwrs.

Fe godais i'n fore a mynd i lawr yn y lifft gyda'r criw oedd yn mynd drosodd i'r tŵr arall. Roeddwn i'n dal yn flin, ond roeddwn i eisiau gweld beth oedd am ddigwydd, felly doedd dim pwynt aros yn fy llofft trwy'r bore. Agorodd y lifft ar y pedwerydd llawr – doeddwn i ddim wedi cael dod i lawr cyn belled â hyn o'r blaen. Arweiniodd Dad y ffordd at ddrws a edrychai fel drws fflat digon arferol gyda'r rhif 407 arno mewn gwyn. Agorodd y clo gyda goriad o'i boced, a gwelais ar unwaith nad fflat arferol oedd hwn. Roedd y rhan fwyaf o'r llawr wedi cael ei dynnu i fyny, a gallwn weld y môr islaw, yn llenwi'r trydydd llawr, a chwch modur yn symud i fyny ac i lawr gyda'r tonnau.

'Waw!' medda fi.

'Clyfar, yntê?' meddai Dad. 'Harbwr diogel tu mewn i'r adeilad, lle hollol saff i gadw'r cychod.'

Gallwn weld bod rhan o wal allanol yr adeilad wedi cael ei thynnu i lawr hefyd, i wneud lle i'r cychod fynd i mewn ac allan, ac roedd hi'n olau dydd llachar islaw. Doeddwn i ddim wedi bod mor agos â hyn at y môr ers i ni symud i'r tŵr, a chefais ysfa gref i neidio i lawr i'r dŵr gwyrddlas islaw.

Dringodd y criw i lawr ysgol at yr harbwr, a cherdded ar hyd llwyfan oedd yn arnofio ar wyneb y dŵr, at y cychod. Rhoddodd Dad salíwt i mi cyn cychwyn yr injan, a bu bron i mi faddau iddo fo.

Diflannodd y ddau gwch trwy'r twll gyda rhu ac arogl disel, a phenderfynais na fyddai dim drwg mewn dringo i lawr yr ysgol i aros iddyn nhw ddychwelyd. Eisteddais ar ochr y llwyfan gyda 'nhraed yn y dŵr yn mwynhau sŵn y tonnau'n llepian ar waelod y pren, a bu bron i mi anghofio beth oedd yn digwydd. Dechreuais synfyfyrio a meddwl am Aqualung a'r dywysoges Niloufar, a chynllunio sut fyddai dinas Atlantis yn edrych, a meddwl am ddarlun o heigiau o bysgod a chrancod, a gwymon yn siglo yn y cerrynt. Aeth amser heibio, wyddwn i ddim faint, roeddwn i'n mwynhau golau'r haul yn dawnsio ar y dŵr a'r lluniau'n pasio heibio yn fy nychymyg. Yn sydyn, clywais ru injan cwch yn cychwyn eto yn y pellter. Dychwelais i'r presennol – rhaid bod o leiaf ddwy awr wedi pasio, beth oedd wedi bod yn digwydd? Sefais i fyny i gael gweld yn well, a gwelais y cwch cyntaf yn dychwelyd; Mikey a dau o'i ddynion, a thwmpath o rywbeth yn y canol. Roedd yr ail gwch yn edrych yn llawn iawn. Roedd ein criw ni yno, ond roedd ffigyrau eraill, llai yn y cwch hefyd. Cyfrais y pennau wrth iddyn nhw ddod yn nes: pedwar o'n tŵr ni, a chwech arall. Roedd Rani wedi dweud y gwir, a dyma nhw, i gyd wedi cyrraedd yn saff! Tynnodd y cwch at y lanfa, a thaflodd Dad y rhaff i fi ei chlymu wrth fwlyn, yna neidiodd allan ar y llwyfan. Camodd pawb o un i un allan o'r cwch – y plant lleiaf a'r fam yn gyntaf, yna'r rhai mwy a'n criw ni yn olaf. Roedd y plant bach yn edrych yn ddryslyd, ond camodd Rani ymlaen yn hyderus a chynnig ei llaw i mi.

'Diolch, Daniel,' meddai hi, gan ysgwyd fy llaw. 'Rydach chi wedi'n hachub ni!'

Wyddwn i ddim sut i ymateb i hynny, dim ond cochi a nodio a dweud dim. Roedd pawb yn siarad ar draws ei gilydd, ac roedd prysurdeb mawr wrth i bobl frysio i ddadlwytho bagiau'r newydd-ddyfodiaid a'u cario i fyny'r ysgol. Roedd Rani'n dal i sefyll wrth fy ochr; edrychais arni eto. Gwenodd. Agorais fy ngheg i siarad, ond torrodd Dad ar draws y bwrlwm:

'Ga i ddweud rhywbeth yn sydyn iawn? Mae Suhaila a'i theulu wedi penderfynu dod yma i aros, gan fod adnoddau'n brin yn y tŵr arall. Maen nhw wedi dod â rhai o'u pethau mwyaf angenrheidiol efo nhw, ond fe fydd angen mynd ar drip eto i gasglu mwy o'u pethau nhw. Yn y cyfamser, bydd angen dangos ein tŵr ni iddyn nhw, a'u helpu i ddewis lle i fyw. Daniel, wnei di helpu gyda hynny?'

Nodiais yn frwdfrydig.

'Diolch,' meddai Dad. 'Fe fyddan nhw'n siŵr o fod eisiau cyfarfod pawb yn ei dro, ond ar hyn o bryd, gaf i ofyn i chi i gyd barchu'r ffaith mai newydd gyrraedd maen nhw, a bod eisiau gadael llonydd iddyn nhw setlo i mewn cyn eu pledu efo cwestiynau? Diolch.'

'Iawn,' medda fi, gan droi at Rani eto. 'Dewch i fyny'r ysgol, ac mi ddangosa i'r lle i chi.'

Amneidiodd Rani ar y lleill, ac arweiniais orymdaith fach i fyny'r ysgol i'r llawr uwchben. Arhosais ar ben yr ysgol i feddwl. Roedd rhywun wedi tomennu bagiau'r teulu yn y gornel wrth ymyl y lifft.

'Beth ydach chi eisiau'i weld yn gyntaf?' medda fi. 'Ydach chi eisiau dewis fflat i fyw ynddo? Neu ddod i gael diod yn fflat ni? Neu edrych o gwmpas rhyw ychydig? Fedrwn ni ofyn i rywun nôl eich pethau chi pan ydach chi wedi penderfynu i ble ydach chi am fynd.'

'Gawn ni weld y gerddi ar ben y to?' gofynnodd Rani.

'Wrth gwrs!' medda fi. 'Awn i fyny i'r top a gweithio'n ffordd i lawr.'

Yn y lifft, dangosodd Rani y botymau i Rex, a dweud wrtho pa rai i'w pwyso. Caeodd y drysau, a gafaelodd Marshall yn sgert Suhaila. Ddywedodd hi ddim byd, dim ond ei godi yn ei breichiau a mwytho cefn ei ben. Roedd Marshall yn rhy drwm i gael ei godi fel hyn, mewn gwirionedd, ac ar ôl mymryn o faldod, bu'n rhaid i Suhaila'i roi i lawr eto. Roedd Rex, ar y llaw arall, wedi cyffroi'n lân.

'Shŵm!' meddai, wrth i'r lifft gyflymu, a'i du mewn yn

teimlo'n rhyfedd. 'Wedi gadael bol fi lawr fanna!' meddai, gan bwyntio ar i lawr. Chwarddodd yn wyllt, a gafael am wddf Rani.

'Pwy sy'n gwneud y gwaith garddio?' holodd Amina.

'Y Brodyr Llwydion. Mynachod Zen ydyn nhw,' medda fi.

'A. Dwi'n falch fod 'na bobl grefyddol yma,' meddai Suhaila.

Pan agorodd drws y lifft ar y to, roedd y Brawd Phap Dien yn sefyll wrth y lifft, bron fel petai'n aros am rywun.

'Croeso!' meddai, a chynigiodd fasged o afalau i'r teulu. Cythrodd y plant am yr afalau, a gwenodd Phap Dien.

'Beth ydych chi'n ddweud wrth y Brawd?' meddai Amina.

'Diolch,' meddai Nazima, trwy gegaid o gnawd suddlon.

'Diolch,' meddai'r lleill.

'Dewch i edrych ar ein gerddi,' meddai Phap Dien, ac arweiniodd y ffordd rhwng y gwlâu uchel. 'Dyma ein gwelyau llysiau. Dyma'r pwll nofio, sy'n storio dŵr ar gyfer y tŵr i gyd. Rydan ni'n ei ddefnyddio ar gyfer dyfrio hefyd, pan mae hi'n sych. Mae'r system gompostio ar y llawr islaw, ble'r ydan ni hefyd yn cadw ieir ac yn tyfu cnydau eraill, fel tomatos a phupurau. Mae'r lloriau uchaf yma'n ddigon tebyg i dŷ gwydr, felly rydan ni'n medru tyfu llawer o gnydau.'

'A pan nad ydych chi'n garddio?' gofynnodd Suhaila.

'Rydan ni'n myfyrio ac yn gweddïo,' meddai Phap Dien.

'Ble mae eich teml?' gofynnodd Suhaila.

Tra oedd Suhaila'n siarad efo Phap Dien, roedd y plant ifanc yn rhedeg o gwmpas ac yn cadw sŵn, yn rhoi eu dwylo yn y pridd ac yn helpu eu hunain i ffrwythau oddi ar y llwyni. Roedd Amina'n rhedeg ar eu holau yn ceisio'u hatal rhag ddifrodi'r egin a difetha'r cnydau. Roedd Phap Dien i'w weld yn hollol anymwybodol o'r anhrefn oedd wedi ymddangos yn ei ardd daclus. Safodd un o'r mynaich eraill i fyny o'i waith, a gofyn i Marshall wrth iddo wibio heibio,

'Wyt ti eisiau gweld yr ieir?'

'Ydw!' meddai Marshall. 'Ieir! Rex, Nazima, dewch i weld yr ieir!'

O'r diwedd roeddwn i ar fy mhen fy hun efo Rani, yn edrych allan dros y môr eang glas. Roeddwn i eisiau siarad efo hi am bob dim oedd erioed wedi digwydd i mi, a gofyn llwyth o gwestiynau treiddgar ond sensitif am ei bywyd hi, ond yr unig eiriau ddaeth allan o fy ngheg oedd: 'Mae'r drôn bach 'na yn beth handi.' Gwingais tu mewn, a dwrdio fy hunan. Mi sgwennodd hi wyth tudalen o lythyr personol, meddylgar yn sôn am golli ei thad, a rhedeg allan o fwyd, a phlant amddifad, a'r cyfan sydd gen ti i'w ddweud ydi 'drôn bach handi'! Am ynfytyn! Ond doedd Rani ddim wedi digio.

'Ie, yntê, oni bai am hwnna, wn i ddim yn y byd sut fyddwn i wedi medru cyfathrebu efo chdi. Cael hyd iddo yn un o'r fflatiau wnes i, a meddwl y basa'n difyrru'r bechgyn, ond wedyn sylweddoli y basa fo'n medru cario llythyr hefyd.'

Teimlais yn llai o ynfytyn.

'Oeddwn i wedi meddwl defnyddio bwrdd gwyn, a sgwennu'n fawr i ti allu darllen o'r ochr arall. Wn i ddim os fasa hynny wedi gweithio.'

'Na. Efo ysbienddrych efallai…'

'Diolch am y llythyr,' medda fi, yn torri ar ei thraws.

'O, mae'n iawn. Dwi'n hoffi sgwennu. Unwaith dwi'n dechrau, mae hi'n anodd stopio!'

'Dwi'r un fath efo tynnu lluniau.'

Arhosodd Suhaila ar y to yn siarad gyda Phap Dien am amser hir. Dywedodd wrth Amina am ddewis pa fflat i fyw ynddo, felly fe arweiniais i Amina, Rani a'r plant o amgylch y tŵr. Roedd digon o fflatiau gwag ar gael mewn adeilad mor fawr, gyda dim ond wyth deg ohonon ni'n byw yno. Roedd teulu Rani yn gyfarwydd â chynllun y tŵr, a'r gwahanol feintiau o fflatiau oedd i'w cael, gan ei fod yn union yr un fath â'r tŵr roedden nhw newydd ei adael ar ôl. Dywedodd Amina y bydden nhw'n hoffi fflat rywle yn lloriau canol yr adeilad, yn wynebu'r gorllewin, gan mai i'r cyfeiriad hwnnw mae Mecca. Es i â nhw i fflat 547, ar lawr 54, lle'r oedd y teulu arall efo plant ifanc yn byw. Dangosais y fflat iddyn nhw. Roedd yno ddodrefn cyffyrddus, a rhywfaint o bethau wedi cael eu gadael ar ôl gan bwy bynnag oedd yn byw yno o'r blaen, ond roedd yn daclus a ddim yn rhy llawn.

'I'r dim,' meddai Amina.

'Os ydach chi eisiau cael gwared o unrhyw bethau, rydan ni'n defnyddio llawr 8 fel storfa. Does 'na fawr neb yn byw islaw'r degfed llawr,' medda fi.

Rhywsut, yn ystod yr holl gyffro a'r miri, wnes i bron ddim sylwi ar Dad yn cychwyn allan yn y cwch modur ar y trip i brynu reis. Roedd hwn yn drip misol, dim byd anarferol. Dywedais 'ta-ta' brysiog wrtho rhwng achub Rex oddi ar ben y bwrdd yn y gegin, lle'r oedd wedi dringo ac yna mynd yn sownd, a dangos fy nghasgliad DVDs i Rani a Nazima. Roedd hi'n dechrau tywyllu cyn i mi hyd yn oed sylwi bod Dad yn hwyr. Yn fflat newydd Rani a'i theulu oeddwn i, ac roedd Amina wedi dechrau hwylio swper. Roedd hi mor hapus o gael llysiau ffres, roedd hi'n canu wrth goginio. Holodd oeddwn i eisiau aros, ond dywedais y byddai'n well i mi fynd adref, y byddai Dad yn ôl erbyn hyn, ac mai fy nhro i oedd hi i goginio.

Ond pan gyrhaeddais adref, doedd dim golwg o Dad. Dylai fod wedi bod adref ers awr, o leiaf. Rhaid ei fod wedi taro ar rywun ac aros i siarad. Mae Dad yn hoffi sgwrs, ac am wn i bod ganddo gymaint o ffrindiau y tu allan i'r tŵr ag sydd ganddo tu mewn. Fe es ati i ddechrau coginio reis efo dail gwyrdd, nionod ac wyau. Ond dechreuais deimlo'n fwy a mwy nerfus wrth i amser fynd heibio, a doedd Dad yn dal ddim yn ôl erbyn i swper fod yn barod. Gorfodais fy hun i eistedd a bwyta, ond allwn i ddim aros wedyn, ac es i'n syth at Melissa i holi beth ddylwn i ei wneud.

'Mi fydd o'n iawn,' meddai Melissa. 'Mae'n siŵr bod modur y cwch wedi torri i lawr, neu ei fod wedi gorfod mynd yn bellach nag arfer. Fydd o'n ôl cyn y bore, gei di weld.' Roedd ganddi ddalen fawr o bapur o'i blaen ar y bwrdd, gyda diagram cymhleth o system awyru'r tŵr arno, ac roedd hi wrthi'n sgriblo nodiadau arno. Gallwn weld nad oedd ei meddwl ar beth roedd hi'n ei ddweud. Doedd dim golwg o'i gŵr, Arthur. Erbyn hyn roedd rhyw deimlad o banig yn dechrau cronni ym mhwll fy stumog. Es at Dr Lieu.

'Ti'n iawn,' meddai, 'mae'n anarferol iawn iddo fod mor hwyr yn dod yn ôl, ond allwn ni ddim cymryd unrhyw beth yn ganiataol. Does 'na ddim pwynt mynd i chwilio amdano fo rŵan. Mae hi'n dywyll, a gallai fod yn unrhyw le. Dwi'n addo i ti, os nad ydi o'n ôl erbyn y bore, mi wna i a Maggie fynd i chwilio. Yn y cyfamser, well i ti fynd i gysgu. A tria beidio meddwl y gwaethaf. Gei di aros yn fan hyn efo ni os hoffet ti.'

Gwrthod wnes i. Roeddwn i eisiau bod adre petai Dad yn cyrraedd yn ôl. Ond wrth gwrs, allwn i ddim cysgu, a tua hanner nos fe wnes i benderfyniad. Gwisgais amdanaf a rhoi esgidiau am fy nhraed. Gafaelais yn fy hen fag ysgol a'i lenwi gyda photel o ddŵr, pecyn o ffrwythau sychion a chnau, pysgod sych, bocs plastig o reis wedi ei goginio ac wyau wedi'u berwi o'r oergell. Edrychais mewn bag roedd Dad yn ei gadw ar gefn y drws i'w gipio mewn argyfwng petai angen dianc ar frys. Ynddo roedd cit cymorth cyntaf, fflachlamp, planced ofod, chwiban, distyllwr dŵr solar, pecyn o ugain tabled puro dŵr, a chyllell blygu gydag amrywiaeth o declynnau. Cymerais y fflachlamp, y distyllydd a'r gyllell, a'u stwffio yn fy mag. Chwiliais am rywbeth arall i'w gario fel arf. Agorais ddrôr gan ystyried beth arall allwn i fod eisiau. Gwelais bâr o gogls. Gallai'r rheiny fod yn ddefnyddiol. Gwisgais hen gôt fawr Dad, yr un werdd efo pocedi mawr, rhoi'r pac ar fy nghefn, ac edrych o gwmpas unwaith eto cyn gadael. Gafaelais mewn potel o ddiaroglydd oedd yn sefyll ar yr ochr yn y gegin, a'i rhoi ym mhoced y gôt heb feddwl llawer pam.

Es i lawr y grisiau rhag i neb sylwi ar sŵn y lifft yn mynd i lawr ganol y nos. Wrth gyrraedd y pedwerydd llawr, camodd rhywun o'r cysgodion, yn cario gwaywffon. Llamodd fy nghalon, ond dim ond Rani oedd yno.

'Beth wyt ti'n ei wneud yma?' gofynnais iddi.

'Dod i chwilio am dy dad,' meddai hi.

'Sut oeddet ti'n gwybod fy mod i'n mynd?' gofynnais.

'Fedri di ddim dioddef meddwl am bobl mewn trwbl a neb yn dod i'w helpu nhw.'

'Wyt ti'n siŵr dy fod di am ddod? Does gen i ddim syniad i ble'r ydw i'n mynd, a dwi ddim yn siŵr sut i yrru cwch.'

'Wel, mi fyddi di angen fy help i felly!' meddai Rani, gan roi ei throed ar yr ysgol a arweiniai i lawr at y dŵr.

Cychwynnodd Rani'r injan yn ddidrafferth, a llywio'r cwch allan o'r bwlch yn wal y nendwr. Roedd y sêr yn adlewyrchu ar wyneb y dŵr, ond dim lleuad. Gyrrodd Rani y cwch i mewn i'r tywyllwch.

'Ble ddysgaist ti yrru cwch?' gofynnodd Daniel.

'Fues i'n treulio pob gwyliau yn tŷ Nain a Taid ers oeddwn i'n ddim o beth. Pysgotwr ydi Taid. Roedden ni allan yn y cwch o fore tan nos bob dydd.'

'Wyt ti'n medru pysgota hefyd?' gofynnodd Daniel, gan edrych ar y wialen roedd Rani wedi ddod efo hi. Gwialen yr oedd Daniel wedi ei chamgymryd am waywffon yn y tywyllwch.

'Wrth gwrs. Wyt ti ddim?'

'Na,' meddai Daniel.

'Reit. Felly i ble'r ydan ni'n mynd?' gofynnodd Rani ar ôl ychydig.

'Ddwedais i, dydw i ddim yn gwybod.'

'O. Oeddwn i'n meddwl dy fod di'n gor-ddweud.'

'Dydw i wir ddim yn gwybod beth sydd o gwmpas. Dydw i heb fod allan o'r tŵr ers i ni symud i mewn, ac mae pob man oeddwn i'n ei nabod cyn hynny o dan ddŵr.'

'Ie. Dwi yn yr un cwch, fwy neu lai,' meddai Rani, a chwerthin. 'Ond os felly, ddylen ni o leiaf gael rhyw fath o gynllun.'

'Wel, oeddwn i'n meddwl y byddwn i'n chwilio am bobl a gofyn iddyn nhw os ydyn nhw'n gwybod rhywbeth am Dad,' meddai Daniel.

'Cynllun syml, ond 'chydig yn beryglus,' meddai Rani.

'Dwi'n gwybod. Oes gen ti syniad gwell?'

'Na. Dal arni, mae 'na olau draw fanna,' meddai Rani, gan bwyntio i'r gwyll.

'Awn ni i edrych?' gofynnodd Daniel, yn amhendant.

'Ie, well i ni drio,' meddai Rani, gan droi trwyn y cwch tua'r golau bach oedd yn siglo ar y dŵr yn y pellter.

Wrth ddod yn nes, gallent glywed sŵn cerddoriaeth hip hop uchel, ac o'r diwedd, gallent weld hen gwch pysgota â chorff haearn rhydlyd, a chriw ar y dec yn smygu ac yn gweiddi siarad. Roedd golau melyn yn dod o'r caban, a sŵn chwerthin aflafar yn gymysg â churiadau caled y gerddoriaeth. Doedd dim golau ar gwch Rani a Daniel, felly roedden nhw ochr yn ochr â'r cwch pysgota cyn i neb sylwi arnyn nhw. Diffoddwyd y gerddoriaeth ar unwaith, a phwyntiodd saith o ddynion ag wynebau creulon ynnau o wahanol feintiau at Daniel a Rani. Rhoddodd y ddau eu dwylo i fyny'n reddfol.

'O lle ydach chi wedi dod?'

'Pwy roddodd awdurdod i chi yrru cwch yn fan hyn?'

'Beth ydi'ch busnes chi?'

'Pwy ydach chi?'

Roedd pawb yn taflu cwestiynau ar draws ei gilydd.

'Rydan ni wedi dod o'r tyrau, draw ffor'na,' meddai Daniel, gan bwyntio. 'Doeddwn i ddim yn gwybod bod angen caniatâd i basio'r ffordd hyn. Rydan ni'n chwilio am fy nhad. Aeth o allan i brynu reis bore 'ma, a dydi o heb ddychwelyd.'

'Chwilio am Dadi!' meddai un o'r dynion ifanc, ei wyneb yn torri'n wên watwarllyd a ddangosai ddant aur yn y rhes uchaf.

Chwarddodd nifer o'r lleill yn anghyfeillgar.

'Beth ydi enw dy dad?' gofynnodd un o'r dynion, ei wyneb yn ddi-wên.

'Nick,' meddai Daniel.

'Nick Lewis?'

'Ie! Ydach chi'n ei nabod o?'

'Nick Lewis! Pam na fyddech chi wedi dweud? Mi welais i o'r bore 'ma,' meddai'r dyn, ei wyneb yn meddalu o'r diwedd. Edrychai ddeng mlynedd yn iau mwyaf sydyn.

'Mab Nick ydi o!' meddai wrth y lleill, a gostyngodd pawb eu gynnau.

'Dewch i fyny i ni gael siarad,' meddai wedyn, gan ostwng ysgol raff i lawr o'r dec. Edrychodd Daniel ar Rani gyda gwên fawr. Doedd hi ddim yn edrych yn siŵr, ond cododd ei hysgwyddau, a dringodd y ddau i fyny, gan glymu eu cwch bach wrth ganllaw'r cwch mawr.

Safodd Daniel a Rani ar y dec rhydlyd yng ngolau'r lamp, a'r dynion, oedd mewn gwirionedd ddim ond ychydig yn hŷn na hwy, yn eu hamgylchynu. Cyfrodd Rani naw ohonyn nhw. Gwnaeth yn siŵr na symudodd ymhell o'r ysgol raff.

'Felly, 'dach chi'n byw yn y tyrau?' meddai'r un efo dant aur.

'Ydan,' meddai Daniel.

'Sut mae hi yno?'

'Mae'n iawn.' Doedd Dan ddim yn siŵr beth oedd y dyn yn ei ofyn.

'Iawn. Iawn. Da iawn.' Roedd pawb yn dechrau ymlacio, a nifer o'r dynion wedi eistedd ar gratiau a hen ddrymiau oel. Rhoddodd rhywun y gerddoriaeth ymlaen, ond yn is nag y bu. Cliciodd y dyn efo'r dant aur ei fysedd yn sydyn a gweiddi:

'*Lao khao!*' Cododd un o'r bechgyn, a mynd i lawr i'r howld. Daeth yn ôl gyda photel heb label, yn llawn hylif clir, ac un gwydr. Agorodd y botel, a llenwi'r gwydr, a'i basio i'r dyn efo'r dant aur. Gwagiodd yntau'r gwydr ar ei dalcen, a'i basio'n ôl i'r bachgen i'w ail-lenwi. Tro Daniel oedd nesaf.

Roedd Daniel wedi blasu gwin unwaith pan oedd rhywun wedi dod â photel i ddathliad yn y fflat. Gwyddai fod *lao khao* yn rhywbeth tebyg i whisgi, ond doedd erioed wedi blasu'r un o'r ddau beth.

'Dim diolch,' meddai, gan feddwl nad dyma'r achlysur i arbrofi. Anadlodd Rani ochenaid o ryddhad.

'Tyrd rŵan, Nickelson! Paid â'n sarhau ni. Paid â gwrthod ein lletygarwch!' meddai'r dyn â'r dant aur.

'Daniel ydi'r enw,' meddai Daniel, a chymerodd y gwydr. Sipiodd yn ofalus; roedd fel yfed tân, ac er gwaethaf ei ymdrechion i ymddangos yn cŵl, tynnodd wyneb wedi ffieiddio. Chwarddodd Dannedd Aur. Roedd rhai o'r lleill wedi dechrau sgwrsio ymysg ei gilydd, ac yn paratoi llinellau o rywbeth gwyn ar hen focs CD.

'Hei, hogia, dydi Daniel heb gael *lao khao* o'r blaen!' meddai Dannedd Aur.

'Oho! O wel, mi wneith o fwynhau'r un yma felly!' meddai'r un oedd yn dal y bocs CD.

Ymwrolodd Daniel, a llyncu'r hylif yn un cegaid arteithiol a losgodd lwybr yr holl ffordd i lawr i'w berfedd. Tagodd, a rhoi'r gwydr yn ôl.

'Da iawn ti, Daniel,' meddai Dannedd Aur, yn rhoi ei fraich drom o amgylch ysgwydd Daniel. 'Mae'r stwff 'na'n gryf, ond mi wneith les i ti.' Gallai Daniel arogli'r chwys yn dod oddi ar gorff cyhyrog y dyn, a gwyddai fod y geiriau cyfeillgar yn drap.

'Ydach chi'n gwybod ble mae Dad?' gofynnodd.

'Tyrd i eistedd, i ni gael siarad yn iawn,' meddai Dannedd Aur, gan arwain Daniel at fwrdd bychan a dwy gadair ar ochr arall y dec, jyst allan o'r golwg o ble'r oedd Rani'n sefyll. Amneidiodd Dannedd Aur, ac eisteddodd Daniel i lawr.

'*Lao khao*!' gwaeddodd Dannedd Aur eto, a daethpwyd

â'r botel a'r gwydr. Tywalltodd, yfodd, a thywalltodd eto, gan roi'r gwydr o flaen Daniel, ond yn lle'i yfed, gofynnodd Daniel eto:

'Ydach chi'n gwybod ble mae Dad?'

'Mi aeth o ffor'na,' meddai Dannedd Aur, gan bwyntio'n amhendant i ganol y tywyllwch.

'Ydach ch'n gwybod i ble'r oedd o'n mynd?' gofynnodd Daniel.

'I brynu reis,' meddai Dannedd Aur, gan gymryd llond ysgyfaint o fwg o'r joint oedd yn cael ei basio o un i'r llall. Yn y cyfamser, roedd potel arall o wirod wedi ymddangos, ac fe gynigiodd rhywun wydriad i Rani, oedd yn dal i sefyll wrth ymyl yr ysgol lle daeth i fyny, yn teimlo'n anghyffyrddus iawn. Cododd ei llaw ac ysgwyd ei phen yn bendant, ac efallai am ei bod hi'n ferch, neu am fod sylw Dannedd Aur yn rhywle arall, ni chafodd ei gwthio i'w yfed.

'Ie, ond ydach chi'n gwybod i ble'r oedd o'n mynd i brynu reis?' gofynnodd Daniel.

'Na. Ella i'r farchnad? Neu gall fod rhywun yn dod i'w gyfarfod o? Dydyn ni ddim yn prynu reis. Mae'r hogia'n dod â bwyd i ni pan ydan ni allan ar ddyletswydd.'

'Ar ddyletswydd? Beth ydi'ch gwaith chi felly?' gofynnodd Daniel, oedd yn dechrau teimlo fymryn yn benysgafn, a rhyw gynhesrwydd braf, hyderus yn llifo o'i stumog i'w ymennydd.

'Ni sy'n rheoli'r darn yma o ddŵr. Does neb yn pasio ffordd hyn heb ein bod ni'n caniatáu iddyn nhw basio.' Sgwariodd Dannedd Aur.

'O, reit, cŵl. Felly chi yw'r gyfraith fan hyn?'

Chwarddodd Dannedd Aur. 'Ie, yn union. Ni ydi'r gyfraith. Y Baracwda. Yfa'r gwydriad 'na i mi gael un arall.'

Cleciodd Daniel y ddiod. Aeth i lawr yn haws y tro hwn.

Roedd y bachgen gyda'r botel arall yn siarad yn ddistaw gyda Rani, yn sefyll yn agos ati hi, ac yn rhoi ei ddwylo ar ei hysgwyddau. Daeth bachgen arall a sefyll y tu ôl iddi, yn llawer rhy agos. Roedd hi'n ysgwyd ei phen, a phan wyrodd y bachgen cyntaf tuag ati am gusan, ceisiodd Rani ddowcio allan o'r ffordd, ond gafaelodd yr un arall o amgylch ei gwddf o'r tu ôl gyda'i fraich.

'Hei!' gwaeddodd Rani'n reddfol, gan gicio allan yn ffyrnig. Glaniodd y gic yn daclus rhwng coesau'r bachgen o'i blaen oedd wedi ceisio'i chusanu, a phlygodd yntau drosodd mewn poen.

Wrth glywed y cythrwfl, rhuthrodd Daniel yn ôl am ochr arall y dec, gan adael Dannedd Aur yn eistedd wrth y bwrdd. Roedd Rani mewn clo pen, ac roedd y dyn yr oedd hi wedi ei gicio yn dechrau sythu'n araf i sefyll eto.

'Be sy'n digwydd? Gadwch iddi fynd!' meddai Daniel.

'Yr ast fach. Ddaru hi gicio fi reit yn fy ngheilliau!' meddai'r dyn.

Roedd gweddill y criw yn gwylio o bell, yn cymryd diddordeb, ond ddim yn edrych fel petaent eisiau ymuno yn y sgarmes. Er hynny, roedd Daniel yn ymwybodol fod gan bob un ohonynt wn. Edrychodd Daniel oddi wrth Rani ar y dyn oedd yn gafael ynddi.

'Plis gad iddi fynd,' meddai Daniel. 'Gawn ni siarad yn gall am beth ddigwyddodd?'

'Be ti'n feddwl, frawd?' gofynnodd y dyn oedd â'i fraich o amgylch gwddf Rani i'r un yr oedd hi wedi ei gicio.

'Na, dwi ddim eisiau siarad. Dwi eisiau gweld yr ast fach yma'n noeth, jyst fi a hi, i lawr yn yr howld.' Roedd wedi yfed llwyth o wirod yn sydyn, ac roedd mewn hwyliau hyll, nid yn gymaint am fod Rani wedi ei gicio, ond am ei bod wedi ei wrthod yn y lle cyntaf.

'Syniad da!' meddai'r dyn oedd yn gafael ynddi, gan ddechrau tynnu Rani tuag at y grisiau a arweiniai i lawr i grombil y cwch.

Roedd panig yn blodeuo ym mrest Daniel. Allai o ddim gadael i hyn ddigwydd, ond beth allai o'i wneud i'w atal? Heb feddwl, rhoddodd ei law ym mhoced ddofn côt ei dad, a chaeodd ei law am y botel diaroglydd.

'Wahey!' meddai rhywun, oedd yn eistedd ar gasgen, yn smygu'n ddi-hid. 'Dyn mawr!'

Roedd y criw yn mwynhau'r sioe. Chwibanodd un neu ddau. Roedden nhw'n teimlo'n hollol gyffyrddus mai nhw oedd yn rheoli'r sefyllfa, a dyna oedd eu camgymeriad. Estynnodd Daniel y botel diaroglydd o'i boced, a chwistrellu'n syth i wyneb y dyn oedd yn gafael yn Rani, gan anelu am ei lygaid. Gollyngodd ei afael yn Rani ar unwaith, a chamu'n ôl gan besychu a thuchan a rhoi ei ddwylo dros ei lygaid.

'Dos!' gwaeddodd Daniel ar Rani, cyn troi'n gyflym at y bachgen yr oedd Rani wedi ei gicio, oedd yn syllu'n sigledig arno, heb ddeall eto beth oedd wedi digwydd. Neidiodd Rani'r ychydig risiau olaf i lawr i mewn i'r cwch, a throdd Daniel i ddatglymu'r rhaff oedd yn dal y ddau gwch ynghlwm. Wrth iddo wneud hynny, daeth y bachgen at ei goed, ac ymestyn am ei wn. Chwistrellodd Daniel y can i'w lygaid cyn iddo fedru pwyntio'r arf, a llamodd dros yr ochr heb drafferthu efo'r ysgol. Roedd Rani wedi tanio'r injan yn barod, a'r munud y glaniodd Daniel yn y cwch, gwthiodd y sbardun a rhuodd y cwch i ffwrdd dros y dŵr du.

Dros sŵn yr injan gellid clywed gweiddi a rhegi'n dod o gyfeiriad y cwch arall, a chlywsant rywbeth trwm yn glanio yn y dŵr y tu ôl iddynt, ond wnaeth y dynion ddim dod ar eu holau, er y byddai wedi bod yn hawdd iddynt eu dal. Rhaid nad oedd Dannedd Aur mewn hwyliau am helfa heno.

'Pobl neis!' meddai Daniel ar ôl ychydig. Roedd wedi sobri'n sydyn iawn wrth orfod amddiffyn Rani a dianc ar frys, ond teimlai ar y cyfan ei fod wedi delio'n eithaf da gyda'r sefyllfa.

'Ti'n ynfytyn, Daniel,' hisiodd Rani, yn dawel gynddeiriog. 'Oedd y boi 'na'n mynd i fy nhreisio i, a chditha'n eistedd 'na'n cael sgwrs fach gyfeillgar ac yn yfed *lao khao* efo'r bastard treisgar uffern 'na. Ac wnest ti ddim hyd yn oed cael unrhyw wybodaeth ddefnyddiol ganddo fo! "Chi yw'r gyfraith fan hyn!" Dwi'n meddwl dy fod di'n *edmygu'r* diawliaid 'na, eisiau gwneud argraff arnyn nhw.'

Beth? Roedd o wedi ei hachub hi. Roedd wedi disgwyl iddi fod yn ddiolchgar.

'Oeddwn i jyst yn trio cadw petha'n ysgafn. Beth ddylwn i fod wedi'i ddweud?'

'Gofyn iddo fo ble mae'r blincin farchnad, yntê? Yn amlwg! Ti'n llawn *lao khao* a ges i bron fy nhreisio, a dydyn ni'n llythrennol ddim un cam yn agosach at ffeindio dy dad.'

'Wnes i d'amddiffyn di. A dy gael ni o 'na,' meddai Daniel.

Syllodd Rani yn hir ar Daniel, ei hwyneb yn annarllenadwy.

'Does gen ti ddim syniad, Daniel, dim o gwbl.'

Gyrrodd Rani ymlaen mewn tawelwch; doedd dim sŵn ond modur y cwch, a dim goleuni ond y sêr. Roedd hi'n noson lonydd, a'r dŵr oddi tanynt yn llyfn a thywyll fel melfed, ond roedd Daniel yn teimlo'n ddrwg am yr hyn oedd newydd ddigwydd, ac yn ofni cynddaredd Rani. Debyg bod ganddi bwynt, mewn gwirionedd. Ddylai o ddim bod wedi ei gadael o'i olwg fel'na. Roedd o hefyd yn dechrau cael cur yn ei ben wrth i effaith y gwirod gilio. Ar ôl gyrru am gyfnod, stopiodd Rani'r injan, a sefyll i fyny yn y cefn.

'Mae 'na goeden fan hyn,' meddai. Gwelodd Daniel ei bod

yn gafael mewn cangen, yn clymu rhaff y cwch iddo. Roedd boncyff y goeden o dan y dŵr, ac roedd hi wedi hen golli pob deilen a'r holl risgl wedi plicio ymaith i adael sgerbwd gwelw yn sefyll yn y dŵr bas.

'Fydd rhaid i ni dreulio'r noson yn fan hyn,' meddai Rani.

'Wyt ti'n siŵr?' gofynnodd Daniel. 'Fe allen ni fynd yn ôl, dydi o ddim yn bell iawn.'

'Mi ydan ni wedi teithio cryn bellter, ac mi fydd hi'n goleuo eto cyn bo hir, wedyn mi allwn ni ddal i fynd. Does dim pwynt mynd yn ôl rŵan. Oni bai dy fod di eisiau?'

'Fi? Na, does arna i ddim eisiau mynd yn ôl,' meddai Daniel.

'Wel mi arhoswn ni yma, felly,' meddai Rani, 'a thrio cysgu rhyw ychydig.'

'Ok,' meddai Daniel.

'Dydw i ddim yn gallu gweld i ffeindio rhywle gwell, ac o leiaf wnawn ni ddim cael ein cario gan y llanw os ydan ni wedi'n clymu i'r goeden 'ma.'

'Ie, mae fan hyn yn iawn,' meddai Daniel, yn chwithig.

'Dwi am gysgu yn y cefn 'ma, gei di'r ffrynt.' A dweud y gwir, doedd y cwch ddim yn ddigon hir i'r ddau ymestyn heb i'w cyrff groesi, ond doedd Daniel ddim eisiau dadlau.

'Ymm. Rani. Dwi... Dwi'n sori. Am beth ddigwyddodd. Ddylwn i fod wedi sylwi ar y boi 'na'n dy gornelu di. Ddylwn i ddim bod wedi mynd allan o'r golwg.'

'Dwyt ti ddim wedi arfer meddwl am neb ond ti dy hun,' meddai Rani. Teimlodd Daniel wrid yn codi i'w wyneb, ond brwydrodd i beidio colli ei dymer. Trio ymddiheuro oedd o, atgoffodd ei hun. Ddywedodd o ddim byd am funud.

'Ella dy fod di'n iawn. Ond mi ydan ni hefo'n gilydd rŵan, ac mae'n rhaid i ni edrych ar ôl ein gilydd. Wneith o ddim digwydd eto.'

'Ok, Daniel. Dos i gysgu rŵan.'

Bu'r ddau yn dawel am yn hir. Syllodd Daniel ar y sêr, a meddwl mor aflwyddiannus yr oedd wedi bod hyd yma yn ceisio cael hyd i'w dad. Roedd Rani'n iawn. Roedd wedi rhoi'r ddau ohonynt mewn perygl, i ddim byd o gwbl. Teimlai'n wael iawn. Roedd rhywbeth yng nghefn ei feddwl yn ei boeni, a nawr fod ganddo amser i feddwl, daeth y sgwrs yn ôl iddo. Roedd y dyn efo'r dannedd aur yn nabod Nick. Roedd y tôn wedi newid yn gyfan gwbl ar ôl iddo enwi ei dad. Doedd bosib bod Dad yn ffrindiau efo'r dihirod yna?

Cymerai Daniel fod Rani'n cysgu, ond ar ôl amser maith clywodd ei llais yn dweud yn dawel,

'Diolch am fy achub i.'

'Be?' gofynnodd Daniel, gan godi ar ei eistedd. Doedd o ddim yn siŵr a oedd wedi clywed yn iawn.

'Fuest ti'n wirion, ond roeddet ti hefyd yn reit ddewr,' meddai llais Rani o'r tywyllwch. 'Ac mi wnest ti'n cael ni o 'na.'

'O… Do, mae'n siŵr,' meddai Daniel.

'Diolch.'

'Dim problem.'

Gorweddodd Daniel yn ôl i lawr yn nhu blaen y cwch, yn siglo'n ysgafn ac yn edrych i fyny ar y sêr. Doedd o ddim wedi bod tu allan yn y nos ers blynyddoedd. Gallai weld rhai sêr llachar iawn, y rhai agosaf, tybiai, ac eraill yn bellach i ffwrdd, a rhai mor fach ac mor bell fel eu bod yn debycach i niwl gloyw. Tybed a oedd bachgen arall mewn cwch arall mewn byd arall yn rhywle yn edrych yn ôl arno? Cododd ei law, rhag ofn. Yna caeodd ei lygaid, a gweld Aqualung a'r dywysoges Niloufar ar eu taith o dan y môr, a meddwl tybed beth oedd yn mynd i ddigwydd nesaf. Cyn bo hir, roedd yng nghanol y stori.

I GOSBI POBOL. MAEN NHW'N CREDU MAI NHW PIAU'R BYD. MAE'R MÔR YN GYNHESACH NAG Y BU ERS MILOEDD O FLYNYDDOEDD. MAE CYMAINT O BLASTIG NES EI FOD YN FFURFIO CYFANDIROEDD NEWYDD.

MAE'R CWREL WEDI MARW, AC ARDALOEDD CYFAN HEB DDIM BYWYD O GWBL. MAEN NHW WEDI DADWNEUD MILIYNAU O FLYNYDDOEDD O ESBLYGIAD. RHAID RHOI STOP ARNYN NHW

A DYNA PAM EICH BOD WEDI FY NGWYSIO YMA?

GWAHODD, ARGLWYDDES, NID GWYSIO

FY NGWAHODD

IE. RYDW I AM I TI FYND AR NEGES DROSTA I AT NILOUFAR. RYDYN NI DDUWIAU'R MÔR YN MEDRU CREU CRYN HAFOG: DIFETHA'U RHWYDI, SUDDO'U DINASOEDD, GYRRU TONNAU YSGUBOL I FODDI EU PENTREFI. OND ALLWN NI DDIM DILEU POBL ODDI AR WYNEB Y DDAEAR HEB HELP Y DUWIAU ERAILL.

Pan ddeffrodd Daniel yn y bore, roedd 'na bum pâr o lygaid yn edrych arno, a phum gwaywffon yn pwyntio ato. Am eiliad doedd o ddim yn siŵr ai breuddwydio'r oedd o. Na, roedd yn wir eu bod wedi cysgu mewn cwch wrth goeden suddedig y noson cynt, a rŵan roedd criw o ymosodwyr yn eu bygwth gyda gwaywffyn. Eisteddodd i fyny'n ofalus, gan godi ei ddwylo uwch ei ben am yr ail dro mewn pedair awr ar hugain. Gwelodd fod y bobl oedd yn dal y gwaywffyn yn blant. Iau na fo a Rani, rhywle rhwng wyth a deg oed. Roedden nhw mewn caiacs, oedd yn egluro sut roedden nhw wedi amgylchynu'r cwch mor effeithiol. Roedden nhw'n syllu arno, yn fygythiol. Pwniodd Daniel goes Rani â'i droed.

'Psst. Deffra,' meddai.

Newidiodd un neu ddau o'r plant eu hosgo i bwyntio'u gwaywffyn at Rani. Agorodd ei llygaid, ond cymerodd eiliad i'r neges gyrraedd o'i llygaid i'w hymennydd, oedd yn dal yn hanner cysgu. Sugnodd ei gwynt i mewn yn siarp, ac eistedd i fyny'n sydyn.

'Be sy'n digwydd?' gofynnodd.

'Dwi'm yn gwybod!' meddai Daniel. Ddywedodd y plant ddim byd, dim ond dal i bwyntio'u gwaywffyn. Roedd rhai ohonyn nhw'n dechrau edrych ychydig yn ansicr.

'Be 'dach chi eisiau?' gofynnodd Rani.

'Be sgynnoch chi?' gofynnodd un o'r plant, merch gyda thrwyn smwt a mwclis o ddannedd bach miniog am ei gwddf. Dannedd siarc, meddyliodd Daniel. Roedd gwallt y ferch mewn nifer o blethi a edrychai'n stiff ac yn sych, fel rhaffau pysgota'n llawn halen. Er bod ei hwyneb ifanc yn dlws, roedd yn fudr, ac edrychai'n denau a llwglyd, â'r un olwg ddifrifol, ddifynegiant â'r bechgyn ar y cwch pysgota neithiwr.

'Dim lot,' meddai Daniel, yn dechrau ymlacio fymryn. 'Ella bod gynnon ni ychydig o bysgod wedi sychu. Mymryn o reis. Dwi'n meddwl bod gen i oren yn rhywle.'

'Oren?' meddai'r ferch, mewn syndod. 'Does 'na neb efo orenau ffordd hyn, dim ond Nick.'

'Nick!' meddai Daniel, yn anghofio am y gwaywffyn. 'Ydach chi'n ei nabod o?'

'Ydan. Mae o'n rhoi orenau i ni,' meddai'r ferch.

'Wel, mae hyn yn wych. Chwilio am Nick ydan ni. Fi ydi ei fab o, mae o wedi mynd ar goll. Ydach chi'n gwybod lle mae o?' gofynnodd Daniel.

'Na,' meddai'r ferch. 'A beth bynnag, pam fasan ni'n eich helpu chi? Dydach chi ddim wedi rhoi dim byd i ni eto.'

'Rhowch eich gwaywffyn i lawr ac mi wnawn ni edrych be sy 'na,' meddai Rani.

Rhoddodd y plant eu gwaywffyn i lawr, ac agorodd Rani ei bag. Y peth cyntaf iddi ddod ar ei draws oedd y bara fflat roedd Amina wedi ei bobi ar gyfer eu swper cyntaf yn eu cartref newydd, dim ond neithiwr. Torrodd bob un o'r torthau bach fflat yn ddau, a rhoi un darn i bawb, yn cynnwys Daniel a hi'i hun.

'Wbath arall?' gofynnodd y ferch, ei cheg yn llawn o'r bara.

Tyrchodd Daniel, a dod o hyd i bedwar wy wedi'u berwi yr oedd wedi eu bachu o'r oergell cyn gadael. Cymerodd y plant nhw, ond roedd pump o blant. Aeth hi'n sgarmes rhwng y ddau leiaf am un wy.

'Pam na fasach chi'n eu rhannu nhw?' gofynnodd Rani.

'Fi ydi'r mwyaf!' meddai'r bachgen lleiaf ond un.

'Mae gen i fwy o waith tyfu!' meddai'r lleiaf.

Roedd y lleill yn brysur yn plicio'u hwyau, gan daflu'r plisgyn i'r dŵr o'u cwmpas, ac yn anwybyddu'r ffrae yn llwyr. Ceisiodd y bachgen lleiaf gipio'r wy o law'r lleiaf ond un, ac fe ddisgynnodd yr wy i'r dŵr, gan suddo'n gyflym o'r golwg.

'Sbia be ti 'di'i neud 'wan!' meddai'r lleiaf ond un, yn pwyntio'i waywffon yn gas at y lleiaf.

'Doeddwn i ddim yn trio!' meddai'r lleiaf, a dagrau yn hel yn ei lygaid brown.

'Tewch rŵan!' meddai Rani, gydag awdurdod un sydd wedi arfer gyda phlant yn ffraeo. 'Ydach chi'n hoffi pysgod wedi'u halltu?'

'Maen nhw'n ok,' meddai'r bachgen lleiaf, yn edrych yn ddyfrllyd arni.

'Geith y ddau ohonoch chi ddarn o bysgodyn, ac mi wna i blymio i lawr i weld os fedra i ffeindio'r wy 'na. Ond os dwi'n cael hyd iddo fo, dwi'n mynd i'w dorri fo yn ei hanner, ac mi rydach chi'ch dau yn mynd i'w rannu fo. Iawn?'

Nodiodd y ddau, gan gymryd y darnau pysgod yn ufudd. Tynnodd Rani ei *kurta* a'i throwsus, gan gadw'i fest a'i dillad isaf, a phlymiodd i'r dŵr.

'Tisio gogls?' gofynnodd Daniel, pan ddaeth ei phen yn ôl i'r wyneb.

'Os oes gen ti rai!' meddai Rani. Pasiodd Daniel y gogls iddi, cymerodd hithau lond ysgyfaint o aer, a phlymiodd. Edrychodd pawb i lawr ar y dŵr yn plygu a rhuglo siâp ei chorff, ac yna diflannodd yn llwyr. Roedd hi'n dawel, ddywedodd neb ddim byd; doedd dim sŵn ond sŵn y dŵr yn llepian ar ochrau'r cychod. Dechreuodd Daniel gyfrif. Deg. Dau ddeg.

'Mae 'na grocodeil mawr o gwmpas,' meddai un o'r plant.

'Ddaru fo fwyta dad Caro pan oedd o'n plymio am gimychiaid.'

'Naddo! Taro'i ben a boddi wnaeth o!'

'Nace, crocodeil ddaru ei fwyta fo.'

Tri deg. Pedwar deg.

'Dwi 'rioed 'di gweld un!'

'Dwi wedi. Oedd o'n masif, efo cynffon hir a phigau mawr a dannedd, argol fawr, llond ceg o ddannedd fatha rasals.'

'Naddo siŵr, fasat ti ddim yma tasat ti wedi gweld peth fel'na!'

'Do'n tad, mi welais i o'n codi yn y lagŵn wrth y cei plastig. Dyma fo'n gafael mewn deryn efo'i geg, a phlymio i lawr i'r dŵr.'

'Pfft! Dydi crocodeils ddim yn bwyta adar!'

Pum deg. Chwe deg. Am faint mae person yn medru dal ei wynt o dan y dŵr?

'Ydyn siŵr, maen nhw'n bwyta unrhyw beth maen nhw'n medru'i ddal!'

'Maen nhw'n bwyta pobl.'

'Ydyn, yn bendant.'

'Dim problem. Snap snap.'

'Snap snap, iym iym.'

Chwarddodd y plant.

'Hisht!' gwaeddodd Daniel, yn sydyn, gan eu dychryn ddigon i'w tawelu am foment. Daliodd Daniel i gyfrif. Saith deg, saith deg pump. Daeth rhywbeth golau i'r golwg islaw. Eiliad wedyn torrodd Rani'r wyneb, yn gafael yn yr wy, ac yn brwydro am ei gwynt.

10

Arweiniodd y plant y ffordd ar draws dŵr agored dwfn, at le ble'r oedd toeau'n sefyll uwchben y dŵr. Suri oedd ar y blaen, y ferch gyda'r mwclis dannedd siarc a'r plethi. Dim ond y toeau uchaf oedd yn sefyll allan; roedd y rhan fwyaf o'r adeiladau yn hen, gyda dim ond dau lawr. Yn y pellter roedd cromen gron wen, a phedwar tŵr pigfain yn adlewyrchu'n ddramatig yn y dŵr gloyw, glas.

'Mosg Masjid. Oeddwn i'n mynd i fanna ers talwm!' meddai Rani, yn llywio tuag ato.

'Dim ffor'na!' meddai Suri.

'Jyst eisiau edrych!' meddai Rani, a llywiodd y cwch modur draw at y mosg. Cylchodd o amgylch y gromen, gan edrych i lawr i'r dyfnderoedd gleision, i weld y toeau is o dan y dŵr.

'Mor rhyfedd! Ddigwyddodd o mor sydyn.'

'Do. Oedd o fatha bod o'n codi troedfedd y dydd ar un adeg. Dwi'n cofio'i wylio fo'n dod yn nes ac yn nes at ein tŷ ni, tra oedd Dad yn trio ffeindio rhywle arall i fyw.'

'Dewch!' meddai Suri, oedd yn colli amynedd, ac yn teimlo bod ei rôl fel arweinydd yn cael ei thanseilio gan y trip bach yma i edrych ar y mosg.

'Iawn, iawn, Miss Boss!' meddai Rani. 'Chaiff neb y gorau ar hon!' meddai hi wrth Daniel.

Yn y pellter gwelent dyrau eraill, gweddillion ardal ariannol y ddinas.

'Tybed oes 'na rywun yn byw yn y rheina?' gofynnodd Daniel.

'Mwy na thebyg,' meddai Rani. 'Mae 'na bobl wedi cael eu gadael ar ôl yn bob man. Lle arall fasan nhw'n mynd?'

'Wn i ddim, chwilio am dir oedd pawb,' meddai Daniel.

Roedd Rani'n gyrru'n araf gan fod y plant yn gorfod padlo'u caiacs, felly roedd digon o amser i sgwrsio.

'Mi welaist ti'r mapiau. Mae'r ynysoedd i gyd dan ddŵr. Fasa'n rhaid i ti fynd i'r tir mawr, i'r mynyddoedd.'

'Ie, neu i wlad arall.'

'Ie, neu i wlad arall,' meddai Rani, yn freuddwydiol. 'Edrych!'

Yn y pellter, roedd rhywbeth du yn ffurfio ar wyneb y dŵr. Rhywbeth blêr, gydag amlinell racsiog, a changhennau moel yn sticio allan yma ac acw. Wrth ddod yn nes, gellid gweld ei fod wedi ei wneud o gychod mawr a bach, darnau o fetel sinc, tarpolinau, hen bebyll a hwyliau, rhaffau, byrddau syrffio, darnau o bren sgrap, bwiau, casgenni plastig; pob math o wehilion a sbarion, unrhyw beth fyddai'n arnofio.

'Sut fath o le ydi hwn?' gofynnodd Daniel.

'Adra!' meddai Suri.

Wrth gyrraedd, gellid clywed sŵn lleisiau yn cario dros y dŵr. Sŵn canu, sŵn mam yn dwrdio ei phlentyn, dwy ferch ar eu cwrcwd yn golchi dillad ac yn sgwrsio ar ddec cwch hwylio, lle'r oedd lein ddillad wedi ei chodi rhwng y mastiau. Rhwyfodd y plant i mewn i'r ddrysfa o gychod a rafftiau a phlanciau a chasgenni. Dilynodd Rani, gan lywio'r cwch modur i lawr sianel glir, rhwng cychod o bob lliw a llun a throedffyrdd oedd yn arnofio ar wyneb y dŵr, wedi eu llunio o froc môr a thrawstiau gyda hen boteli plastig yn eu cynnal.

'I ble'r ydan ni'n mynd?' gofynnodd Daniel, yn teimlo'n ymwybodol iawn ohono'i hun. Roedd llygaid yn syllu arnynt o bob ochr.

'I'r tegell rhydlyd,' meddai Suri, 'i chwilio am Miko. Fydd hi'n medru ffeindio Nick.'

Rhwyfodd y plant yn hyderus i lawr y sianel ganolog, yn codi eu rhwyfau ac yn gweiddi ar ambell un oedd wedi stopio i syllu ar y newydd-ddyfodiaid. Roedd pobl yn mynd a dod, fel mewn unrhyw bentref, rhai yn cario dŵr mewn bwcedi (o ble'r oedden nhw'n cael dŵr ffres, meddyliodd Daniel), rhai yn cario pysgod wedi eu clymu'n dusw gyda llinyn, rhai yn rhwyfo caiacs plastig fel oedd gan y plant, eraill mewn cychod pren traddodiadol.

'Pwy ydi'ch ffrindiau newydd chi, Suri?' gwaeddodd dyn ifanc oedd yn pasio ar bont wedi ei gwneud o hen baledi.

'Maen nhw'n dod o'r nendyrau. Chwilio am eu tad, Nick. Mae o wedi mynd ar goll,' gwaeddodd Suri yn ôl arno.

Trodd Suri oddi ar y brif sianel i lawr sianel arall, gulach, gyda chychod hyd yn oed llai llewyrchus ar bob ochr. Roedd llawer ohonyn nhw'n gychod bach agored gyda dim byd ond tarpolin i gadw'r cynnwys a'r trigolion yn sych mewn glaw. Ar ben draw'r sianel roedd hen fferi geir haearn, oedd wedi ei haddasu i fod yn gaffi. Roedd cwt pren wedi ei osod yng nghanol y dec, a rhywun wedi adeiladu feranda o'i amgylch i gysgodi'r cwsmeriaid rhag yr haul. Roedd fflagiau trionglog amryliw yn addurno polion y feranda, ac arwydd wedi ei beintio â llaw, gyda'r enw 'Y Tegell Rhydlyd'. Ar y dec, yn eistedd ar garpedi a chlustogau yng nghysgod y feranda, roedd grŵp bach o hen bobl yn yfed te yn dawel wrth fwrdd isel, tra bod y perchennog i'w weld trwy ffenest y caban yn paratoi bwyd ar stof gerosin. Trawai'r olygfa Daniel yn syndod o foethus a hamddenol.

'Arhoswch yn fan hyn,' meddai Suri wrth y lleill, gan ddringo'n hyderus o'i chwch i sefyll ar lanfa bren islaw dec y tegell rhydlyd. Dringodd i fyny'r grisiau pren roedd rhywun wedi eu hadeiladu rhwng y lanfa a dec y caffi, ac aeth at yr hen bobl oedd yno'n sgwrsio. Allai'r plant islaw ddim clywed beth a ddywedwyd. Ar ôl peth amser dringodd Suri'n ôl i lawr, a dynes fach, esgyrnog gyda hi.

Roedd ei gwallt, a fu unwaith yn ddu, wedi britho, ac yn flêr tu hwnt, a'i chroen brown yn rhychau dyfnion o amgylch ei llygaid. Roedd ganddi fwlch yn nhu blaen ei cheg lle'r oedd hi wedi colli nifer o ddannedd. Gwisgai hen bâr o drowsus byrion coch oedd wedi colli eu lliw nes bod yn binc ysgafn, fflip-fflops plastig glas gyda llun coed palmwydd ar y gwadnau, a chrys-T oedd yn dweud 'Hollywood' mewn bylbiau llachar Hollywoodaidd ar gefndir a fu unwaith yn ddu. Gellid gweld mwclis yn sbecian uwchlaw gwddf y crys-T oedd wedi eu gwneud o ledr, gyda dannedd ac esgyrn mân rhyw greadur môr yn crogi ohonynt. Edrychai'n hen a gwyllt, ond er nad oedd hi ond fymryn yn dalach na Suri, roedd urddas ac awdurdod yn y ffordd y safai ar y dec yn edrych gyntaf ar Daniel, ac yna ar Rani. Ddywedodd hi ddim byd, ond ar ôl saib, fe drodd at Suri a nodio.

'Clymwch eich cwch yn fan hyn,' meddai Suri. 'Mae Miko yn fodlon eich helpu chi.'

Ufuddhaodd Rani, gan glymu eu cwch i'r un bwlyn â chaiac Suri, a dringodd y ddau allan yn ansicr i sefyll ar y lanfa, oedd yn codi a gostwng o dan eu traed.

'Dewch â'ch bagiau,' meddai Suri, 'mae 'na ladron.' Ufuddhaodd Daniel a Rani, a dilynodd y tri yr hen ddynes ar hyd y rhodfa sigledig, heibio i gychod gweigion, rhai ohonyn nhw wedi hanner suddo. O'r diwedd daethant at gwch hwylio pren gyda'r enw *Pererin* mewn llythrennau ysgafn ar ei gorff gwyn. Yn ei ymyl, wedi ei glymu ar y ddau ben, roedd hen gwch milwrol gyda chorff haearn rhydlyd. Roedd dyn ifanc yn pwyso ar y canllaw, gyda golwg ddiog, ddirmygus. Poerodd i'r dŵr wrth iddyn nhw fynd heibio.

'Dewch,' meddai Miko, gan amneidio i Daniel a Rani ei dilyn i fyny'r styllen a arweiniai at ddec y cwch hwylio. Roedd lein ddillad wedi ei gosod rhwng y mast a blaen y cwch, a golchiad o ddillad tyllog, wedi'u cannu gan haul a halen, yn sychu yn yr awel ysgafn. Rhoddodd Suri ei throed ar y styllen, ond trodd Miko ati.

'Nid chdi. Dos adref, Suri, mae dy fam eisiau dy help di.'

Edrychodd Suri'n bwdlyd, ond camodd yn ôl oddi ar y styllen.

'Hei, Suri,' meddai Daniel, wrth iddi ddechrau cerdded i ffwrdd. 'Diolch am dy help.'

Gwenodd Suri, a chodi llaw, cyn cerdded yn ôl yr un ffordd ag yr oedden nhw wedi dod.

11

Dilynodd Daniel a Rani'r hen wraig i gaban *Pererin*, ac i lawr grisiau serth a arweiniai o dan y dec. Roedd yno gegin daclus, gyda llestri enamel tolciog, hen degell copr, ac ar silff uwchben y stof crogai tuswau o berlysiau a physgod wedi sychu. Roedd partisiwn pren yr ochr arall i'r ystafell, gyda drws agored lle gellid gweld ystafell wely gyda chwrlid patrymog o wehyddwaith traddodiadol ar y gwely. Rhyngddynt a'r ystafell wely, roedd bwrdd isel a nifer o glustogau lliwgar ar y llawr. Goleuid y caban gan ffenestri ar y ddwy ochr. Ar silff uwchben y ffenest, roedd casgliad o bethau, yn cynnwys penglogau anifeiliaid, ffliwt, cloch a drwm, a nifer o gerfluniau. Ar y wal roedd paentiadau inc o bobl yn marchogaeth ar gefn anifeiliaid – un ar gefn teigr, un ar geffyl, un ar ddraig. Ar silff arall roedd casgliad o lyfrau; edrychai rhai ohonynt yn hen iawn. Roedd arogl anghyfarwydd yn y caban, ond roedd teimlad o lendid a threfn, ac roedd yn gysurus, er gwaethaf odrwydd yr addurniadau.

'Eisteddwch,' meddai Miko, yn amneidio at y clustogau ar y llawr. Ufuddhaodd Daniel a Rani, gan eistedd gyda'i gilydd ar un ochr i'r bwrdd. Aeth Miko i ddrôr yn y gegin, a threuliodd ychydig funudau yn casglu pethau ynghyd. Llanwodd y tegell gyda dŵr o botel fawr blastig, a'i osod i ferwi ar y stof nwy. Gosododd bestl a morter ar y bwrdd, ac yna taflodd lond llaw o rywbeth mân, du i mewn i'r morter, ynghyd â nifer o ddail o un o'r tuswau yn y gegin, a llwyaid o rywbeth na allent ei weld allan o dun enamel melyn. Malodd y cwbl yn egnïol gyda'r pestl, ac yna tywalltodd y cyfan i gragen fylchog fawr. Ychwanegodd ychydig ddiferion o hylif brown tywyll allan o botel, a chymysgu'n ofalus gyda llwy bren fechan. Tra oedd hi'n gwneud hyn i gyd, roedd hi'n sibrwd geiriau na allent eu clywed na'u deall. O'r diwedd tywalltodd y gymysgedd i mewn i gwpan, ac ychwanegu dŵr o'r tegell, oedd bellach wedi dechrau berwi. Cymysgodd y cyfan a'i roi o flaen Daniel, cyn diflannu heb air i'r ystafell wely. Codai stêm o'r gwpan. Syllodd Daniel arno, ac yna'i godi i'w wefusau. Roedd y trwyth yn chwerw, ac yn felys, ond ddim mor boeth ag yr oedd wedi'i ddisgwyl. Yfodd Daniel y cyfan, gan feddwl na ddylai ymddangos yn anniolchgar. Daeth Miko yn ôl i mewn i'r ystafell yn gwisgo gŵn hir, tebyg i gimono sidan glas tywyll gyda dreigiau mewn brodwaith aur. Syllodd Daniel ar y wisg. Ymddangosai fod y dreigiau'n symud, yn cerdded dros ysgwyddau Miko. Estynnodd Miko'r drwm i lawr oddi ar y silff, ac eisteddodd gyferbyn â hwy wrth y bwrdd. Estynnodd am y gwpan, ac edrych i mewn iddi.

'Wnest ti yfed o?' gofynnodd i Daniel.

'Do,' meddai Daniel.

'Nid ti oedd i fod i'w yfed o!' meddai Miko. 'Fi yw'r Thai Cung!'

'O,' meddai Daniel, yn edrych ar ei hwyneb. Roedd hi'n hen, hi oedd ei nain. Nain pawb. Y ddynes gyntaf yn y byd.

'Dwyt ti ddim wedi dy hyfforddi i yfed swyn cryf fel'na!' meddai Miko.

'Sori!' meddai Daniel, ond allai o ddim peidio â gwenu arni, gwenu'n llydan â'i holl ddannedd, â'i holl enaid. Roedd o mor hapus i fod yn y lle yma, efo'i nain, a'i ffrind gorau, a phopeth mor brydferth, a'r lluniau ar y wal yn dawnsio, a'r holl ystafell yn siglo ac yn symud efo'r môr, a'r môr yn ymestyn i bob cyfeiriad yn llawn pysgod a morfilod a llongau wedi suddo…

'Beth oedd yn y gwpan?' gofynnodd Rani.

'Sylweddau sy'n agor drysau'r meddwl i ddadorchuddio gwybodaeth gudd,' meddai Miko. 'Ond mae'n rhaid astudio am flynyddoedd cyn bod yn barod i yfed peth fel hyn. Mae'n medru bod yn beryglus i bobl sydd ddim yn barod.'

Syllodd Daniel ar y gwpan, ar y diferyn brown olaf yn y gwaelod. Peryglus. Agorodd twll mawr du o ofn yng ngwaelod ei stumog. Nid ofn arferol, sy'n gysylltiedig â bod mewn perygl. Ofn sylfaenol, cysefin. Ofn sy'n byw yn yr esgyrn ac yn hidlo i'r gwaed gan lenwi'r meddwl â gwagle brawychus, diwaelod, yn hollol annisgwyl.

'Daniel,' meddai Rani, yn dyner iawn.

Edrychodd arni. Roedd hi'n eistedd wrth ei ochr, ei chroen mor llyfn a'i gwallt mor loyw.

'Wyt ti'n iawn?' gofynnodd.

Llyncodd Daniel ei boer. Roedd ei geg yn sych, a'i feddwl yn ymestyn i bob cyfeiriad, yn gorlifo o'i lygaid. Wrth edrych ar Rani, diflannodd yr ofn mor sydyn ag y daeth. Roedd ganddi goron ar ei phen ac roedd hi'n gwisgo mantell sidan euraid, fel brenhines o'r hen oesoedd. Roedd Miko yn hofran rai troedfeddi oddi ar y llawr, ei gwallt gwyllt yn llifo o amgylch ei phen a'i dannedd yn dawnsio yn ei cheg. Chwarddodd Daniel. Roedd popeth yn lliwgar ac yn batrymog. Edrychodd ar ei ddwylo. Roedd ei fysedd mor hir. Pam na wnaeth o sylweddoli o'r blaen mor hir oedd ei fysedd?

'Da iawn,' meddai Miko, ei thôn yn newid yn sydyn, yn cymryd rheolaeth o'r sefyllfa. 'Sefyll i fyny.'

Safodd Daniel. Wyddai o ddim sut y gwnaeth hynny, allai o ddim teimlo unrhyw ran o'i gorff. Saethodd i fyny'n sydyn, gan daro'i ben ar y nenfwd. Doedd ganddo ddim pwysau. Roedd o'n hedfan, mor ysgafn â balŵn yn llawn heliwm. Chwarddodd yn afreolus.

'Iawn,' meddai Miko. 'Mae hyn yn anarferol iawn. Fel arfer fi fyddai'n mynd ar y siwrne. Ond rwyt ti wedi penderfynu mynd dy hunan, felly mi wna i dy helpu di hynny fedra i. Rwyt ti yma i ffeindio dy dad, felly gorwedd i lawr yn fan hyn, ac mi ddyweda i wrthyt ti beth i'w wneud.'

Stopiodd Daniel chwerthin, a glanio'n ysgafn fel pluen ar wely o glustogau yr oedd Miko wedi ei baratoi ar ei gyfer.

'Nawr, cau dy lygaid,' meddai Miko, 'a meddylia am dy dad. Meddylia am ei wyneb o. Ei ddwylo. Y pethau mae o fel arfer yn eu dweud. Meddylia am beth oedd o'n wisgo'r tro diwethaf i ti ei weld o, ac i ble'r oedd o'n mynd. Cofia mor fanwl ag y medri di y tro diwethaf i ti ei weld o.'

Roedd Daniel yn y nendwr. Yn y gegin, yn y fflat, yn plicio oren i un o'r plant oedd newydd gyrraedd. Gallai arogli'r sudd siarp ar ei ddwylo. Roedd Rex yn chwarae gyda char tegan yr oedd o wedi dod ag o gydag o, yn ei yrru ar draws y bwrdd a'r cadeiriau. Roedd Marshall yn eistedd ar lin Rani, yn edrych yn bryderus. Roedd Rani yn canu hwiangerdd iddo nad oedd Daniel wedi ei chlywed o'r blaen. Roedd Nazima'n edrych ar y llyfrau ar silff yn yr ystafell fyw. Daeth Nick i mewn. Roedd o'n gwisgo jîns glas, a chrys-T llwyd gyda logo Vans. Roedd ganddo gap pig coch am ei ben, ac roedd ei wallt melyn budr yn cyrlio i fyny o amgylch yr ymyl. Roedd ganddo farf fer. Roedd o'n ddyn tenau, ond egnïol. Fflip-fflops plastig coch oedd am ei draed.

'Fan hyn 'dach chi!' meddai, gan afael mewn potel o'r cwpwrdd a'i llenwi o'r tap. 'Wedi ffeindio lle i fyw eto?' gofynnodd i Rani.

'Do, rhif 547. Rhywbeth tebyg i lle'r oedden ni o'r blaen. Digon o le, heb fod yn rhy fawr.'

'Swnio'n berffaith!' meddai Nick. 'Dan, wyt ti wedi gweld fy nhreiners i?'

Edrychodd Dan i lawr. Roedd o'n eu gwisgo nhw. Treiners *high-top* Puma du a gwyn, mewn cyflwr perffaith.

'Daniel!' meddai Nick, yn ffug-fygythiol. 'Faint o weithiau ydw i'n gorfod dweud, fi sydd piau'r rheina!'

'Ond Dad. Mi wnei di ddifetha nhw'n mynd allan ar y môr ac yn cael dŵr hallt drostyn nhw. Maen nhw mor neis a newydd.'

'Daniel. Rydw i angen esgidiau, a fy esgidiau i ydi'r rheina sydd am dy draed di. Tynna nhw i ffwrdd, plis.'

'Pam na fedri di ddim gwisgo'r sgidia cerdded 'na?' gofynnodd Daniel, yn pwyntio at hen bâr o esgidiau lledr rhacsiog wrth y drws.

'Achos maen nhw'n boeth ac yn chwyslyd ac yn drwm. Tyrd. Sgidia, rŵan!'

Tynnodd Daniel y sgidiau yn gyndyn. Gwyddai nad oedd angen esgidiau yn y nendwr. Roedd y rhan fwyaf o bobl yn mynd heb, neu yn gwisgo fflip-fflops, ond roedd Dan yn arbennig o hoff o'r treiners Puma. Roedden nhw'n ei atgoffa am amser gwahanol, pan oedd o'n medru cerdded i lawr y stryd, o dan y coed, a mynd i'r siopau ac i'r parc a chwarae pêl-fasged efo'i ffrindiau. Gwisgodd Nick y treiners.

'Niwsans bod dy draed di'r un maint â'n rhai i!' meddai, gan sefyll i fyny. 'Ond dwyt ti ddim cweit wedi dal i fyny efo fi o ran taldra. Dim eto, beth bynnag!' Diflannodd i'r ystafell arall am ychydig funudau, ac yna daeth yn ôl gyda phac bychan. Doedd o ddim yn bwriadu bod i ffwrdd yn hir, felly doedd ganddo ond digon am un pryd o fwyd, potel o ddŵr, a siaced ysgafn.

'Reit. Dwi'n mynd.' Trodd at Rani a Nazima, oedd yn sefyll ochr yn ochr. 'Gobeithio y gwnewch chi setlo i mewn yn iawn. Mi wneith Dr Lieu drefnu mynd drosodd i nôl chwaneg o'ch pethau chi os oes 'na frys, neu fedrwn ni fynd fory neu'r diwrnod wedyn.' Yna edrychodd ar Marshall. 'Wyt ti'n hoffi comics?' gofynnodd. Nodiodd Marshall yn swil. 'Gofyn i Dan 'ma ddangos ei gomics i ti. Mae ganddo fo domen ohonyn nhw. A dwi'n siŵr bod 'na focs o hen lorris a cheir oeddet ti'n mynnu dod efo chdi o'r hen dŷ yn rhywle yma, Dan. Tria ffeindio hwnna i Rex bach.'

Cofleidiodd ei fab, cododd ei law ar y lleill, ac allan â fo.

Agorodd Daniel ei lygaid. Roedd Miko'n hofran uwch ei ben, gyda ffan o blu rhyw aderyn du a gwyn yn ei llaw.

'Cofio?' gofynnodd. Nodiodd Dan.

'Rhaid i mi ffeindio fo!' meddai'n sydyn, yn teimlo'r brys a'r panig yn codi eto yn ei frest.

'Iawn,' meddai Miko. 'Mi rydan ni'n mynd i fynd ar daith. Cau dy lygaid.' Teimlodd Daniel wynt ysgafn yn aflonyddu ei wallt ac yn oeri ei wyneb wrth i Miko siglo'r ffan. Clywodd sŵn rhywbeth sych yn ysgwyd, fel ratl neu faraca, a sŵn drymio rhythmig: 'Bwm bwm bwm BWM bwm bwm bwm BWM bwm bwm bwm BWM,' meddai'r drwm, yn plethu efo curiad ei galon, drosodd a throsodd a throsodd, dim newid, dim brys, dim saib.

Roedd llygaid Daniel ar gau, a'r tywyllwch yn felfed llyfn o'i amgylch. Roedd o'n nofio, heb ddim ymdrech, mewn dŵr cynnes, llyfn, a'r sêr yn adlewyrchu ar yr wyneb. Roedd ei frest yn ymestyn wrth anadlu i mewn, ac roedd yn codi a disgyn yn ysgafn yn y dŵr. Arhosodd felly am yn hir, yn gorwedd ar ei gefn yn y môr cynnes yn edrych ar y sêr. Ond yn sydyn daeth chwa oer o wynt, ac roedd o'n cael ei dynnu i lawr, popeth yn symud ac yn siglo, pethau'n disgyn oddi ar silffoedd. Chwalodd rhywbeth ddim yn bell o'i wyneb, gan dasgu diferion oer ar hyd ei groen, ond nid agorodd ei lygaid. Roedd 'na gerrynt cryf, ac roedd y llong yn codi a disgyn ar donnau mawr, ac roedd llif dŵr oer yn ei dynnu i bob cyfeiriad, ei gorff yn llipa fel cadach yn cael ei droelli a'i droelli o dan y dŵr a'i ysgyfaint yn cywasgu, yn methu cael ei wynt.

'Rhaid i mi ddod â'r golchi i mewn,' meddai rhywun.

'Ydi o'n iawn?' gofynnodd rhywun arall, ond roedd Daniel yn rhy bell o dan y dŵr i glywed yr ateb. Crafodd yr angor ar hyd y gwaelod, nes i rywun ei dynnu i fyny. Roedd y pwysedd yn fwy i lawr fan hyn. Allai o ddim deall pa ffordd oedd i fyny a pha ffordd i lawr. Roedd hi'n dywyll, ond gallai weld. Na, nid gweld. Roedd ganddo synnwyr arall. Gallai deimlo siâp y creigiau islaw. Roedd 'na wastatir gwag, gydag ambell garreg ac ambell blanhigyn gwymon, a heigiau o bysgod arian yn gwibio heibio, wedi dychryn. Daeth at ymyl dibyn. Roedd yn ddiwaelod. I lawr yn fanno'r oedd y diwedd, fe wyddai. Diwedd popeth. Ond i'r cyfeiriad hwnnw yr oedd y llif yn tynnu. Roedd hi'n oer ar y gwaelod, yn ddi-wres, dioleuni, digariad, di-ddim-byd. Ond roedd o'n llithro, yn agosach. Roedd ei draed ar yr ymyl, ei freichiau ar led, yn ceisio cofleidio'r graig wastad. Doedd dim byd i afael ynddo. Disgynnodd carreg. Edrychodd i lawr. Fyddai o ddim yn medru nofio yn erbyn y llif hwn. Llithrodd ei draed. Gafaelodd yn yr ymyl, roedd yn frau a llithrig. Allai o ddim gafael, gwaniodd ei fysedd, a disgynnodd yn gyflym am i lawr, fel petai'n cael ei sugno i lawr twll plwg. Glaniodd gyda hergwd galed ar ei gefn ar silff lydan. Doedd o ddim yn anadlu, roedd ei frest yn wag. Roedd ei galon yn llonydd. Caeodd ei lygaid.

'Daniel!' Rhoddodd rhywun slap galed iddo ar draws ei wyneb. Agorodd ei lygaid. Miko. Roedd o'n dal ar y cwch. Edrychodd i'w llygaid.

'Est ti'r ffordd anghywir!'

Anadlodd Daniel yn ddwfn, mor falch o ganfod nad oedd ar wely'r môr.

'Mae 'na'n dal amser. Dilyn fi,' meddai, a rhuthrodd allan o orddrws y cwch heb i'w thraed gyffwrdd y grisiau. Edrychodd Daniel o'i gwmpas. Doedd dim golwg o Rani. Aeth ar ôl Miko, a'i gael ei hun yn hedfan yn bell uwchben y cwch a'r pentref. Gallai weld Rani ar y dec yn hel dillad Miko oddi ar y lein, yn dal i wisgo'i choron a'i mantell aur.

'Ydi hi'n frenhines?' gofynnodd.

'Mae pob merch yn frenhines i rywun,' meddai Miko, ei llygaid yn ddireidus.

'Mi est ti'r ffordd anghywir. Dim ond rhai profiadol iawn sy'n medru teithio o dan y môr, mae'n rhy beryglus i ti.'

'Rŵan ydach chi'n dweud wrtha i!' meddai Daniel.

Chwarddodd Miko. 'Rŵan canolbwyntia, dim ond ychydig o amser sydd ar ôl.' Hedfanodd yn uwch, a diflannu i ganol cwmwl. Dilynodd Daniel.

'Gorwedd yn fan hyn,' meddai Miko.

Gorweddodd Daniel ar y cwmwl. Roedd yn llaith, ac yn ysgafn, ond gan nad oedd ganddo ef ei hun unrhyw bwysau, teimlai'n ddigon saff.

'Rŵan canolbwyntia. Ble mae dy dad?'

Ar unwaith, roedd Daniel mewn twll o dan y ddaear, ac roedd Nick yno hefyd. Roedd Nick yn gwisgo'r un dillad â'r tro diwethaf iddo'i weld o, ond roedd gwadnau trwchus gwyn y treiners yn fwd i gyd, a'i ddillad yn fudr. Roedd y llawr yn bridd, a'r waliau'n bridd. Roedd yna arogl ffyngaidd, llaith, a gwthiai gwreiddiau allan o'r waliau mewn ambell le. Roedd 'na fwced yn y gornel gyda chaead, a photel ddŵr blastig dolciog wrth ochr Nick. Roedd o'n eistedd a'i gefn at y wal, a'i goesau i fyny. Roedd ofn arno. Gallai Daniel deimlo'r ofn. Roedd hyn yn ei ddychryn yn fwy na dim byd. Roedd Nick bob amser mor optimistaidd. Gallai wneud unrhyw beth, goresgyn unrhyw broblem. Doedd ar Nick byth ofn.

'Dad!' meddai Daniel. Symudodd Nick ddim, ond pasiodd cysgod gwên dros ei wyneb.

'Dad, paid â phoeni. 'Dan ni'n dod i dy achub di. Mi wnawn ni dy ffeindio di, dwi'n addo. Paid ag anobeithio. Jyst meddwl amdanaf fi. A'r teulu yn y tŵr. Mi rydan ni dy angen di. Bydda'n ddewr. Mi wnawn ni dy ffeindio di, iawn, Dad? Iawn!'

Agorodd Daniel ei lygaid. Roedd o'n gorwedd ar y clustogau yng nghwch Miko. Roedd Rani'n eistedd wrth y bwrdd, yn ei dillad arferol, heb goron am ei phen. Roedd Miko'n edrych arno, a golwg ddisgwylgar ar ei hwyneb.

'Gest ti hyd iddo?'

'Do! Mae o mewn twll o dan y ddaear.'

Sugnodd Rani ei gwynt

'Na, mae o'n iawn. Mae o'n fyw. Ond mae ofn arno fo.'

'Disgrifia'r twll,' meddai Miko.

'Roedd o'n sgwâr, tua thri neu bedwar metr o un pen i'r llall. Roedd y llawr a'r waliau yn bridd, efo gwreiddiau yn dangos mewn ambell le.'

'Does 'na ddim llawer o lefydd efo pridd mor ddwfn â hynny y ffordd hyn,' meddai Miko. 'Rhaid mai ar y tir mawr mae o.'

'Ie. Mae'n rhaid,' meddai Daniel, er nad oedd wir yn gwrando. Roedd ei feddwl yn dal i ymdroi o amgylch y weledigaeth o'i dad yn y twll.

'Oedd o ar ei ben ei hun?' gofynnodd Miko.

'Oedd,' meddai Daniel, 'er, dwi'n meddwl bod 'na bobl o gwmpas, uwchben. Ges i ryw synnwyr o hynny, wn i ddim sut.'

'Felly mae hi, mewn gweledigaeth,' meddai Miko, 'wnest ti'n dda iawn, am un mor ddibrofiad. A rŵan mae'n rhaid i mi hel y dillad oddi ar y lein,' a dringodd Miko i fyny'r grisiau allan i'r dec. Edrychodd ar yr awyr. Roedd cymylau duon yn hel ar y gorwel.

'Ddaru hi ddweud hynna o'r blaen?' gofynnodd Daniel.

'Beth?'

'Am y dillad. Oeddwn i'n meddwl dy fod di wedi eu hel nhw'n barod.'

'Fi? Na. Oeddet ti allan ohoni'n hollol. Oedd o'n reit ddychrynllyd i'w wylio. Oeddwn i'n meddwl dy fod di'n mynd i farw ar un pwynt.'

'A fi! Oedd o'n erchyll!'

Daeth Rani i eistedd wrth ei ymyl ar y clustogau.

'Ti'n iawn rŵan?'

'Yndw, dwi'n meddwl. Roeddet ti'n gwisgo coron a rhyw glogyn aur!'

'Beth?'

'Ta waeth. Dim byd.' Cochodd Daniel.

'Wyt ti'n meddwl bod beth welaist ti'n bod go iawn?' gofynnodd Rani.

'Oedd o'n teimlo'n go iawn. Oedd o'n edrych yn go iawn. Yndw. Wel, mae o'r unig beth sydd gynnon ni, yn tydi?' Edrychodd ar Rani. Roedd hi'n dal yn brydferth tu hwnt, er bod ei dillad fymryn yn flêr, ac wedi colli lliw wrth gael eu golchi'n rhy aml. Cyn iddyn nhw gael cyfle i drafod ymhellach, daeth Miko i lawr y grisiau gyda'i basged o olchi, gan gau'r drws ar ei hôl.

'Mae 'na storm yn dod,' meddai, ac aeth ati ar unwaith i

gadw pethau mewn cypyrddau. Datgysylltodd y batri oedd yn cyflenwi'r trydan ar gyfer y goleuadau, a diffoddodd y nwy wrth y tanc.

Ar hynny, clywyd chwa gref o wynt y tu allan, a chododd y cwch nifer o droedfeddi ar don annisgwyl.

12

Yr eiliad wedyn cychwynnodd y glaw. Nid pitran patran fel glaw arferol, ond talpiau trwm o ddŵr yn disgyn fel dyrnau ar y dec uwchben, ac yn llifo'n rhaeadrau dros y ffenestri.

'Ddylen ni fynd i edrych am ein cwch ni,' meddai Rani.

'Dim amser,' meddai Miko. 'Mae'r storm yma.'

Ar y gair, cododd sŵn y gwynt yn uwch eto. Dechreuodd y cwch rolio'n annifyr wrth i'r tonnau ei godi a'i ollwng. Roedd yn gorwedd yn lletgroes i'r tonnau, gan achosi iddo wingo'n anghyffyrddus i bob cyfeiriad ar unwaith.

Dechreuodd Miko gasglu cwpanau a mân bethau oddi ar y bwrdd a'r ochrau, a'u cadw mewn droriau.

'Be nawn ni?' meddai Daniel.

'Eisteddwch i lawr. Does dim amser i wneud dim byd,' meddai Miko, heb edrych i fyny. Roedd hi'n cadw'r tegell yn y cwpwrdd gydag un llaw, ac yn estyn cortyn allan o ddrôr gyda'r llaw arall. Clymodd handlenni'r cwpwrdd at ei gilydd, a thynnodd y botel ddŵr fawr oddi ar yr ochr a'i gosod ar y llawr. Roedd popeth yn symud ac yn siglo, ac roedd y cwch yn dechrau dirgrynu wrth i'r gwynt ruo trwy'r rhaffau ar y mast.

'Oes gynnoch chi angor go lew?' gofynnodd Rani.

'Na,' meddai Miko. 'Mae o'n hen un, dim yn ddigon trwm i'r cwch yma. Mae o'n llithro o hyd.'

'Beth am y cymdogion?'

'Rheina? Mae ganddyn nhw gwch mawr solet, angor trwm, dim problem. Pobl beryg, dreisgar. Ond ofergoelus. Maen nhw wedi bod yn dda iawn efo fi erioed. Dwi'n meddwl bod arnyn nhw fy ofn i. Dim yn ddrwg o beth.' Roedd hi'n brysur yn cadw a chlymu pethau wrth siarad.

'Ond beth am Suri, y plant, pawb arall…?' meddai Rani, yn boenus.

'Does gan neb yr offer gorau. Ond mae pobl yn goroesi, rhywsut. Fel arfer.'

Edrychodd Daniel allan drwy'r ffenest. Mewn ysbaid rhwng un afon o law a'r nesaf, gwelodd brennau rhydd yn arnofio ar y dŵr, a chychod yn taro yn erbyn ei gilydd. Yr eiliad nesaf, tarodd *Pererin* i mewn i'w gymydog gyda sŵn clec arswydus a barodd iddo ysgwyd o'i gorun i'w sawdl a griddfan fel petai mewn poen.

'Hynna sy'n beryg,' meddai Rani. 'Rydan ni'n rhy agos at y cwch mawr 'na drws nesa.'

Clywyd sŵn rhygnu metelaidd. Roedd yn anodd i'w wahaniaethu oddi wrth y dirgryniadau oedd yn dod o'r mast, ond ei fod i'w weld yn dod oddi isod yn hytrach nag uwchben.

'Dyna'r angor yn tynnu,' meddai Miko.

'Fasa hi'n well codi angor a thrio cael ein hunain allan o ganol y cychod eraill 'ma?' gofynnodd Rani.

'Dydi hi ddim yn dywydd hwylio,' meddai Miko.

'Dydi hi ddim yn dywydd i glosio at dy gymdogion chwaith!' meddai Rani.

'Does gen i ddim hwyliau storm.'

'Ond mi rydan ni'n mynd i gael ein chwalu'n dipiau yn erbyn yr hen hwlcyn 'na drws nesa os arhoswn ni'n fan hyn!'

Ar y gair, tarodd y ddau gwch i mewn i'w gilydd gyda sŵn fel esgyrn yn malu.

'Fasan ni'n well yn drifftio'n ddigyfeiriad na chael ein suddo yn fan hyn,' meddai Rani.

'Tyrd, Daniel.'

Cododd Rani ar ei thraed. Doedd gan Daniel ddim syniad a oedd beth roedd hi'n ei ddweud yn gwneud synnwyr, ond roedd o'n ymddiried ynddi, felly cododd ar ei draed a'i dilyn. Dringodd Rani'r grisiau, ac agor bollt y gorddrws. Yr eiliad wedyn rhuthrodd chwa o wynt ffyrnig i mewn i'r caban. Dringodd Rani allan trwy'r hatsh, a dilynodd Daniel. Roedd y gwynt yn hyrddio, a dŵr glaw a môr yn gymysg yn tasgu dros ochr y cwch, ond ymddangosai fymryn yn llai arswydus i fyny ar y dec, rhywsut.

'Dim ond dŵr a gwynt ydi o, wedi'r cyfan!' meddai Daniel wrtho'i hun.

'Rhaid i ni ddatglymu'r rhaffau 'na,' meddai Rani'n uchel yn ei glust, i gael ei chlywed uwchben y gwynt. Roedd hi'n pwyntio at du blaen a thu ôl *Pererin*, lle'r oedd rhaffau'n ei ddal yn sownd wrth y cwch haearn drws nesaf. Doedd neb ar ddec hwnnw.

Aeth Rani i'r tu blaen a Daniel i'r cefn. Rhyddhaodd Daniel ei raff yn ddigon hawdd, gan fod y sawl a'i clymodd wedi defnyddio cwlwm pwrpasol, hawdd ei ddad-wneud, ond roedd Rani'n cael mwy o drafferth. Roedd rhywun wedi weindio'r rhaff o amgylch y gleten ddegau o weithiau, gan ei throi o amgylch ei hunan mewn nyth brân afreolus o glymau mawr a mân – bron fel pe baent eisiau cadw'r ddau gwch rhag gwahanu. Roedd Rani'n ddiwyd yn ceisio dad-wneud y dryswch hwn, tra oedd y cwch yn siglo a'r tonnau'n torri dros y blaen gan dasgu i'w llygaid a'i gwneud hi'n anodd gweld. Estynnodd Daniel ei gyllell o'i boced.

'Wna i hynna, dos di am yr angor,' meddai, gan ddechrau llifio ar y darn tyn o raff oedd rhwng y ddau gwch. Cododd Rani ar ei sefyll, a mynd am y winsh i godi'r angor. Wrth i Daniel dorri trwy'r ffibrau neilon olaf, daeth dyn ifanc allan ar ddec y cwch arall.

'Hei!' gwaeddodd hwnnw, pan welodd beth oedd Daniel yn ei wneud. 'Cwch y wrach ydi hwnna! Be ti'n meddwl ti'n ei wneud?'

'Jyst trio osgoi taro i mewn i chi!' meddai Daniel ar dop ei lais, ac ar hynny, torrodd y ffibrau olaf, a sugnwyd *Pererin* i'r starbord wrth i don arall basio heibio, gan agor bwlch o rai metrau rhwng y ddau gwch. Roedd Rani wedi dod o hyd i'r lifer ar gyfer y winsh, ac yn prysur weindio cadwyn yr angor i fyny, ond roedd y cwch yn symud mwy a hwnnw wedi ei ryddhau oddi wrth ei gymydog trymach.

'Daniel, gwylia!' gwaeddodd Rani, wrth i don arall eu codi. Eiliadau wedyn roedden nhw'n chwalu i mewn i ochr y cwch haearn eto, a disgynnodd Daniel yn galed ar ei benelin wrth i'r dec llithrig symud o dan ei draed. Dim amser i feddwl am y boen, rhaid dod o hyd i ffordd i symud oddi wrth y cwch mawr. Edrychodd o amgylch y dec a dod o hyd i bolyn pren hir – rhan o lein ddillad Miko. Defnyddiodd hwn i wthio yn erbyn ochr y cwch arall, ac am ymlaen. Roedd yn waith caled, ond symudodd fetr neu ddau ymlaen cyn i don arall eu hyrddio at ei gilydd eto. Roedd Daniel yn barod y tro hwn, ar ei liniau ar y dec. Yn y foment dawel rhwng y don honno a'r nesaf, gwthiodd eto gyda'r polyn a llwyddo i symud ymlaen fetr neu ddau arall. Dwy ymdrech arall debyg, ac roedden nhw wedi clirio'r cwch mawr, a doedd dim byd i daro i mewn iddo ond chwalfa o ddarnau pren a chychod bach gwag oedd wrthi'n suddo.

'Gwaith da, Dan!' meddai Rani, oedd wedi gorffen cadw'r angor, ac wedi ymddangos wrth ei ochr.

'Dwi'n meddwl bod y cerrynt yn dod ffordd yma,' meddai Daniel.

'Wel, does 'na ddim lot arall i daro i mewn iddo rŵan. Awn ni i lawr i gysgodi?' meddai Rani.

Roedd y ddau yn wlyb diferol, ac roedd penelin Daniel wedi dechrau brifo nawr nad oedd ganddo bethau eraill i dynnu ei sylw. Eisteddai Miko yn union lle'r oedden nhw wedi'i gadael hi, yn syllu ar y glaw yn pistyllio i lawr y ffenestri, ac yn mwmial rhyw eiriau wrthi ei hun. Roedd hi'n gafael mewn rhywbeth bach yng nghledr ei llaw chwith, ac yn ei droelli o amgylch gyda'i bysedd. Doedd hi ddim wedi sylwi bod Daniel a Rani wedi dod yn ôl o dan y dec.

'Ddylen ni fod yn saff rhag taro i mewn i ddim byd rŵan,' meddai Rani, ar ôl ychydig.

'Hmm. Dim byd ond creigiau,' meddai Miko, heb edrych oddi wrth y ffenest. 'A thoeau adeiladau.'

'Creigiau? Pa greigiau?' meddai Rani.

'Dydi'r môr ddim yn ddwfn yn yr ardal yma. Roedd o i gyd yn dir sych tan tua phum mlynedd yn ôl. Ond efallai y byddwn ni'n lwcus. Efallai y bydd y cerrynt yn mynd y ffordd arall.'

'Wel, mi rydach chi'n hwyr iawn yn gwrthwynebu!' meddai Rani. 'Roeddwn i'n meddwl eich bod chi'n hapus i ni ddatglymu, neu y basach chi wedi dweud rhywbeth.'

'O, dwi'n hapus, fy ngeneth i. Mae chwalu yn erbyn creigiau yn union yr un fath gen i â chwalu yn erbyn yr hen gwch lladron 'na. Dim ots gen i o gwbl sut mae 'nghwch i'n cael ei suddo.'

'Ella na chaiff o mo'i suddo!' meddai Daniel. 'Does dim angen bod mor besimistaidd.'

Trodd Miko oddi wrth y ffenest, ac edrych i lygaid Daniel. Roedd ei llygaid hi'n wyrddlas, lliw annisgwyl yn yr hen wyneb a'r croen fel cneuen Ffrengig. Syllodd arno'n hir. Teimlai Daniel fel petai wedi ei hadnabod ar hyd ei oes.

'Ti'n iawn,' meddai ymhen ennyd. 'Mae'n anodd cofio

hynny pan wyt ti mor hen â fi, ac wedi gweld y fath ddinistr.' Edrychodd i lawr ar y peth yng nghledr ei llaw.

'Mae'r bobl ifanc 'ma eisiau byw!' meddai wrthi ei hun, fel petai hynny'n syndod. Rholiodd y gwrthrych o amgylch cledr ei llaw nifer o weithiau eto. Edrychai fel rhyw fath o gerflun bychan, o garreg werdd, lefn. Roedd Miko fel petai'n ystyried rhywbeth yn fanwl. O'r diwedd, daeth i benderfyniad.

'Iawn,' meddai, wrthi ei hunan. Ac yna, wrth edrych i fyny, 'Iawn. Dal ati fydd rhaid felly.' Swniai'n flinedig, ond yn benderfynol.

Roedd y tonnau'n rolio'r cwch o ochr i ochr, ac yn tasgu dros y dec uwchben. Roedd Daniel yn dechrau teimlo'n eithaf sâl.

'Faint ydi oed y cwch 'ma?' gofynnodd Rani.

'Mae o'n hŷn na fi,' meddai Miko. 'Fy nhad oedd piau fo.'

Roedd Daniel yn eu clywed yn siarad fel petaent yn bell i ffwrdd, o dan ddŵr. Roedd chwys oer ar ei wyneb, a'i stumog yn corddi.

'Mae'r hogyn 'ma'n mynd i fod yn sâl,' meddai Miko, gan godi. Estynnodd y ddysgl golchi llestri o'r sinc a'i phasio i Dan, gan roi'r caniatâd angenrheidiol iddo. Taflodd i fyny ar unwaith, a theimlo'n well.

'Dos i fyny i wagio hwnna dros yr ochr,' meddai Miko wrth Rani. 'Mi ro i rywbeth iddo fo beidio digwydd eto.' Crychodd Rani ei thrwyn, ond cododd y ddysgl gydag un llaw, a gafael yng nghanllaw'r grisiau gyda'r llall. Pan ddaeth yn ôl, roedd Daniel yn edrych gydag wyneb amheus i waelod cwpan enamel. Rhoddodd Miko gwpan debyg yn ei llaw hithau. Chwarddodd wrth weld wynebau'r ddau.

'Peidiwch â phoeni, dydi o ddim yn rhithbair, dim ond rhywbeth i setlo'r stumog yn y storm 'ma. Ylwch.' Llyncodd gynnwys ei chwpan ei hunan. 'Reit, mae gynnon ni gwch i'w hwylio,' meddai. 'Ydach chi'ch dau wedi hwylio o'r blaen?'

'Do,' meddai Rani, 'ond dim byd o'r maint yma, a dim mewn môr fel hyn.'

'Da iawn. Ti?' gofynnodd i Daniel.

'Na. Dim ond wedi rhwyfo ar y llyn yn y parc pan oeddwn i'n hogyn bach.'

'Na phoener, mi ddyweda i wrthych chi be i'w wneud.' Meddyliodd am eiliad. 'Mi wna i lywio. Daniel, dwi am i ti godi'r jib. Dim gormod, jyst digon i ni fod yn symud efo'r gwynt, fel bod y llyw yn medru brathu, ac i gael y cyflymder i fynd dros y tonnau. Wna i ddangos i ti pa raff i'w thynnu, a dweud wrthyt ti pryd i stopio. Rani, dwi am i ti ddelio efo'r hwyl ei hun. Mi fydd raid i ti symud yn ofalus, a bod yn siŵr dy fod wedi dy glipio i rywbeth cadarn o hyd. Tu blaen y cwch ydi'r lle perycla i fod, ond mi fyddi di'n iawn. Rydan ni am drio cadw o flaen y storm, felly dylai'r gwynt fod y tu ôl i ni, sy'n gwneud pethau'n haws, ond mae'r tonnau'n mynd i fod yn fawr, ac yn dod o bob cyfeiriad, felly gwyliwch ble'r ydach chi'n rhoi eich traed. A gwisgwch y rhain.'

Estynnodd Miko dair siaced achub o gwpwrdd o dan y bwrdd isel.

'Ac rydw i am eich clipio chi i'r cwch. Dwi ddim eisiau i chi ddisgyn dros yr ochr a boddi.' Roedd hi'n chwilota yn yr ystafell wely y tu ôl iddynt, mewn cwpwrdd, wrth ddweud hyn. Daeth allan gyda rhaffau weiren gyda bachyn ar bob pen. Clipiodd un pen i'r siacedi achub yr oedden nhw'n eu gwisgo, a rhoi'r llall yn eu llaw.

'Eich cyfrifoldeb chi yw clipio i rywbeth wrth symud o gwmpas. Mae unrhyw gylch neu handlen yn iawn. Peidiwch â chlipio i'r canllawiau, dydyn nhw ddim digon cryf. Iawn, barod?'

Nodiodd y ddau. Arweiniodd Miko hwy i fyny'r grisiau. Wrth ddod trwy'r gorddrws, tarodd y gwynt blethen Rani ar draws ei hwyneb, gan roi slap annifyr iddi ar ei boch. Roedd yr awyr yn biws, gyda chwmwl mawr du yn y gorllewin. Roedd hi'n dal i dywallt y glaw, ac roedd ewyn gwyn yn tasgu oddi ar y tonnau i'w hwynebau. Roedden nhw wedi drifftio cryn bellter oddi wrth gychod eraill y pentref, oedd i'w gweld yn y bylchau rhwng y tonnau. Doedd dim amser i feddwl beth oedd wedi digwydd i bawb arall, oherwydd roedd Miko'n brysur yn rhoi cyfarwyddiadau iddyn nhw.

'Dos i'r tu blaen ac agor y bag 'na,' meddai wrth Rani, 'a helpa'r hwyl allan o'r bag tra mae Daniel yn tynnu ar y rhaff. Cofia glipio i'r cylch wrth y tu blaen.'

Rhoddodd raff yn llaw Daniel.

'Yr haliart ydi hon, hon sy'n codi'r hwyl i fyny. Ti'n ei thynhau hi trwy droi'r winsh yma yn fan hyn.'

Pwyntiodd at raff arall oedd wedi ei lapio o amgylch bwlyn. 'Honna ydi'r hwylraff. Pan mae'r hwyl i fyny, mae angen tynnu honna i mewn i reoli ongl yr hwyl o gymharu â'r gwynt. Deall?'

Nodiodd Daniel, er nad oedd o ddim yn siŵr.

'Iawn, tynna'r haliart.' Weindiodd Daniel y winsh, a chododd yr hwyl drionglog ar flaen y cwch, ond roedd tu blaen y triongl yn rhydd, a'r holl beth yn fflapio'n wyllt yn y gwynt.

'Da iawn, stop,' gwaeddodd Miko, oedd yn gafael yn y llyw.

'Tro hi o amgylch y bwlyn gwpl o weithiau fel ei bod hi ddim yn llithro. Rani, dos i du blaen y cwch. Mi ddoi di o hyd i dwll yn yr hwyl, efo cylch bach metel, tua hanner ffordd i fyny'r triongl. Bacha hwnna ar y bachyn bach i lawr wrth drwyn y cwch.' Straffaglodd Rani i du blaen y cwch, a brwydro gyda'r hwyl, oedd eisiau tynnu'n rhydd a chwifio'n afreolus yn y gwynt. Llwyddodd o'r diwedd i gael y cylch bach metel dros y bachyn ar y tu blaen. Llonyddodd yr hwyl, a llenwi, a gwyrodd y cwch i gyfeiriad y gwynt. Roedd Miko'n dal i roi cyfarwyddiadau i Daniel:

'Gafael yn yr hwylraff, a thynna hi i mewn rhyw 'chydig. Ie. Dipyn bach mwy. Iawn, tro hi o amgylch dair neu bedair gwaith. Da iawn.'

Roedd y cwch yn dal i wyro, ond yn symud yn fwy pwrpasol i mewn i'r tonnau rŵan, gan dorri trwyddyn nhw, yn hytrach na chael ei daflu o ochr i ochr. Dringodd ochr ton fawr, fel petai'n mynd i fyny allt. Gallai Daniel weld goleuni'r awyr yn sgleinio'n wyrdd trwy flaen y don am eiliad, ac yna disgynnodd y cwch gyda chlep ddychrynllyd i bwll y don nesaf, a diflannodd y trwyn, lle'r oedd Rani'n cropian yn ofalus yn ôl am gefn y cwch, o dan y dŵr yn gyfan gwbl. Glynodd Rani gyda'i holl nerth i beth bynnag oedd o dan ei dwylo, wyddai hi ddim beth. Fflatiodd ei chorff i'w uno gymaint â phosibl efo corff y cwch, ond roedd y don yn llifo rhyngddi hi a'r dec, yn ceisio'i gwahanu a'i thaflu ymaith. Roedd hi'n gafael mewn handlen neu ganllaw gydag un llaw, ac mewn rhaff gyda'r llall. Caeodd ei dyrnau mor galed ag y gallai, ac o'r diwedd daeth blaen y cwch yn ôl allan o'r don. Roedd yn dringo eto rŵan, i fyny'r don nesaf. Roedd yn rhaid iddi ddod yn ôl i ganol y cwch cyn iddo ddigwydd eto. Gollyngodd y canllaw a chropian yr ychydig fetrau i lawr yr allt serth i gaban y peilot mor gyflym ag y gallai, gyda phopeth yn symud ac yn llithro oddi tani. Edrychai'n welw ac yn ansicr wrth sefyll ar ei thraed unwaith eto.

'Sori,' meddai Miko. 'Mae hi braidd yn arw.'

'Ydach chi wedi hwylio mewn tywydd fel hyn o'r blaen?' holodd Daniel.

'Fel hyn, a gwaeth hefyd. Paid â phoeni, mae *Pererin* wedi dod trwy stormydd di-rif. Rŵan, Rani, ti'n iawn? Gwlyb?' Nodiodd Rani. 'Barod am job arall?' gofynnodd Miko. Nodiodd Rani. 'Dwi am i ti stopio'r felin wynt, bydd hi wedi chwalu yn y ddrycin 'ma.'

Roedd y storm yn dal i fod y tu ôl iddyn nhw, ond ymddangosai'n agosach rŵan, a dros ruo'r tonnau roedd dirgryniadau eraill i'w clywed, yn ddyfnach a mwy bygythiol. Gwelent fellt yn hollti'r cymylau duon o'u holau yn gynyddol aml. O fewn munudau roedd y rhuo yn y pellter wedi troi'n ergydion byddarol yn union uwch eu pennau. Swniai fel pe bai'r awyr yn cael ei rhwygo'n ddarnau. Yn sydyn daeth clec anferthol ac ar yr un eiliad fe'u dallwyd gan fellten wynias. Tarodd y fellten y dŵr ddim ond can metr oddi wrth y cwch. Ffrwydrodd y don gyda chlec aruthrol a sŵn hisian uchel, gan dasgu colofn o stêm i'r awyr wrth i'r môr ferwi. Eiliadau wedyn teimlodd Daniel wres gwlyb yn ei daro yn ei wyneb wrth i'r stêm wasgaru ar y gwynt. Syllodd yn syfrdan ar yr awyr biws y tu ôl iddynt, a'r mellt yn fforchio'r awyr bron yn ddi-baid.

'Well i ni godi chwaneg ar yr hwyl 'ma,' meddai Miko. 'Does gen i ddim awydd cael fy nharo gan un fel'na!' Chwarddodd, ei llygaid gwyrdd yn dawnsio fel y tonnau.

'Mae hi'n mwynhau hyn!' rhyfeddodd Daniel. Tarodd mellten arall y môr, fymryn ymhellach i ffwrdd y tro hwn, gan godi colofn arall o stêm. Amneidiodd Miko arno i ddod yn agosach iddo fedru ei chlywed.

'Ti'n cofio'r bachyn bach 'na sy'n dal yr hwyl yn y tu blaen? Dos i ddadfachu hwnna.'

Ufuddhaodd Daniel, ond haws dweud na gwneud, fel yr oedd Rani wedi darganfod wrth fachu'r hwyl yn y lle cyntaf. O leiaf roedd Daniel yn gwybod y byddai'n cael ei ddowcio o dan y tonnau, ac roedd yn gwylio ac yn gafael yn dynn pan ddigwyddodd. Llifodd y dŵr drosto ac oddi tano ac i'w wyneb, gan ei ddyrnu a'i ysgwyd, ond gafaelodd Daniel yn dynn, ac ymddangosodd yn saff ar ochr arall y don. Dadfachodd y cylch, a ddechreuodd yr hwyl chwifio a chlepian yn syth, a chychwynnodd Daniel am yn ôl. Ni roddodd Miko eiliad iddo ddod ato'i hun.

'Tynna haliart y jib nes bod yr hwyl i gyd i fyny,' meddai. Dechreuodd Daniel weindio'r winsh. 'Tynna, reit i'r top!' gwaeddodd Miko. Weindiodd Daniel, gan wylio'r hwyl fach yn codi i'w llawn faint, ac yna'n tynhau wrth i'r rhaff a ddaliai du blaen y triongl gydied. Llanwodd â gwynt, a brasgamodd y cwch yn ei flaen yn hyderus.

'Gad yr hwylraff allan rhyw fymryn.' Synnodd Daniel ei fod yn gwybod am beth roedd hi'n sôn, a gwnaeth fel yr oedd yn ei ofyn. Pan oedd hyn wedi ei wneud, amneidiodd arno ac ar Rani i ddod ati am gyfarwyddiadau newydd.

'Dwi am i chi godi'r brif hwyl. Dim reit i'r top, rydan ni am ei riffio hi, ond hyd yn oed wedyn, mi fydd yn teimlo'n fwy gwyllt nag mae hi rŵan. Fyddwn ni'n symud yn gyflymach, fydd 'na fwy o straen ar y cwch, ac fe fyddwn ni'n gwyro drosodd mwy. Ond os ydan ni am gadw o flaen y storm, mae angen cyflymu. Rani, agor y bag ar y bŵm yn fanna, a helpa'r hwyl allan fel wnest ti o'r blaen. Daniel, yr un egwyddor yn union, weindio'r winsh, mae 'na farciau ar y rhaff. Pan ti'n cyrraedd y marc cyntaf, stopia, a bachu'r twll yn yr hwyl ar y bachyn ar waelod y mast. Wna i reoli'r hwylraff o fan hyn.'

Roedd yn waith caled, ond llai peryglus na bachu'r jib, gan nad oedd rhaid mynd i du blaen y cwch i wynebu'r tonnau. Ymatebodd y cwch ar unwaith, gan garlamu i fyny ochrau'r tonnau, a lansio'i hunan oddi ar y top fel ceffyl yn llamu dros geunant. Roedd yr ysgytwad wrth iddo lanio ar lethr y don nesaf yn sioc bob tro, ond roedden nhw'n symud yn sydyn rŵan, a'r storm yn dechrau cilio o'u holau.

Cadwodd Miko hwy'n brysur ac yn symud o gwmpas yn ddi-baid, fel nad oedd ganddynt amser i feddwl nac ofni. O fewn hanner awr, roedd mwy o bellter rhyngddynt a'r storm, ac ar ôl hanner awr arall, roedd y glaw wedi peidio a'r tonnau'n lleihau. O'r diwedd, gostegodd y gwynt, a daeth yr haul allan o'r tu ôl i'r cymylau. Eisteddai Rani a Daniel yn yr haul, wedi ymlâdd, ac yn teimlo'n lwcus iawn i fod yn fyw.

'Wel blant, sut ddaru chi fwynhau eich trip hwylio?' gofynnodd Miko.

'Ymm... Faswn i wedi ei hoffi'n well heb y mellt!' meddai Rani.

'Wnes i fwynhau, a dweud y gwir,' meddai Daniel, ar ôl ystyried am funud. 'Be sy'n rhyfedd ydi nad oedd arna i ddim ofn.' Roedd hyn yn achos cryn syndod i Daniel, ac nid ychydig o falchder.

'Yn wir,' meddai Miko. 'Mewn storm, rhaid canolbwyntio. Dim amser i ofni, dim pwrpas mewn panig. Fasach chi'n hoffi newid i ddillad sych?'

Doedd gan Daniel ddim dillad i newid iddyn nhw yn ei fag, dim ond siwmper, ond roedd Rani wedi dod â *salwar kameez* ychwanegol gyda hi. Cafodd Daniel fenthyg crys-T a throwsus byr gan Miko, oedd yn dynn, ond yn sych, a gyda'i siwmper o leiaf doedd o ddim yn oer. Rhoddwyd eu dillad gwlyb i sychu ar y dec. Wedi gwneud hyn gofynnodd Miko:

'Oes un ohonoch chi'n gwybod sut i bysgota?'

Daliodd Rani bysgodyn bron yn syth. Tynnodd Miko'r bachyn o geg y pysgodyn, a thorri ei ben i ffwrdd yn gyflym gyda chyllell finiog. Roedd hi'n mwmial rhyw eiriau wrth wneud hyn.

'Dy fywyd i ni gael byw,' oedd yr unig ddarn a glywodd

Rani. Daliodd Rani ddau arall, ac aeth Miko islaw'r dec i'w coginio. Pan ddaeth yn ôl ar y dec gyda thri phlât yn llawn reis a physgod, roedd yr haul yn machlud yn goch y tu ôl i gymylau aur. Y pysgodyn hwnnw oedd un o'r pethau gorau i Daniel ei fwyta erioed. Rhoddodd Miko wydriad bychan o wirod sbeislyd yr un iddyn nhw ar ôl swper, a'u gyrru islaw'r dec i gysgu.

'Mae'r gwely sbâr yn llawn rhaffau a hwyliau sydd angen eu trwsio. Cewch chi gysgu yn fy ngwely i, am rŵan, ond dim cambihafio!' meddai Miko gan chwerthin. Edrychodd Daniel ar ei draed. Doedd o erioed wedi rhannu gwely gyda merch. Sylwodd Miko ddim ar ei embaras.

'Mae'n iawn,' meddai Rani. 'Mi wna i gysgu ymysg yr hwyliau.'

'O, na, paid â gwneud hynna!' meddai Daniel. Edrychodd Miko arno, ei haeliau i fyny. Syllodd Rani arno hefyd.

'Pam ddim?' meddai Rani.

'Mi wna i gysgu yn y llofft sbâr efo'r hwyliau a'r rhaffau. Gei di'r gwely.'

Gwenodd Rani.

'Fel y mynnwch chi. Mi wna i wylio am rŵan, ond mi ddof i ddeffro un ohonoch mewn dwy neu dair awr i mi gael cysgu.'

Roedd y caban sbâr yn dipyn o lanast, fel yr oedd Miko wedi rhybuddio, ond rhoddodd flanced i Daniel. Symudodd rai o'r rhaffau o'r neilltu i glirio lle ar y matres, a disgyn i drwmgwsg difreuddwyd yn syth.

13

Roedd Daniel yn cysgu'n drwm pan ddaeth Miko i'w ddeffro. Gafaelodd yn ei ysgwydd a'i siglo'n ysgafn.

'Deffra, Daniel. Dy dro di rŵan,' sibrydodd.

Eisteddodd Daniel i fyny. Roedd golau lleuad yn llenwi'r caban, y cwch yn siglo'n ysgafn a sŵn tonnau bychain yn llepian tu allan.

'Tyrd. Mi wna i ddangos i ti beth i'w wneud.' Cododd Daniel ar ei draed a dilyn Miko trwy'r gegin i fyny'r grisiau i'r dec. Roedd y lleuad bron yn llawn, a'r awyr glir yn llawn sêr. Adlewyrchai'r môr y goleuadau yn yr awyr, ac roedd goleuadau ychwanegol yn llifo heibio i flaen y cwch wrth iddo danio goleuadau plancton disglair yn y dŵr.

'Ffosfforedd,' meddai Miko, gan bwyntio at y crych o oleuni gwyrdd o flaen trwyn y cwch. 'Mae hi'n noson braf. Gwynt ysgafn o'r de-orllewin, môr agored, dim byd i daro i mewn iddo. Dylai bob dim fod yn iawn mwy neu lai fel mae o. Mae'r hwyliau wedi eu gosod yn iawn ar gyfer y gwynt ysgafn yma, mae'r llyw wedi ei gloi ar gwrs dwyreiniol. Yr oll sydd angen i ti ei wneud ydi gwylio'r cwmpawd. Edrych, ti'n gweld y llinell 'na? Mae o ar ddau gant a deg rŵan. Os ydi o'n mynd i ddau gant ac ugain neu ddau gant, rydan ni'n mynd oddi ar ein cwrs, ac mae'n rhaid i chdi 'neffro fi. Os ydi'r gwynt yn codi, deffra fi. Os wyt ti'n gweld llong fawr, neu graig, neu unrhyw beth allen ni daro i mewn iddo, deffra fi. Fel arall, eistedda ar y dec, mwynha'r noson braf 'ma, a jyst cadw dy lygaid yn agored. Iawn?'

'Iawn,' meddai Daniel, a gyda hynny roedd ar ei ben ei hunan ac yn gyfrifol am y cwch.

Eisteddodd ar y dec a gwylio cymylau'n hwylio heibio i'r lleuad, yn newid o fod yn bobl i fod yn anifeiliaid, yna'n fôr-forynion. Aqualung. Roedd Niloufar wedi cytuno i fynd i chwilio am Zews, duw'r awyr, meistr y stormydd a'r mellt. Y drafferth efo darlunio duwiau Groeg oedd eu bod i gyd yn edrych yn debyg iawn i'w gilydd. Cyhyrog, barfog. Felly y dangosai'r cerfluniau clasurol nhw beth bynnag. Byddai'n fwy o hwyl cael amrywiaeth o dduwiau o wahanol draddodiadau. Ra oedd duw'r awyr gan yr hen Eifftiaid. Ra efo pen hebog a disg yr haul uwch ei ben. Gallai Ra a Zews fod yr un duw, fwy neu lai. Ymrithiad gwahanol o'r un egni, neu rywbeth felly. Roedd Daniel yn hoff o gelfyddyd yr hen Aifft. Meddyliodd y byddai Ra yn gwneud cymeriad da yn y stori, ac edrychai ymlaen at ddarlunio'r duw yn hwylio'n urddasol ar draws yr awyr yn ei gwch solar.

14

Yn ystod ei oriau o synfyfyrio a breuddwydio, roedd Daniel wedi cofio cadw llygad ar y cwmpawd, ond doedd dim byd wedi newid. Arhosodd y gwynt yn ysgafn, gan ostegu fymryn, os rhywbeth. Daeth Miko ar y dec deirawr wedyn, a Rani i'w chanlyn.

'Sut noson, mêt?' gofynnodd Miko.

'Braf. Dim byd i'w adrodd,' meddai Daniel, gan agor ei geg.

'Gei di fynd i lawr i gysgu os hoffet ti. Neu gei di aros i gadw cwmni i Rani am 'chydig. Ei thro hi ydi hi rŵan.'

Arhosodd Daniel tra oedd Miko yn dangos i Rani beth oedd angen ei wneud, ac yna aeth Miko'n ôl islaw'r dec a'u gadael o dan y sêr, a'r hwyl wen yn eu cario ymlaen dros y dŵr tywyll.

'Wyt ti'n gwybod i ble'r ydan ni'n mynd?' holodd Rani, ymhen hir a hwyr.

'Na,' meddai Daniel. 'Ond dwi'n cymryd bod gan Miko ryw fath o gynllun.'

'Wyt ti'n ymddiried ynddi hi?'

'Yndw!' meddai Daniel, yn bendant. 'Pam? Dwyt ti ddim?'

'Na, dim hynny. Jyst… Jyst ein bod ni heb drafod be sy'n digwydd. Dwi ddim yn hoffi peidio gwybod.'

'Ie. Dydi o'n poeni dim arna i, a dweud y gwir, ond dwi'n deall be ti'n feddwl,' meddai Daniel. Roedd o'n hapus i fod ar daith, i fod allan o'r tŵr, i fod yn gweithredu. Roedd o'n poeni am Nick, ond roedd Miko'n teimlo fel nain neu fam nad oedd o erioed wedi ei hadnabod, ac roedd bod yn ei gofal hi yn rhoi hyder iddo.

'Wnawn ni ofyn iddi beth ydi'r cynllun pan mae hi'n

deffro,' meddai. 'Dydyn ni ddim wedi cael lot o gyfle i drafod dim byd eto, dyna'r oll ydi o.'

Aeth rhywfaint o amser heibio mewn tawelwch. Ymhen hir a hwyr, gofynnodd Daniel:

'Wyt ti'n colli dy dad?'

'Pob awr o bob dydd,' meddai Rani, gan ddatgelu cerrynt cryf o emosiwn anweledig.

'Gymaint â hynny?' meddai Daniel.

'Dad oedd canolbwynt fy mydysawd. Roeddwn i'n mynd efo fo ar dripiau maes i gyfweld â phobl ar gyfer ei waith ymchwil o pryd oeddwn i'n bwtan fach. Dwi'n meddwl bod cael plentyn efo fo yn helpu i bobl ymlacio a bod yn fwy parod i siarad. Fo ddysgodd i mi siarad mewn saith iaith. Fo ddysgodd i mi ddarllen. Oeddwn i'n mynd i'r ysgol, ond Dad ddysgodd fi i ddarllen yr ystyr rhwng y geiriau, ac i ddeall beth oedd ddim yn cael ei ddweud. At Dad oeddwn i'n troi pan oeddwn i eisiau deall rhywbeth, ond doedd o byth yn egluro dim byd. Dim ond fy helpu i i ddeall pethau drosta i fy hun. Pan farwodd fy nhad, roedd o fel petai'r haul wedi diffodd.'

'Mae'n ddrwg gen i,' meddai Daniel. 'Mae'n swnio fel dyn arbennig iawn.'

'Mi oedd o. Roedd o'n ddeallus, ac yn ddiwylliedig. Ac roedd o'n caru pobl. Yn dathlu amrywiaeth, byth yn ofni pobl am eu bod nhw'n wahanol. Ti'n deall be dwi'n feddwl?'

'Ydw.'

Ar ôl ennyd gofynnodd Rani,

'Sut un ydi dy dad di?'

'Nick? Mae o'n ymarferol. Mae o'n deall peiriannau ac adeiladau, ac yn gallu trwsio unrhyw beth. Mae o'n gweld beth sydd angen ei wneud, ac yn ei wneud o. Ddim yn aros i rywun arall sortio pethau allan. Mae o'n credu mewn pobl, hefyd. Bod pobl yn iawn, yn y bôn. Eu bod nhw'n dda. Ac am fod gynno fo ffydd mewn pobl, mae ganddyn nhw ffydd ynddo fo, ac mae o'n medru dod â nhw at ei gilydd. Hyd yn oed mewn sefyllfa ble'r oedd popeth ar chwâl, y byd yn llythrennol suddo o dan y dŵr, rhywsut ddaru Nick lwyddo i hel pobl at ei gilydd i wneud y gorau o'r sefyllfa.'

'Mae o'n swnio fel dyn arbennig iawn hefyd.'

'Yndi. Ond dydw i ddim byd tebyg iddo fo.'

'Pam wyt ti'n dweud hynna?'

'O, wel. Dydw i ddim yn arweinydd naturiol. Ddim yn garismatig, ti'n gwybod.'

'Sut wyt ti'n gwybod hynna?' gofynnodd Rani, gyda gwên ddireidus. 'Dwi'n meddwl dy fod di'n eithaf carismatig.'

'Paid â malu!' meddai Daniel, gan gymryd yn bendant ei bod hi'n tynnu ei goes, ond yn gwrido gyda rhyw gynhesrwydd rhyfedd er hynny.

Yn fuan wedyn, aeth Daniel i lawr i gysgu gan adael y cwch yn nwylo Rani.

Yn nes ymlaen, pan oedd pawb wedi deffro, ymddangosodd Miko ar y dec yn cario mygiau poeth o de sbeislyd, melys.

'Mae Rani'n poeni,' oedd y peth cyntaf ddywedodd hi. 'Ac mae ganddi le i boeni, dydi o ddim yn afresymol. Ond yn digwydd bod, yn yr achos yma, Daniel sy'n iawn. Dydw i ddim wedi eich herwgipio chi i'ch gwerthu'n wystlon nac yn gaethweision. Rydw i am eich helpu chi. Mae Nick o dan y ddaear, mewn rhyw fath o dwll, yn ôl pob golwg. Felly mae o yn rhywle ble mae 'na ddigon o bridd i balu twll heb iddo lenwi efo dŵr hallt yn syth.'

'Ie. Ynglŷn â hynna,' meddai Rani, 'sut allech chi fod mor siŵr fod beth welodd Daniel yn wir?'

'Mae'r cysylltiad ysbrydol rhwng tad a mab, yn enwedig

ble mae'r fam yn absennol, yn gryf. Mae ysbryd person yn medru dod o hyd i rywun y mae'n ei garu. Yn anffodus, dydi'r ysbryd ddim yn talu sylw i nodweddion bydol ar y daith, gan nad yn y byd mae'n teithio, ond y tu allan iddo. Felly allwn ni ddim bod yn siŵr ble yn union mae'r pydew yma, ond roedd beth welodd Daniel yn sicr yn dwll wedi ei balu mewn pridd dwfn.'

Edrychodd Miko ar Daniel. Nodiodd yntau.

'Mae 'na gannoedd o ynysoedd ar hyd y bae yma, ond mae'r rhan fwyaf ohonyn nhw wedi eu gwneud o graig solet, efo dim ond haenen denau o bridd.'

'Sut ydach chi'n gwybod hynny?' gofynnodd Rani.

'Dwi'n gwybod llawer o bethau,' meddai Miko'n syml.

'Oeddech chi'n arfer bod yn ddaearegydd neu rywbeth?' gofynnodd Rani.

'Rhywbeth tebyg,' meddai Miko. 'Ond ta waeth am hynny, beth ydw i'n trio'i ddweud wrthoch chi ydi mai ar y tir mawr mae Nick.'

'Dwi'n credu eich bod chi'n iawn,' meddai Daniel.

'Arhoswch funud,' meddai Rani. 'Pan adawodd Nick, roedd o'n mynd i rywle oedd o'n ei alw'n "ynys fawr" i farchnad i brynu reis. Doedd 'na ddim sôn am fynd i'r tir mawr.'

'Ynys Halen fyddai'r ynys fawr. Mae 'na farchnad yno,' meddai Miko.

'Yna fe fyddai'n gwneud mwy o synnwyr edrych yn fanno'n gyntaf,' meddai Rani.

'Does dim gwerth o bridd ar Ynys Halen. Dim digon i balu pydew i gadw dyn yn garcharor. Dim ond calchfaen gwyn,' meddai Miko.

'Mae calchfaen yn feddal,' meddai Rani, 'allai o ddim bod mewn twll o galchfaen?'

'Pridd du oedd waliau'r twll,' meddai Miko.

'Ie,' meddai Daniel, 'pridd du oedd waliau'r twll, ond er hynny, dwi'n meddwl bod gan Rani bwynt. Os buodd Dad ar Ynys Halen, efallai y bydd rhywun yno'n gwybod i ble'r aeth o nesaf, ac fe fydd gyda ni well syniad ble ar y tir mawr i chwilio.'

'Os mai dyna ydach chi eisiau, mi af â chi yno,' meddai Miko.

'Pam bod nhw'n galw'r lle yn Ynys Halen?' gofynnodd Rani.

'Oherwydd y pantiau heli. Dyna sut oedd y bobl yn gwneud eu bywoliaeth ers talwm, yn masnachu halen, ond rŵan mae'r rhan fwyaf o'r pantiau o dan ddŵr, ac mae'r bobl wedi gorfod hel ar lai o dir. Does 'na ddim afonydd na ffynhonnau yno, maen nhw'n dibynnu ar gasglu dŵr glaw, felly mae dŵr croyw yn brin. Mae'n lle caled, anodd i fyw ynddo.'

'Ydach chi'n nabod rhywun yno?' gofynnodd Rani.

'Fe fu fy mrawd, Thomas, yn byw yno ers talwm am gyfnod. Fe briododd ferch oddi yno. Mae o a'i wraig wedi gadael bellach, ond efallai fod rhai o'i theulu hi'n dal yno.'

Roedd Ynys Halen ddau ddiwrnod o hwylio i ffwrdd, yn ôl amcan Miko. Parhaodd y tywydd yn fwyn, gyda gwynt cyson, ysgafn. Roedd unrhyw waith hwylio ar y cwch yn hamddenol a hawdd o'i gymharu â hwylio trwy'r storm. Treuliodd Daniel a Rani'r amser yn pysgota, coginio, cadw'r cwch yn lân a thaclus, ac yn sgwrsio. Roedd Miko wedi byw bywyd hir ac amrywiol, ac wrth iddynt ddod i'w hadnabod yn well, daeth yn fwy parod i siarad:

'Roedd gynnon ni le hardd. Tŷ mawr, gerddi, perllan, caeau llysiau, gwartheg, ieir. Roedd 'na griw ohonon ni –

dwy nain, Taid, Dad, Mam, fy modryb, saith o blant, a phlant y pentref yn rhedeg i mewn ac allan o hyd hefyd. Doedden ni ddim yn ariannog, ond mi roedden ni'n gyfoethog. Efallai mai ni oedd y bobl olaf i gael bywyd o'r fath. Roedden ni'n bwyta'n dda – y fath fwyd, fasach chi byth yn coelio. Roedd 'na goeden mango, ac mi fycdwn i a 'mrawd Thomas yn gwneud ein hunain yn sâl yn bwyta'r ffrwythau 'na pan oedden nhw'n aeddfed. A'r traeth islaw'r pentref – roeddwn i a fy mrodyr yn aros allan drwy'r nos weithiau, yn gwylio'r sêr, ac yn gwrando ar y jyngl yn deffro yn y bore. Glywsoch chi gorws y wawr mewn jyngl erioed?'

Ysgydwodd Rani a Daniel eu pennau.

'Na. Mae'n siŵr eich bod chi'n rhy ifanc. Does bron ddim jyngl ar ôl bellach. Roedd o'n swnllyd! Twcans a pharotiaid ac adar paradwys, a mwncïod i gyd yn gweiddi nerth eu pennau. Sŵn hapus. Llawn bywyd. Wedi mynd am byth. I gyd wedi mynd. Dim byd ar ôl ond yr hen *Bererin*.' Mwythodd ochr y cwch yn drist gyda'i llaw rychiog.

'Dwi wedi clywed bod 'na ddarnau o'r goedwig wreiddiol yn dal i fod ar y tir mawr,' meddai Rani.

'Carpiau bach yma ac acw. Ond ar un adeg (cyn fy amser i, hyd yn oed), roedd 'na wregys trwchus o goedwig law yr holl ffordd o amgylch canol y blaned. Miloedd ar filoedd o filltiroedd o goed, oedd yn gartref i'r amrywiaeth fwyaf anhygoel o greaduriaid a phlanhigion. System mor anferth, roedd hi'n creu ei thywydd ei hun. Beth sydd ar ôl? Pump y cant, os hynny, ar wasgar ac yn doredig, fel nad ydi'r anifeiliaid yn medru symud o un lle i'r llall. Hyd yn oed os ydyn nhw'n goroesi'n ddigon hir i fagu rhai bach, maen nhw'n sownd. Mae'n torri 'nghalon i.' Tawodd am funud, cyn mynd yn ei blaen:

'Mae 'nghalon i wedi torri. Yr unig reswm ydw i'n dal yn

fyw ydi bod fy hen gorff ystyfnig yn gwrthod marw. Does dim lle yn y byd i hen ddynes fel fi sy'n caru coed ac adar. Does dim natur ar ôl.'

Roedd ei llais yn adrodd hyn i gyd fel mater o ffaith, ond roedd dagrau'n llifo i lawr ei hwyneb. Rhoddodd Rani ei llaw ar ei hysgwydd, ac edrychodd Miko â'i llygaid gwyrddion, dyfrllyd i rai Rani. Rhoddodd ei llaw ar law Rani, ac meddai:

'Ddylwn i ddim anobeithio. Tra mae 'na bobl fel chi'ch dau, mae dyfodol yn bosibl.' Sychodd ei llygaid, cyn mynd yn ei blaen:

'Mae'n rhaid i mi ddweud stori wrthych chi. Mae gen i lawer o storïau, wedi eu hetifeddu o'r traddodiad. Storïau sy'n egluro pethau ac yn dangos sut i fyw, rhai sy'n mynd yn ôl ganrifoedd. Ond mae hon yn un newydd. Fe ges i'r stori yma pan oeddwn i ar daith yn yr isfyd. Mae'n stori bwysig ar gyfer yr amser yma. Efallai y bydd o help i chi.'

15

'Pan ddaeth pobl i'r byd yn gyntaf,' meddai Miko, 'o'r môr y daethon nhw. Bryd hynny, doedden nhw ddim yn wahanol iawn i'r anifeiliaid eraill. Roedden nhw'n hela ac yn casglu bwyd, yn cysgu yn y nos, yn magu rhai bach, ac yn aros efo'i gilydd mewn haid. Roedden nhw'n cerdded ar ddwy goes, ac roedden nhw'n glyfar, yn medru gwneud arfau a chelfi, ond roedden nhw'n gwybod pwy oedden nhw. Roedden nhw'n frodyr a chwiorydd i'w gilydd, ac i'r anifeiliaid a'r coed, i'r sêr a'r creigiau, y môr a'r gwynt. Doedden nhw ddim yn meddwl eu bod nhw'n well nac yn waeth na neb arall. Roedden nhw'n medru siarad iaith y sêr, yr iaith y mae'r bodau i gyd yn ei defnyddio i siarad efo'i gilydd.

'Ond rywbryd yn ystod y canrifoedd, fe ddechreuodd rhai o'r bobl freuddwydio am fywyd gwahanol. Bywyd haws, efo mwy o fwyd a lle mwy cyffyrddus i fyw. Ac fe ddechreuon nhw adeiladu peiriant. Roedd o'n beth digon syml i ddechrau. Roedd yn rhaid gweithio'n galed i wneud i'r peiriant droi, ond roedd yn creu bwyd, tai a chynhesrwydd. Roedd o'n fwy o waith, os rhywbeth, na'r bywyd o'r blaen, ond roedd y bobl yn siŵr os bydden nhw'n dal i wella'r peiriant y byddai'n rhedeg ei hun ar ôl dipyn, a fyddai ddim rhaid iddyn nhw weithio mor galed.

'Dros genedlaethau fe fu pobl yn gwella ac yn datblygu'r peiriant. Fe greodd grochenwaith, metelau, tecstiliau, plastig, adeiladau, diwydiant, yr economi, diwylliant, gwleidyddiaeth, cyfraith, meddygaeth, dinasoedd. Gwareiddiad cyfan yn tyfu a thyfu o un chwyldro i'r nesaf. Yn raddol daeth gwaith y peiriant mor gymhleth a chywrain nes bod y pethau y gallai eu cynhyrchu yn ymdebygu i hud a lledrith. Syllodd y bobl ar y pethau yr oedden nhw wedi eu creu, a rhyfeddu.

'"Mae'n amlwg mai ni yw'r bodau mwyaf deallus, doethaf a gorau a fu erioed yn unman!" meddent.

'Roedd y peiriant yn gorfod cael ei fwydo o hyd efo pridd a cherrig, cnawd ac olew, cnydau a nerth bôn braich. Roedd yn llyncu fforestydd ac afonydd, mynyddoedd, pobl, rhywogaethau cyfan o anifeiliaid. Yn gyfnewid roedd yn creu ffonau a chyfrifiaduron, ceir, nendyrau, hambyrgers, handbags, ffilmiau, cerddoriaeth, nwyddau gweladwy ac anweladwy o bob math. Roedd hefyd yn rhechu nwyon oedd yn newid cyfansoddiad yr awyr, ac yn chwydu plastigion allan i'r môr, a phob math o lygredd a sbwriel a gwastraff gwenwynig. Roedd yn beiriant aneffeithiol iawn, mewn gwirionedd. Ond roedd ganddo'i fomentwm ei hunan. Unwaith yr oedd wedi tyfu mor fawr, ac yn cynnwys gymaint o bethau, fe ddechreuodd droi yn gyflymach ac yn gyflymach, a wyddai neb sut i'w stopio.

'Roedd bywyd y tu mewn i'r peiriant yn wahanol iawn erbyn hyn i'r hen amser pan oedd traed pobl yn noeth ar y ddaear. Roedd rhai pobl yn byw mewn tai mawr moethus, yn teithio mewn cerbydau cyflym a gwisgo dillad prydferth. Ond roedd eraill yn cael eu geni yng nghrombil tywyll y peiriant, ac yn gweithio'u holl oes yn gwneud iddo droi, ond prin yn cael digon o fwyd i'w plant, heb sôn am dechnoleg hud a lledrith.

'Roedd y rhan fwyaf o bobl y byd erbyn hyn yn treulio'u bywydau cyfan y tu mewn i'r peiriant, a byth yn gweld dim byd y tu allan iddo. Daethant i gredu mai'r byd oedd y peiriant, mai'r peiriant oedd y byd. Ond mi oedd 'na bobl yn bodoli y tu allan iddo hefyd.

'Doedd y bobl gyntaf ddim wedi diflannu'n llwyr, er bod eu niferoedd yn fach a'u bywydau dan fygythiad o hyd. Roedden nhw wedi cofio'u bod yn frodyr a chwiorydd i'r ddaear, ac wedi cadw eu ffordd o fyw gystal ag y gallen nhw. Roedd 'na bobl oedd wedi eu geni y tu mewn i'r peiriant hefyd, oedd yn gwybod nad rhywbeth i'w ddefnyddio a'i daflu oedd y ddaear. Fe geisiodd nifer o bobl, dros y blynyddoedd, dynnu sylw at y ffaith fod y peiriant yn peryglu popeth byw. Ond doedd pobl y peiriant ddim eisiau clywed, ac fe anwybyddon nhw'r rhybuddion.

'Roedd yr holl fodau eraill, yr anifeiliaid a'r coed, y mynyddoedd a'r afonydd, yn gwylio hyn ac yn poeni'n fawr.

'"Mae'n rhaid i ni wneud rhywbeth," medden nhw.

'Felly dyma alw cyngor yr holl fodau, i drafod beth i'w wneud am y peiriant.

'"Mae'r bobl yn frodyr a chwiorydd i ni," meddai'r morfil. "Maen nhw wedi colli eu ffordd, ond os siaradwn ni â nhw, mi fedrwn ni eu rhybuddio, ac mi wnân nhw ddiffodd y peiriant."

'"Rydan ni wedi eu rhybuddio nhw'n barod," meddai'r bobl gyntaf. "Pam y bydden nhw'n gwrando arnoch chi pan dydyn nhw ddim eisiau gwrando arnon ni?"

'"Rydan ni'n fawr ac yn ddoeth," meddai'r morfilod, "mi wnân nhw wrando arnon ni."

'Felly fe aeth y morfilod at y llongau yn y môr a cheisio rhesymu efo pobl y peiriant. Ond roedd y bobl wedi anghofio iaith y sêr, a ddeallon nhw ddim o rybudd y morfilod. Lladdwyd cannoedd o filoedd o forfilod, a'u troi'n olew i iro cledrau ac olwynion y peiriant.

'Cafwyd cyngor arall, ac fe gynigiodd y trychfilod atal y peiriant trwy fwyta'r cnydau. Cyn pen dim roedd y peiriant wedi creu cemegau mor wenwynig fel eu bod wedi dod yn agos at ddifa pob trychfilyn oddi ar wyneb y ddaear.

'Cafwyd cyngor unwaith eto.

'"Nid y peiriant yw'r broblem," meddai'r micro-organebau. "Y bobl sydd wedi creu'r peiriant. Fe wnawn ni ladd y bobl, ac yna fydd dim peiriant."

'Roedd llawer o'r bodau'n gwrthwynebu hyn, yn ei weld yn rhy eithafol, yn erbyn deddf brawdoliaeth y bodau.

'"Maen nhw wedi hen dorri'r fargen honno," meddai'r firysau, ac i ffwrdd â nhw i ymledu trwy boblogaethau'r byd. Arhosodd pobl adref, a chysgodi yn eu tai. Fe arafodd y peiriant; daeth i stop, dros dro, mewn rhai llefydd. Fe fu farw cannoedd o filoedd o bobl. Roedd y firysau'n meddwl eu bod wedi llwyddo. Ond ar ôl ychydig, fe lwyddodd y peiriant i gynhyrchu brechlyn, a chyn bo hir roedd pethau bron yn ôl i normal. Fe weindiodd y peiriant ei hun yn ôl i fyny, ac i ffwrdd ag o unwaith eto, gan dynnu'r rhan fwyaf o bobl yn ei sgil.

'Yn y cyngor nesaf dywedodd yr awyr,

'"Mi fedra i stopio'r peiriant."

'"Ti?" meddai'r lleill. "Sut fedri di stopio'r peiriant, dwyt ti ddim hyd yn oed yn weladwy!"

'"Rhowch gyfle i mi," meddai'r awyr. "Mae pawb arall wedi methu."

'Felly cytunwyd y byddai'r awyr yn rhoi tro ar atal y peiriant. Yn gyntaf fe ymwelodd â'r pegynau, a thoddi'r rhew yn ddŵr. Llifodd y dŵr i'r môr a gwneud iddo godi. Fe foddodd hynny lawer o'r dinasoedd, ac yna aeth yr awyr ymlaen i greu corwyntoedd a thymhestloedd a glaw a drodd yn llifogydd. Yna taniodd y coedwigoedd ar dân gyda mellt, a gwyntyllu'r fflamau nes troi ardaloedd enfawr yn wenfflam. Dywedodd y bodau eraill mai digon yw digon, ond roedd yr awyr wedi ffoli ar bŵer ac yn chwil ac wedi gwallgofi, a daliodd i chwythu a melltu a tharanu, a thywallt glaw a chenllysg ar ben rhai llefydd, a gwrthod dod â chymylau glaw i lefydd eraill am fisoedd didrugaredd ar ôl ei gilydd, gan greu llifogydd a sychdwr ochr yn ochr. Bu farw miliynau o bobl, roedd hi'n uffern ar y ddaear.

'Ond o'r diwedd, roedd yr awyr wedi cael sylw'r bobl, hyd yn oed y rhai mwyaf styfnig. Roedd yn rhaid iddyn nhw wrando, o'r diwedd, ar eu gwyddonwyr oedd wedi bod yn dweud ers degawdau bod rhaid i bethau newid.

'"Mae'n rhaid i bethau newid!" medden nhw, fel petai hynny'n syniad newydd, yr oedden nhw newydd ei ddyfeisio.

'Ac fe aethon nhw ati, ar yr unfed awr ar ddeg a hanner, i newid popeth. I droi'r peiriant oddi ar ei gwrs hunanddinistriol. Ac fe lwyddodd rhai pobl, mewn rhai llefydd, i adfer y pridd, a phlannu coed, ac atal y tonnau rhag llyncu eu trefi. Fe lwyddon nhw, ambell waith, i achub ei gilydd, a bwydo a llochesu a gwarchod eu cymdogion.

'Ond roedd yr awyr wedi mynd i hwyl, a ddim am stopio. Daliodd lefel y môr i godi, daliodd y stormydd i gorddi, daliodd y sychdwr i sychedu, a'r llifogydd i lifo. Daliodd y bobl a'r anifeiliaid i ddioddef, a llwgu, a cholli eu cartrefi, a marw. Ond o dipyn i beth fe gloffodd y peiriant. Disgynnodd rhannau ohono'n fud. Tawodd y gwleidyddion, a chaeodd y ffatrïoedd. Diflannodd y sector ariannol. Dirywiodd pob sefydliad swyddogol yn grwpiau anhrefnus o bobl flêr, lwglyd. Ac o'r diwedd, fe chwalwyd y peiriant yn ddarnau. Disgynnodd rhannau ohono'n farw gelain, ond wrth ddisgyn, fe dynnodd rannau o'r byd i lawr gydag o. Peiriant mor fawr a phwerus yn disgyn o'r fath uchdwr, roedd o'n siŵr o achosi hafoc. Disgynnodd tyrau yn ei sgil, tyrau o swyddfeydd a fflatiau, tyrau ifori, tyrau ffantasi, gobeithion a breuddwydion yn chwalu'n chwilfriw, yn goncrit a metel a syniadau aflwyddiannus ac yn disgyn ar bennau'r bobl yn y strydoedd islaw, oedd ddim ond yn trio goroesi.

'Roedd rhannau eraill o'r peiriant yn dal i droi'n wyllt, allan o bob rheolaeth, gan boeri tân a melltith i bob cyfeiriad, trais yn ymledu o'r briwiau lle'r oedd y peiriant wedi datgymalu. Mae rhai ohonyn nhw'n dal i droi rŵan.

'Does dim byd yn bendant. Mae popeth wedi newid. Mae llawer o bobl wedi marw. Mae cannoedd o rywogaethau o anifeiliaid a phlanhigion wedi mynd am byth. Mae arfordir y cyfandiroedd wedi newid siâp. Mae ynysoedd wedi diflannu. Mae diffeithdir o ludw lle bu rhai o'r fforestydd mwyaf cyfoethog yn y byd. Mae llawer o'r afonydd yn dal yn rhy lygredig i nofio ynddynt, heb sôn am yfed y dŵr. Mae'r bobl sydd ar ôl yn byw o'r llaw i'r genau. Rydach chi'n etifeddu byd sydd llawer tlotach a llymach na'r byd gefais i fy ngeni iddo. Ond rydach chi hefyd yn etifeddu llechen lân, mewn ffordd. Beth sy'n bwysig i chi gofio ydi sut y cyrhaeddon ni yma. Cofiwch y stori hon, dywedwch hi wrth eich plant. Dim ond y fersiwn gyntaf yw hon. Fe newidith dros amser, fel mae'n rhaid i bob stori wneud. Beth sy'n bwysig ydi eich bod chi'n ei chadw a'i chofio a'i phasio hi ymlaen.'

Edrychodd Daniel ar Miko.

'Ydi'r peiriant wedi stopio?' gofynnodd.

'Do, am rŵan, ond mae ei waddol ar wasgar ar hyd y byd. Rhannau ohono'n dal i droi. Fe fyddai'n bosibl ei drwsio. Neu ei ailgylchu i mewn i rywbeth newydd.'

'Ydi'r awyr wedi callio?' gofynnodd Daniel wedyn.

'Dwi ddim yn meddwl,' meddai Miko. 'Mae angen gwneud pethau i'w dofi. I sugno'r carbon yn ôl i lawr.'

'Stori ryfedd iawn,' oedd y cyfan ddywedodd Rani, cyn mynd i lawr y grisiau i'r howld i ddechrau coginio swper.

'Oeddwn i'n hoffi'r stori,' meddai Daniel.

'Rwyt ti'n deall,' meddai Miko. 'Mae hithau hefyd, mewn gwirionedd,' ychwanegodd, gan edrych i'r pellter dros y môr.

16

Parhaodd y tywydd yn fwyn am y ddau ddiwrnod a gymerodd iddyn nhw gyrraedd Ynys Halen. Ar brynhawn yr ail ddiwrnod, daeth rhywbeth tywyll i'r golwg ar y gorwel.

'Tir!' gwaeddodd Miko.

Wrth ddod yn nes, gwelent ynys isel. Roedd tai a chytiau a phobl ar bob modfedd ohoni, a'r dŵr o amgylch yn ferw o gychod.

'Yr ochr arall mae'r harbwr,' meddai Miko. 'Paratowch i dacio.' Tynnodd ar yr hwylraff, a dowciodd Daniel o'r ffordd mewn pryd i osgoi'r pawl wrth iddo sgubo ar draws y dec, wrth i'r cwch newid ei gwrs. Wrth hwylio o amgylch ochr yr ynys, gwelent blant troednoeth yn chwilota yn y sbwriel ar gyrion y lli, a phasiodd nifer o gychod rhwyfo bychain gyda physgotwyr yn anelu allan am y môr. Syllodd y rhain arnynt yn chwilfrydig.

'Prynhawn da!' gwaeddodd Miko, gan godi llaw.

Roedd yr harbwr yn brysur gyda chychod bach yn mynd a dod, yn dadlwytho pysgod, ac yn llwytho sachau o halen i'w allforio. *Pererin* oedd y cwch mwyaf, ac edrychai'n dal ac urddasol ymysg y badau bach blêr oedd yn britho'r dŵr.

Roedd y cei yn llawn prysurdeb, gyda phobl yn prynu a gwerthu pob math o nwyddau. Eisteddai'r mwyafrif o'r masnachwyr ar y llawr, gyda'u cynnyrch ar liain o'u blaenau. Roedd yno stondinau reis, olew, coed tân, a thanwydd disel ac alcohol ar gyfer stof goginio. Roedd y tanwydd yn cael ei werthu fesul ychydig allan o danciau ugain litr. Roedd un stondin yn gwerthu dŵr yn yr un modd. Deuai'r cwsmeriaid â'u poteli eu hunain i'w llenwi gyda thwmffat.

Roedd yno stondin esgidiau fflip-fflops ail-law ac esgidiau lledr llychlyd, a stondin ddillad gyda chrysau a throwsusau crebachog, di-liw. Roedd y lle'n brysur ac yn llawn bywyd, ond yn dlawd. Trodd pobl i syllu wrth weld y tri dieithryn yn pasio, yr hen wraig wyllt o'r môr, y bachgen gwyn yn ei grys-T sglefrfyrddio, a'r ferch Indiaidd yn ei *salwar kameez*. Arhosodd Miko wrth stondin yn gwerthu cnau a ffrwythau sych, a gofynnodd i'r perchennog,

'Ydach chi'n nabod rhywun o'r enw Sen?'

'Sen? Thi Sen?'

'Ie. Dwi'n meddwl.'

'Yndw, dwi'n ei nabod hi. Ydach chi'n berthynas iddi?'

'Yndw, trwy briodas. Mae hi'n chwaer yng nghyfraith i 'mrawd. Roeddwn i'n meddwl efallai y byddai hi'n fodlon ein helpu ni. Chwilio am dad y bachgen yma ydan ni. Mi aeth ar goll rai dyddiau yn ôl. Nick ydi'i enw fo.'

'Nick. Gyrru cwch modur, bob amser digon o ddisel, rhywsut. Gwisgo cap pig?'

'Ie!' meddai Daniel. 'Ydach chi'n ei nabod o?'

'Mae o'n dod yma i brynu halen a reis. Mae o'n dod ag orenau, neu lysiau gwyrdd, stwff wedi ei sychu neu ei botelu...'

'Pryd welsoch chi o ddiwethaf?' gofynnodd Daniel, yn llawn cyffro.

'Welais i o bedwar diwrnod yn ôl. Gyfnewidiais i fagiad o gnau a ffrwythau am focs o orenau. Dyma'r un olaf,' meddai'r stondinwraig, yn estyn oren allan o fag o dan y bwrdd.

Syllodd Daniel ar yr oren, oedd wedi ei dyfu ar goeden ar do'r nendwr.

'O! Ddaru chi siarad ag o?'

'Do, roedd o'n holi ble oedd y bobl reis, a ddwedais i nad oedden nhw ddim wedi dod.'

'Ddywedodd o i ble oedd o am fynd nesaf?'

'Na, ond mi glywais i o'n siarad efo un o'r gwerthwyr halen am sut i fynd at geg afon O. Fanno mae'r bobl sy'n tyfu'r reis, yn y bryniau i fyny'r afon.'

'Dyna ni, felly, dyna ble aeth o!' meddai Daniel.

'Ddaru chi ei weld o'n gadael?' gofynnodd Miko. Ystyriodd gwraig y stondin am ennyd cyn ateb.

'Dydw i ddim yn cofio'i weld o'n mynd. Ond doedd ei gwch o ddim yno'n nes ymlaen, a welais i ddim ohono ar ôl y prynhawn hwnnw.'

'Mae o i'w weld yn debygol mai i afon O yr aeth o felly,' meddai Miko. Edrychodd Daniel arni.

'Ydach chi'n gwybod sut mae mynd yno?'

'Mae gen i syniad… Ond gyda'n bod ni wedi glanio yma, fe hoffwn i weld Sen.'

'Ie, wrth gwrs,' meddai Daniel.

'Fedrwch chi ddweud wrthym ni ble fedrwn ni ddod o hyd i Thi Sen?' gofynnodd Miko i'r stondinwraig.

'Chung!' galwodd hithau yn uchel. Edrychodd bachgen ifanc i fyny o'r gêm roedd o'n ei chwarae gyda'i ffrindiau, gêm gyda cherrig a llinellau wedi eu crafu i'r llwch ar lawr.

'Ie, Nain?' meddai'n barchus, gan ddod yn nes.

'Dangos i'r bobl 'ma ble mae Thi Sen yn byw, wnei di?'

'Pwy ydi Thi Sen?'

'Ti'n gwybod. Mae ganddi blant yr un oed â chdi. Rhaid i chdi fynd heibio i'r ffynnon, ac i lawr stryd y lleuad, a throi am y pantiau halen pan ti'n cyrraedd yr hen siop gyfrifiaduron. Mae tŷ Thi Sen ar y stryd yna. Mae ganddi ffens werdd a phwt o iard, efo coeden persimon.'

'O, ie. Dwi'n gwybod. Oedd 'na ffrwythau arni unwaith.'

'Oedd, dau neu dri.' Trodd yn ôl at y dieithriaid. 'Does 'na ddim byd yn tyfu yma, ond rhywsut maen nhw'n llwyddo i gadw'r goeden 'na'n fyw. Fedrwch chi ddim mo'i methu hi, does 'na ddim coed eraill ar y stryd yna.'

Diolchodd y tri i'r wraig gwerthu cnau, a dilyn eu tywysydd ifanc oddi wrth yr harbwr i fyny llwybr cul a fu unwaith yn lôn. Doedd dim ceir ar yr ynys, ac roedd pobl wedi adeiladu ar y llefydd gwastad, lle bu'r lonydd, gan greu coridorau clawstroffobig, jyst digon llydan i ddau berson basio'i gilydd, rhwng yr adeiladau.

'Wyt ti'n byw i fyny ffordd hyn?' gofynnodd Rani i'r bachgen.

'Na. Fi'n byw i lawr ffor'na,' meddai'r bachgen gan bwyntio i lawr at y glannau i'r cyfeiriad roedden nhw newydd ei adael.

'Wyt ti'n mynd i'r ysgol?'

'Weithiau. Ond mae 'na ormod o blant yno, ac mae'n boeth, ac mae syms yn anodd. Well gen i fynd i bysgota efo Dad.'

'Fydd 'na ddigon o amser i bysgota pan ti'n tyfu'n ddyn. Os oes 'na ysgol yma ac mae dy deulu yn medru talu amdano, fe ddylet ti wneud y mwyaf ohono fo,' meddai Rani.

'Dydyn ni ddim yn gorfod talu, mae'r athrawon yn dysgu am ddim. Dyna pam mae 'na ormod o blant.'

'Gwell fyth!' meddai Rani, wrth droi cornel. Daethant allan o'r coridor tywyll i le agored, llachar, fel sgwâr pentref, lle'r oedd torf wedi hel. Synhwyrodd y dieithriaid ar unwaith fod rhywbeth o'i le, ac arafu eu camau, ond roedd y bachgen yn dal i gerdded, yn syth am ganol y dorf.

'Chung!' meddai Miko.

'Ffordd hyn, dewch!' meddai Chung, gan amneidio, a diflannodd i ganol y dorf. Dilynodd y tri, gan feddwl ei atal a'i dynnu'n ôl, ond clywyd gwaedd o ganol y dorf, a chafodd Daniel ei hun mewn cylch o bcbl oedd wedi ffurfio o amgylch dau ddyn. Roedd un yn dal potel blastig bum litr, a'r llall yn dal gwn. Roedd tap rhyngddynt, wedi ei gysylltu wrth bibell ddŵr yn sownd i bolyn concrit. Roedd y dyn efo'r gwn yn pwyntio at y dyn efo'r botel.

'Ein dŵr ni ydi hwn. Fedri di ddim dod o ben arall y dre a helpu dy hun i'n dŵr ni,' meddai.

'Mae seston stryd y lleuad yn wag,' meddai'r dyn efo'r botel. 'Does gynnon ni ddim dŵr, ac mae fy mab i'n sâl ac angen diod.'

'Fe ddylech chi fod wedi bod yn fwy gofalus efo'ch dŵr chi, felly,' meddai'r dyn efo'r gwn.

'Mi rydan ni'n ofalus. Ond mae 'na bedwar cant o bobl yn cael eu dŵr o'r seston ar stryd y lleuad, a dydi o ddim yn para o un glaw i'r nesaf.'

'Mae 'na chwe chant o bobl yn cael eu dŵr o'r tap yma, ac os ydi pawb o stryd y lleuad yn dod i gael eu dŵr yma, fydd hwn wedi mynd mewn mater o ddyddiau hefyd.'

'Efallai y daw 'na law mewn pryd,' meddai'r dyn efo'r botel wag. Roedd golwg flinedig arno, doedd o ddim wedi cynhyrfu o gael rhywun yn pwyntio gwn ato.

'Dydi hi ddim wedi glawio ers saith mis. Gallai fynd ymlaen am saith arall. Cheith pobl stryd y lleuad ddim diferyn o'r dŵr yma, neu fe fydd pobl yr harbwr yn sychedu. Ti'n gwybod hynny.'

Aeth y dyn efo'r botel ar ei liniau.

'Mae fy mab i'n sâl. Mae o angen gwydriad o ddŵr. Efallai y gwnaiff o farw, dydw i ddim yn gwybod. Fel tad dy hun, Cadeo, plis trugarha.'

'Dos adre,' meddai'r dyn efo'r gwn. 'Fy ngwaith i ydi gwarchod y ffynnon er mwyn pobl yr harbwr. Os plyga i'r rheolau i ti, fe fydd pawb yn dod yma efo'u straeon tor calon am blant sâl.'

'Ie, dos adre!' gwaeddodd rhywun o'r dorf.

'Ydach chi am i ni i gyd farw o syched?' gofynnodd y dyn efo'r botel yn dawel.

'Dyrwch wydriad iddo, o leiaf!' gwaeddodd rhywun arall.

Taflwyd carreg o rywle yn y dorf, gan daro'r dyn efo'r botel ar ei ysgwydd. Trodd hwnnw ymaith, a'i ben yn isel, a dechrau ymwthio trwy'r dorf. Dilynodd Daniel ef. Roedd ffrwgwd yn torri allan rhwng y ddwy garfan o'i ôl, ond cerdded i ffwrdd wnaeth y dyn, yn ei fyd poenus ei hunan. Cyffyrddodd Daniel yn ei fraich i gael ei sylw. Trodd ei lygaid i edrych ar Daniel, ond roedd golwg bell i ffwrdd ynddynt.

'Mi fedra i eich helpu chi,' meddai Daniel. 'Ond mae'n rhaid i ni gael lle tawel i siarad.'

Roedd y dyn wedi synnu, ond nodiodd. 'Hefyd, mae'n rhaid i mi ffeindio fy ffrindiau,' meddai Daniel, gan sylweddoli na allai weld Rani, Miko na'r bachgen yn unman. Roedd Daniel a'r dyn ar gyrion y dorf erbyn hyn, ond clywsant sŵn gwn yn tanio, a gweiddi, a rhedodd pobl heibio iddynt, oddi wrth y gwffas. Gwelodd Daniel blethen ddu a edrychai fel un Rani yn y pellter, yn rhedeg i'r cyfeiriad yr oedden nhw'n teithio iddo'n wreiddiol.

'Rhaid i mi fynd ar ôl fy ffrind,' meddai eto. 'Mi wna i'ch cyfarfod chi'n ôl yn fan hyn mewn awr. Wrth y gornel yn fanna, o dan yr arwydd Dim Parcio.' Nodiodd y dyn, a rhedodd Daniel i chwilio am Rani.

17

Daliodd i fyny â'r ferch a'r blethen ddu, ond nid Rani oedd hi. Gwthiodd yn ofalus rhwng pobl i ganol y dorf. Roedd rhywun yn gwaedu ar y llawr, rhywun yn sgrechian, rhywun yn ceisio atal llif y gwaed. Roedd pobl yn chwifio ffyn, ac roedd rhyw drydan peryglus yn yr aer. Doedd dim golwg o'r dyn efo'r gwn. Edrychodd Daniel yn wyllt o'i gwmpas, ond doedd dim golwg o Rani.

Llwyddodd i wthio trwy'r dorf mewn cylch llydan o un ochr i'r sgwâr i'r llall, gan osgoi cael ei anafu. Yn sydyn ymddangosodd y dyn efo'r gwn, a phedwar o ddynion arfog eraill i'w ganlyn.

'Ewch adref!' gwaeddodd, gan saethu yn yr awyr.

Syllodd y dorf arnynt mewn tawelwch.

'Dydach chi ddim yn deall,' meddai rhywun, yn ddistaw. 'Does gennym ni ddim byd i'w golli. Beth ydach chi eisiau i ni wneud? Fedrwch chi ddim ein saethu ni i gyd!'

'Ewch adref!' ailadroddodd y dyn efo'r gwn, gan ei bwyntio at y person oedd wedi siarad, dynes gyda gwallt llwyd taclus at ei hysgwyddau.

'Tra mae yma ddŵr, fe arhoswn ni yma,' meddai, ac eisteddodd ar y llawr. Aeth murmur trwy'r dorf, ac eisteddodd rhywun arall wrth ei hochr. O fewn pum munud, roedd y dorf o stryd y lleuad i gyd yn eistedd ar y llawr o flaen y pum gŵr arfog. Er ei bod yn llawer haws gweld yn awr, allai Daniel ddim gweld Rani. Roedd y person oedd wedi ei anafu'n dal i orwedd o flaen y dorf, ac roedd rhywun wrthi'n gwasgu crys dros y briw yn ei stumog.

'Wneith rhywun plis nôl doctor?' gofynnodd y dyn hwnnw.

'Mae fy mrawd wedi mynd am y doctor ers oes!' meddai rhywun arall. Ar y gair, gwthiodd rhywun trwy'r dorf i'r tu blaen. Dyn mewn oed gyda mwstás, a bag yn ei law. Edrychodd o'i gwmpas ac ar y dyn ar y llawr. Ni ddywedodd unrhyw beth, dim ond plygu i archwilio'r claf.

Gan nad oedd Rani i'w gweld yn unman, cymerodd Daniel ei bod wedi gadael y sgwâr i lochesu yn rhywle mwy diogel. Aeth yn ôl i chwilio am y dyn gyda'r plentyn sâl. Teimlai ysfa i helpu'r holl bobl hyn yn eu cyfyng-gyngor amhosibl, ond ar hyn o bryd, gallai helpu'r un dyn hwn, a byddai hynny'n well na dim.

Roedd y dyn yn sefyll yn y man cyfarfod, a'r botel wag yn dal yn ei law. Mae'n rhaid na fu adref o gwbl.

'Fedrwch chi fy helpu i?' gofynnodd i Daniel.

'Medraf. Mae gen i ddistyllydd solar. Dewch i lawr i'r harbwr, mae o ar ein cwch ni.'

'Distyllydd solar?'

'Mae'n troi dŵr hallt yn ddŵr yfed.'

'Ydi hynny'n bosibl?'

'Ydi, mae o'n syml iawn, a dweud y gwir. Mae'r dŵr yn anweddu, gan adael yr halen ar ôl.'

'Fel yn y pantiau halen!'

'Ie, yn union. Yr oll mae'r distyllydd yn ei wneud ydi casglu'r dŵr yn lle gadael iddo ddianc i'r awyr.'

'Syniad da!'

'Ie. Ond bach ydi o, cofiwch. Dim ond rhyw ddau litr y diwrnod allwch chi ddisgwyl ei gael ar ddiwrnod heulog.'

'Dau litr o ddŵr yfed! Rydach chi wedi fy ngwneud i'n hapus iawn!'

'Ac mae'n cymryd amser. Efallai trwy'r dydd.'

'Iawn. Mae hynny'n iawn. Gallwn ni aros. Diolch… Dydw i ddim yn gwybod eich enw.'

'Daniel.'

'Diolch, Daniel. Kim ydi fy enw i. Dyma fy machgen bach i.' Estynnodd ffotograff crebachlyd o'i boced yn dangos bachgen bach llawen yn dal fflôt bysgota. 'Dim ond pedair oed. Mae ganddo wres, a syched. Mae fy ngwraig wrth ochr ei wely, yn wylo. Bydd hi mor falch pan ddof yn ôl gyda dŵr.'

Arweiniodd Daniel Kim at *Pererin*, oedd wedi ei glymu yn ymyl nifer o gychod pysgota.

'Yn ôl yn barod?' meddai'r pysgotwr gyntaf, oedd yn plygu'r rhwydi ar fwrdd ei gwch. 'Wedi colli dy ffrindiau?'

'Kim, sut mae'r bychan?' meddai'r llall.

'Mae gan y bachgen beiriant sy'n troi dŵr môr yn ddŵr yfed!' meddai Kim. Doedd Daniel ddim yn siŵr am ddoethineb hysbysu pawb o hyn, ond yn amlwg roedd Kim yn ffrindiau gyda'r pysgotwyr.

Aeth Daniel i'r ystafell gysgu lle'r oedd Miko bellach wedi rhoi gwell trefn ar y rhaffau, ac estyn y distyllwr o'i fag. Pan ddaeth yn ôl ar y dec, roedd Kim a'r ddau bysgotwyr yn aros amdano. Datododd fag y distyllwr, a chwythu i mewn i'r falf i lenwi'r cylch a wnâi i'r teclyn arnofio ar y dŵr. Yna, chwythodd i lenwi'r swigen aer lle byddai'r dŵr ffres yn cyddwyso. Rhoddodd y teclyn i arnofio ar wyneb y dŵr, gan glymu'r twmffat a'r bibell i ochr y cwch. Tywalltodd bum litr o ddŵr môr i mewn i'r twmffat gyda jwg mesur i lenwi'r distyllydd. Roedd y pysgotwyr a Kim yn gwylio'n astud wrth iddo wneud hyn i gyd. Edrychodd pawb dros ochr y cwch i wylio'r teclyn, a edrychai fel swigen blastig glir ddigon syml, yn siglo ar y dŵr islaw. O fewn munudau, roedd diferion dŵr glân yn ffurfio ar du mewn y plastig, ac yn dechrau llifo i lawr yr ochrau i'r sianel fyddai'n bwydo'r bibell i'r gronfa dŵr yfed.

'Fydd rhaid i ni aros rŵan,' meddai Daniel, ond parhau i syllu ar y teclyn wnaeth y lleill, gan wneud rhyw sylw bob hyn a hyn na allai Daniel ei ddeall. Ar ôl deg munud, cododd Daniel y gronfa a dangos iddyn nhw bod cegaid o ddŵr wedi hel yno. Datododd y gronfa, a'i rhoi i Kim i'w flasu.

'Dŵr croyw!' meddai yntau. 'Mae o'n gweithio!' Pasiodd y bag yn ôl i Daniel, a'i rhoddodd yn ôl ar y teclyn.

'Mae o'n gweithio,' meddai Daniel, 'ond mae o braidd yn ara deg.' Teimlai'n ddrwg wrth feddwl cyn lleied o ddŵr y gallai ei gynnig, a'r angen mor fawr.

'Fedrwn ni adeiladu un,' meddai un o'r pysgotwyr, oedd wedi bod yn gwylio'n dawel. 'Mae 'na ddigonedd o blastig i gael. Byddai angen tiwbiau, a falf, ac fe fyddai'n rhaid gwneud yn siŵr nad oedd yn gollwng... Does dim rhaid iddo arnofio ar ben y dŵr, mi fasa'n fwy sefydlog ar y tir. Rhywbeth i gyddwyso'r stêm, a rhywbeth i ddal y diferion... Mae o'n syniad mor syml!'

'Dyna syniad da!' meddai Daniel. 'Lle cewch chi'r deunyddiau?'

'Mae fy mrawd yn cadw pob math o sbwriel, mi af i chwilio'n fanno'n gyntaf,' meddai'r pysgotwr, gan neidio o'r dec i'r lan, ac i ffwrdd ag ef.

Wrth eistedd ar y dec, yn gwylio'r diferion yn llithro i lawr tu mewn i gromen glir y distyllwr, meddai Daniel wrth Kim:

'Gwrddais i â bachgen bach gynnau, oedd yn dweud bod yna ysgol yma, a'i bod am ddim.'

'Oes, chware teg i'r athrawon, maen nhw'n dal i ddysgu, er nad oes neb yn eu talu nhw.'

'Ar beth maen nhw'n byw?'

'Ar bysgod, ac ychydig bach o reis pan mae pobl yn medru fforddio. Mae pobl yn hael, er nad oes ganddyn nhw lawer. Mae gyda ni ysbyty yma hefyd...'

Ar hynny, ymddangosodd Miko a Rani ar y cei.

'Diolch byth!' meddai Daniel. 'Dyma fy ffrindiau. Beth ddigwyddodd i chi?'

'Beth ddigwyddodd i chdi?' meddai Rani. 'Est ti reit i ganol y ffrwgwd, ac wedyn doedden ni ddim yn medru dy weld di'n unman.'

'Fues i'n chwilio amdanoch chi!'

'Ddaru ni benderfynu dal i fynd, oedden ni'n meddwl efallai dy fod di wedi gadael y sgwâr.'

'Na, wnes i aros i chwilio amdanoch chi, ac wedyn feddyliais i y byddwn i'n medru helpu Kim yn fan hyn efo'r distyllydd solar.'

Pwyntiodd Daniel at y swigen blastig yn y dŵr.

'Felly dros ddŵr oedd y ffrae!' meddai Miko. 'Ddylwn i fod wedi gwybod. Mae dŵr wedi bod yn brin yma erioed, ond rŵan mae gymaint mwy o bobl!'

'Oes 'na wydriad yno eto?' gofynnodd Kim, gan edrych ar y distyllydd. Cododd Daniel y gronfa, ar ddiwedd ei bibell blastig.

'Gwydriad bach, i hogyn pedair oed,' meddai. Aeth islaw'r dec i'r gegin, gyda bag y distyllydd a'i fymryn dŵr glân gwerthfawr. Gwagiodd y bag i hen botel blastig fechan oedd ar yr ochr yn y gegin. Dim ond hanner y botel fach blastig oedd yn llawn.

Gwyddai Daniel fod bron i dri chan litr o ddŵr wedi ei storio ar *Pererin*, rhwng y ddau danc mawr a'r amrywiol boteli a thanciau yr oedden nhw wedi eu defnyddio i storio'r dŵr glaw ar ôl y storm. Tybed pam nad oedd wedi cyfaddef wrth Kim a'r lleill bod gyda nhw'r cyfoeth yma o ddŵr? Teimlai'n anghyffyrddus, ond rhesymodd nad ei ddŵr ef ydoedd i'w rannu, mewn gwirionedd. Miko oedd piau'r cwch, Miko oedd piau'r tanciau, a Miko oedd wedi creu'r system casglu dŵr glaw i sicrhau nad âi dŵr y storm yn wastraff. Er hynny, llanwodd y botel fach bron iawn at y top gyda dŵr o'r tanc, cyn mynd yn ôl i fyny ar y dec.

'Gad dy botel fawr yma, ac mi wna i wagio'r distyllydd i mewn iddi'n nes ymlaen. Tyrd yn ôl heno, gobeithio fydd 'na o leiaf litr arall erbyn hynny,' meddai Daniel.

Ar ôl i Kim adael, gofynnodd Daniel i Miko,
'Gawsoch chi hyd i'r chwaer yng nghyfraith?'
'Chwaer gwraig fy mrawd ydi Sen. Mae hi dipyn fengach na Thomas a'i wraig. Mae ei gŵr hi'n gweithio ar y môr, ac mae ganddi griw o blant erbyn hyn. Doeddwn i ddim wedi cyfarfod y fenga o'r blaen.'
'Beth ddywedodd hi?'
'Dydi hi'n gwybod dim byd am dy dad, ond mae hi'n nabod rhywun sy'n gweithio i'r Baracwda.'
'Y Baracwda?'
'Dyna maen nhw'n galw'r gang sy'n rheoli'r arfordir a'r ynysoedd yma.'
'O,' meddai Daniel. Roedd yr enw'n canu cloch. 'Rani, ti'n cofio'r môr-ladron 'na gwrddon ni ar y noson gyntaf? Ddaru nhw ddim dweud rhywbeth am Baracwda?'
'Do. Fe ddywedon nhw mai nhw ydi'r gyfraith, y Baracwda,' meddai Rani.
'Mi fedrai hi drefnu cyfarfod i ti os wyt ti eisiau,' meddai Miko.
'O... Diolch,' meddai Daniel, heb frwdfrydedd. Teimlai awydd cryf i osgoi'r Baracwda yn gyfan gwbl am weddill ei

oes, ac allai o ddim gweld beth fyddai'r cysylltiad rhyngddyn nhw a'i dad, er gwaetha'r ffaith bod criw'r cwch ar y noson gyntaf yn amlwg yn ei adnabod.

'Ddywedodd hi rywbeth arall hefyd,' meddai Rani.

'Do,' meddai Miko. 'Newyddion am fy mrawd. Mae o ar ynys arall, tua chwe deg cilomedr i'r dwyrain o fan hyn. Mae o'n sâl iawn.'

'Mae'n ddrwg gen i glywed hynny,' meddai Daniel.

'Mae angen i Miko fynd i'w helpu,' meddai Rani.

'Oes, wrth gwrs!' meddai Daniel. Sylweddolodd ar unwaith faint yr oedd wedi dod i ddibynnu ar Miko. Teimlai ar goll yn meddwl am fynd ymlaen hebddi.

'Ydach chi am fynd ar unwaith?'

'Ydw. Mae croeso i chi ddod efo fi, ond gallai fod yn amser hir cyn i mi fod ar gael i dy helpu di i chwilio am dy dad.'

'Na, ewch chi, Miko. Fe fyddwn ni'n iawn. Rydach chi wedi'n helpu ni gymaint yn barod,' meddai Daniel.

'Fydd gynnoch chi ddim cwch,' meddai Miko.

'Fyddwn ni'n iawn. Efallai y cawn ni bàs efo rhywun. Wn i ddim. Mi feddyliwn ni am rywbeth.'

'Mae'n gas gen i orfod eich gadael chi fel hyn,' meddai Miko. 'Ond Thomas yw fy efaill. Fe aeth i gyfeiriad gwahanol yn ei fywyd, ond rwan ei fod yn ddifrifol wael, ac yn dod at ddiwedd ei oes, mae'n debyg mai fi yw'r unig un all ei helpu.'

'Rydan ni'n deall,' meddai Rani. 'Mae'n rhaid i chi fynd. Ac fel mae Daniel yn ddweud, fe fyddwn ni'n iawn. Mae o wedi dechrau gwneud ffrindiau'n barod. Ac fe ddywedodd Sen y cawn ni gysgu ar ei llawr hi am ychydig. Fe weithiwn ni rywbeth allan.'

Cyn iddi fynd, llanwodd Miko boteli dŵr y ddau, a'r botel pum litr a berthynai i Kim.

Yna rhoddodd gusan ar dalcen Daniel, cofleidiodd Rani, a dringodd y ddau gyda'u bagiau oddi ar ddec *Pererin* i sefyll ar y cei. Codasant eu dwylo a gweiddi ffarwél tra hwyliodd Miko yn araf o'r harbwr. Gwyliodd Daniel y ffigwr bach a'i gwallt gwyllt yn mynd yn llai, a theimlo fel petai'n gwylio aelod agos o'i deulu'n hwylio i ffwrdd am byth.

18

Wedi ffarwelio â Miko, eisteddai Daniel a Rani a'u traed yn siglo dros ochr wal harbwr Ynys Halen, gyda'u hychydig bethau mewn bagiau o'u cwmpas, a'r distyllydd yn chwysu'n ddiwyd ar wyneb y dŵr wrth eu traed.

'Chware teg i Miko. Wnaeth hi ein helpu ni lot,' meddai Daniel.

'Fyddi di'n ei cholli hi?' gofynnodd Rani.

'Byddaf.'

'Fel wyt ti'n colli dy fam go iawn?' gofynnodd Rani.

Anadlodd Daniel i mewn yn siarp, fel petai wedi ei bigo. Safodd ar ei draed. Cymerodd ychydig gamau oddi wrthi.

'Sut mae Kim yn mynd i'n ffeindio ni rŵan? Fedrwn ni ddim aros yn fan hyn trwy'r dydd,' meddai, ar ôl ennyd.

'Ymm. Dwn i'm,' meddai Rani, ac edrychodd i'r dŵr am foment cyn siarad eto. 'Sori, Daniel. Doedd gen i ddim hawl cyfeirio at dy fam fel'na. Mae'n ddrwg gen i.'

'Na. Does gen ti ddim hawl. Dim fel'na. Os wyt ti eisiau gwybod, gofyn. Does dim angen bod yn sbeitlyd.' Doedd Rani erioed wedi gweld Daniel wedi gwylltio o'r blaen. Roedd o'n cadw rheolaeth arno'i hun, ond gallai deimlo gwres ei dymer yn tonni o'i gorff, ac roedd cynddaredd yn tywyllu ei lygaid.

'Na. Ti'n iawn,' meddai Rani. Teimlai na fyddai ymddiheuro eto, neu ddweud unrhyw beth arall, ond yn gwaethygu'r sefyllfa. Synnai Rani. Doedd hi ddim wedi bwriadu ei frifo.

'Felly beth ydan ni'n mynd i'w wneud?' gofynnodd Daniel ymhen amser, gan syllu allan dros yr harbwr.

'Pysgota,' meddai Rani, gan estyn ei gwialen. 'O leiaf wedyn fe fydd gynnon ni swper.'

'Ti mor ymarferol,' meddai Daniel, ond swniai fwy fel cyhuddiad na chanmoliaeth.

'Dos i ffeindio rhywbeth i'w losgi i ni gael ei goginio fo,' meddai wrtho.

'Ti'n hyderus iawn o dy sgiliau pysgota,' meddai Daniel. 'Ac yn foslyd,' ychwanegodd, yn fwy cyfeillgar.

'Jyst dos, nei di,' meddai Rani, gan chwerthin.

Felly i ffwrdd â Daniel i chwilio am danwydd. Daeth o hyd i ddigonedd o boteli a bagiau plastig ar hyd ochrau'r lonydd a'r harbwr, ond dim ond ambell sgrapyn o gardfwrdd. Casglodd y rheiny, a'u stwffio yn ei bocedi i gynnau'r tan. Ymlwybrodd a'i ben yn ei blu i fyny allt oddi wrth yr harbwr, gan gicio ymysg y sbwriel ar ochrau'r lonydd i chwilio am unrhyw beth wedi ei wneud o bren, ond plastig oedd i'w weld ymhobman. O ben un stryd edrychodd i lawr allt, a gweld y môr rhwng y tai ar y gwaelod. Meddyliai efallai y byddai broc môr i'w gael ar y lan, felly cerddodd i lawr yr allt.

Roedd y môr yn llyfu rhan o'r ynys a fu unwaith yn stad o dai eithaf llewyrchus, ac yn lle traeth, roedd tarmac. Roedd y lôn wedi hollti mewn rhai llefydd, a darnau o bridd moel yn dangos yn y craciau. Mewn llefydd eraill roedd y tonnau wedi erydu'r wyneb caled yn llwyr, ac roedd tyllau a chlogwyni tanddwr i'w gweld yn y dŵr bas lle'r oedd darnau o'r lôn wedi'u golchi i ffwrdd gan y llanw. Roedd tai yn sefyll i lawr at y lan, ac yn cerdded allan i'r môr mewn rhesi. Roedd hi'n amlwg bod pobl yn dal i fyw yn rhai o'r tai oedd â'u traed yn y dŵr. Rhaid eu bod wedi symud eu holl bethau i'r lloriau uchaf, meddyliodd Daniel. Fel ni. Yn yr ardal lle'r oedd y llanw yn mynd a dod, roedd rhyw fath o draeth newydd yn ffurfio ar ben y tarmac, wedi ei gyfansoddi o ddarnau o blastig amryliw. Cerddodd Daniel ar hyd y lôn ddrylliedig a fu unwaith yn stryd, yn chwilio am goed tân. O'r diwedd gwelodd rywbeth sgwâr yn y pellter, ac wrth ddod yn nes gwelodd mai palet pren ydoedd. Gafaelodd yn y palet, a'i godi ar ei gefn, a dechrau cerdded yn ôl i gyfeiriad yr harbwr. Cyn hir, gwelodd ffigwr yn cerdded tuag ato, yn chwilota ymysg y gwaddod ar y lan. Wrth ddod yn nes, cyfarchodd Daniel ef.

'Dydd da,' meddai'r dieithryn, heb wenu

'Am beth ydych chi'n chwilio?' gofynnodd Daniel.

'Coed, darnau da o blastig, poteli, pibellau, deunyddiau adeiladu… Ond rwyt ti wedi cyrraedd o fy mlaen i heddiw.'

'O, mae'n ddrwg gen i,' meddai Daniel. 'Ydi'r rhan yma o'r lan yn perthyn i chi?'

'Na, does dim byd yn perthyn i neb ddim mwy. Ond mae'r palet 'na yn un da. Beth wnei di ag o?'

'Chwilio am goed tân oeddwn i.'

'Coed tân? Piti llosgi peth mor ddefnyddiol. Mi allai hwnna wneud rhan o do newydd i rywun.'

'Gallai…?' meddai Daniel, braidd yn amheus. 'Ond rydw i a fy ffrind angen rhywbeth i goginio ein swper.'

'Fedrwn i roi tanwydd i chi yn gyfnewid am y palet,' meddai'r dyn.

'Does gen i ddim stof,' meddai Daniel. Edrychodd y ddau ar ei gilydd, heb ddweud dim. Debyg y byddai gan Sen stof. Hyd yn oed pe bai Rani yn methu dal pysgodyn, pe bai Daniel yn dod â thanwydd, o leiaf fydden nhw ddim yn dod yn waglaw.

'Iawn,' meddai o'r diwedd. 'Mi wna i gyfnewid hwn am ddigon o danwydd i goginio tri pryd.'

Roedd tŷ'r dieithryn ar y lan, allan o gyrraedd y llanw, hyd yma. Roedd ganddo iard fechan yn y tu blaen oedd yn llawn o hen offer pysgota, darnau o ddodrefn drylliedig, cychod ar hanner eu trwsio a phob math o offer plastig a metel yn dirywio yn yr haul a gwynt hallt y môr. Tu mewn i'r gegin, roedd ganddo bedwar tanc ugain litr o danwydd alcohol yn sefyll ar y llawr.

'O ble ydach chi'n cael hwn?' gofynnodd Daniel.

'Maen nhw'n ei wneud o yn y bryniau ar y tir mawr. Dwi'n halltu pysgod, ac yn eu cyfnewid am danwydd. Wedyn dwi'n cyfnewid tanwydd am bethau eraill yn y farchnad. Neu am bres.'

'Sut fath o bres ydach chi'n ei ddefnyddio?'

'Y rhain.' Aeth y dyn i'w boced, ac estyn llond llaw o ddarnau metel cyntefig. Edrychodd Daniel yn fanylach. Roedd llun pysgodyn milain, danheddog wedi ei stampio ar un ochr.

Dychwelodd at Rani, oedd yn eistedd ar y cei yn edrych yn eithaf balch, gyda phedwar pysgodyn wrth ei hochr, a haid o blant wedi hel o'i hamgylch yn ei phledu hi efo cwestiynau:

'Pam bod chi'n byw mewn tŵr?'

'Beth ydi enw dy dad?'

'Pam bod chi wedi dod i fan hyn?'

'Sut ydach chi am fynd adre?'

Dangosodd Daniel y tanwydd iddi.

'Beth ydan ni'n mynd i'w wneud efo hwnna?' gofynnodd.

'Mynd â fo i dŷ Sen. Siawns y bydd ganddi hi stof, ac o leiaf wedyn fe fydd gynnon ni rywbeth i'w gynnig iddi.'

'Iawn. Syniad da. O, edrych, dyma dy ffrind.'

Ar hynny, ymddangosodd Kim, yn gwthio'i ffordd trwy'r criw o blant. Rhoddodd Daniel y botel pum litr lawn iddo. Syllodd Kim arni.

'Ein ffrind, roedd ganddi ddŵr wedi ei storio ar y cwch.

Ond mae hi wedi mynd rŵan,' meddai Daniel. 'Mae'n ddrwg gen i ei fod mor ychydig,' meddai wedyn.

'Doedd gen i ddim dŵr bore 'ma,' meddai Kim, yn syml. 'Ond rŵan mae gen i bum litr. Ac mae fy ffrind yn meddwl ei fod wedi llwyddo i adeiladu rhywbeth tebyg i'r distyllwr bach. Mae dyn arall, un o'r casglwyr halen, yn ceisio creu rhywbeth mwy o lawer yn y pantiau halen gyda dalen fawr o blastig a fflôts pysgota ac ati. Rwyt ti wedi rhoi gobaith i ni y gallwn ni ddatrys y broblem. Dyna'r peth mwyaf gwerthfawr y gallet ti fod wedi ei roi.'

'Mae hynny'n grêt,' meddai Daniel. 'Ond yn y cyfamser, cymerwch y distyllwr yma, fe fyddwch chi angen dŵr eto fory.'

'Sut gewch chi ddŵr wedyn?' gofynnodd Kim.

'Fe fyddwn ni'n iawn,' meddai Daniel.

Edrychodd Kim arno am yn hir, ac yna dywedodd, 'Diolch o galon, rydych chi wedi'n hachub ni!'

'Sut mae'r mab bach?' gofynnodd Daniel, yn awyddus i droi'r sgwrs.

'Gwell. Mae ei wres i lawr erbyn heno. Mae fy ngwraig wedi bod yn gweddïo trwy'r dydd, mae hi'n credu fod y dduwies wedi clywed ei gweddi.'

'Dwi'n falch iawn o glywed hynny,' meddai Daniel.

'Mae gen i rywbeth bach i chi am eich caredigrwydd,' meddai Kim, gan estyn bagiad bychan o reis i Daniel.

Edrychodd Daniel ar Kim, ac ar y bag, ac yna ar Rani. Roedd gan y dyn yma gyn lleied, doedd o ddim eisiau cymryd dim ganddo.

'Cymera fo,' meddai Rani.

Felly cymerodd Daniel y reis, ond yna aeth y dyn i'w boced ac estyn tri darn o'r arian rhyfedd a welodd Daniel o'r blaen iddo.

'Does dim angen!' meddai Daniel. 'Mae'r reis yn hen ddigon, rydan ni'n ddiolchgar iawn amdano.'

Ond doedd Kim ddim eisiau cael ei wrthod, a gwasgodd yr arian i law Daniel yn benderfynol, cyn diolch unwaith eto, a cherdded i ffwrdd.

Felly fe gyrhaeddodd Daniel a Rani dŷ Sen gyda phedwar pysgodyn, litr o danwydd alcohol, bagiad bychan o reis, a thri darn arian anhysbys eu gwerth.

Roedd Sen yn ddynes egnïol, groesawgar, gyda phedwar o blant, yr un lleiaf yn bump oed a'r hynaf yn ddeuddeg. Roedd ei gŵr i ffwrdd, 'ar fusnes', meddai. Doedd hi ddim fel petai eisiau ymhelaethu mwy na hynny. Roedd y tŷ yn dri llawr, ond roedd teuluoedd eraill yn byw ar y llawr cyntaf a'r ail, felly dwy stafell oedd ganddi. Un i goginio a byw a bod ynddi, a'r llall i gysgu. Roedd lle ymolchi bychan allan yn y cefn, a thap dŵr at ddefnydd y tai ar y sgwâr yn unig.

'Does neb i ddefnyddio dŵr i folchi ynddo ar hyn o bryd,' meddai Sen, wrth ddangos y lle iddyn nhw. 'Gewch chi olchi'ch dannedd, ac yfed, wrth gwrs, ond does dim digon ar ôl i bawb folchi. Dim tan ddaw'r glaw.' Edrychodd ar yr awyr. Roedd yn las llachar heb olwg o unrhyw gwmwl. 'Rydan ni'n lwcus iawn,' meddai.

Roedd Sen yn falch o gyfraniad Daniel a Rani i swper, ond cawsant yr argraff y byddai hi wedi eu croesawu beth bynnag. Roedd hi'r math yna o berson, a doedden nhw ond ychydig yn hŷn na'i phlentyn hynaf.

Roedd Rani yn dysgu gêm fwrdd gan y plant, a Daniel yn golchi'r llestri yn yr iard gefn, gan ddefnyddio dŵr wedi ei gario i fyny o'r môr, a chyn lleied o hwnnw â phosibl, gan fod ei gario'n waith trwm. Roedd Sen yn goruchwylio Daniel ac yn trwsio twll ym mhen-glin trowsus y plentyn lleiaf.

'Chwilio am dy dad wyt ti felly?' meddai.

'Ie. Dywedodd Miko eich bod chi'n nabod rhywun fasa efallai'n gwybod rhywbeth?' meddai Daniel.

'Os ydi o'n cael ei gadw'n garcharor gan rywun, mae'n debyg y byddai'r Baracwda yn gwybod rhywbeth am y peth,' meddai Sen.

'Pwy ydi'r Baracwda?' gofynnodd Daniel.

'Pwy ydi'r Baracwda? Maen nhw'n meddwl mai nhw ydi'r llywodraeth, yr heddlu a'r fyddin. Maen nhw wedi dechrau creu arian yn ddiweddar, hyd yn oed.'

'Fel y rhain?' meddai Daniel, gan estyn yr arian allan o'i boced i'w dangos iddi.

'Ie. Mae'r rhan fwyaf o bobl yn ei ddefnyddio fo rŵan, ond wna i ddim cyffwrdd mewn unrhyw beth a'r symbol hyll 'na arno fo.'

'O. Doeddwn i ddim yn gwybod beth oedd o. Ydyn nhw'n bobl ddrwg iawn?'

'Mae ganddyn nhw lawer o bŵer, ac maen nhw'n gwneud fel fynnon nhw. Gang ydyn nhw, fel y Maffia, ond maen nhw'n trio rhoi wyneb parchus ar bethau. Mae pawb eu hofn nhw.'

'Ac ydyn nhw'n herwgipio pobl?' gofynnodd Daniel.

'Bob dydd.'

'Pam?' gofynnodd Daniel.

'Gwahanol resymau. Ers talwm roedden nhw'n cadw pobl yn wystlon a gwneud i'w teuluoedd dalu am eu rhyddhau nhw. Dydyn nhw ddim yn gwneud gymaint o hynny'n ddiweddar. Mae'n well ganddyn nhw gasglu "trethi" gan bawb, mae'n fwy proffidiol. Ond maen nhw'n dal i gipio pobl i weithio iddyn nhw.'

'Beth, fel caethweision?'

'Weithiau. Neu weithiau os ydyn nhw eisiau rhywbeth arbennig, rhywun i drwsio'u cyfrifiaduron nhw neu rywbeth felly, mi wnân nhw herwgipio arbenigwr. Oes gan dy dad unrhyw sgiliau felly?'

'Oes. Mae o'n deall pethau trydanol, paneli solar, melinoedd gwynt, adeiladau. Mae o'n gallu trwsio unrhyw beth.'

'Swnio'n debygol iawn i mi,' meddai Sen.

'Ydach chi'n nabod rhywun sy'n gweithio iddyn nhw?' gofynnodd Daniel.

'Mae fy ngŵr yn gweithio iddyn nhw,' meddai Sen.

'O… Ond…' meddai Daniel.

'Edrych, mae'r byd yn gymhleth, a dydi pethau ddim bob amser yn troi allan fel ti'n disgwyl iddyn nhw wneud. Mae pobl dda yn gwneud pethau drwg, am bob math o resymau.'

'Felly…?' meddai Daniel, yn ddryslyd.

'Wn i ddim pryd fydd o adref. Mae o allan ar y môr yn rhywle, dydw i ddim yn gofyn i ble mae o'n mynd na beth mae o'n ei wneud yno. Ond mae Nien, sy'n byw dros y ffordd, adref ar y funud. Mae o'n gweithio iddyn nhw hefyd. Mi wna i drefnu i ti gael sgwrs ag o fory os wyt ti eisiau.'

'Diolch, Sen, fe fyddai hynny o help mawr,' meddai Daniel.

Treuliodd Daniel a Rani weddill y noson yn chwarae gemau gyda phlant Sen yn yr iard gefn, ac yna dywedodd Rani stori o'i chof am y morwr Sinbad a'r adar anferthol, y Roc, a'r nadroedd cawraidd, a'r cwm yn llawn diemwntau lle cafodd Sinbad ei ffortiwn.

19

Y diwrnod wedyn, roedd hi'n boeth. Roedd yr aer yn eistedd yn drwm ar yr ynys, a'r gwres yn tasgu o waliau'r tai a'r lonydd, ac yn cynyddu bob awr wrth i'r haul ddringo. Doedd dim mymryn o awel, a neb yn symud ar y strydoedd. Arhosodd Sen a'i phlant yn y tŷ i gysgodi, ond roedd hi'n llethol hyd yn oed yn y cysgod. Er hynny, arweiniodd Sen y ffordd i'r tŷ gyferbyn lle'r oedd Nien yn byw. Roedd Nien yn ddyn ifanc, yn rhannu ystafell gyda dau ddyn arall, felly yn lle'u gwahodd i mewn, safodd ar y trothwy i siarad â hwy.

'Nien, dyma Daniel a Rani,' meddai Sen. 'Mae Daniel yn chwilio am ei dad, mae o wedi diflannu. Roeddwn i'n meddwl efallai y byddet ti'n medru ei helpu fo.'

Edrychodd Nien yn amheus ar Daniel. 'Go brin,' oedd y cyfan a ddywedodd.

'Dydyn ni ddim yn gofyn i ti wneud unrhyw beth,' meddai Sen. 'Jyst eisiau holi wyt ti'n gwybod am ddyn o'r enw Nick. Mae'n byw mewn nendwr i'r gogledd o fan hyn. Fe ddaeth yma i brynu reis rai dyddiau yn ôl, ond chyrhaeddodd o ddim adref.'

'Roedd y farchnad dri diwrnod yn ôl. Ond doedd y bobl reis ddim yno, ti'n cofio, Sen? Roedd pawb yn poeni.'

'Dwi bob tro'n cael fy reis gan y bobl drws nesaf yn gyfnewid am wneud eu golchi nhw, wnes i ddim sylwi,' meddai Sen.

'Lle ti'n meddwl maen nhw'n cael eu reis?'

'Dwi ddim yn gwybod, ond fe ges i beth ganddyn nhw ddoe. Sonion nhw ddim ei fod o'n brin.'

'Rhaid eu bod nhw wedi prynu llwyth y tro cynt, felly.

O'r caeau reis ar lethrau Mynydd O mae'r reis i gyd yn dod. Mae'r bobl sy'n ei dyfu fo yn dod â fo i lawr yr afon yn eu cychod, ac yn croesi'r bae i'r farchnad yn fan hyn bob mis.'

'Ti'n gwybod lot am y farchnad reis,' meddai Sen.

'Mae gwybod am bethau felly yn rhan o 'ngwaith i.'

'Ymm. Wn i ddim yn union sut i ofyn hyn,' meddai Daniel. Roedd o'n teimlo'n nerfus. 'Rydan ni wedi cael awgrym efallai fod fy nhad o dan y ddaear. Mewn pydew neu dwll o ryw fath. Carchar tanddaearol, efallai. Ydach chi'n gwybod am unrhyw le felly?'

'Na, does 'na ddim byd fel'na yn fan hyn. A dydi'r Baracwda ddim yn herwgipio pobl, os mai dyna beth ydach chi'n ei feddwl.'

'Reit. Na, wrth gwrs,' meddai Daniel. Edrychodd ar ei draed. Roedd yr haul chwilboeth yn dyrnu i lawr ar dop ei ben. Teimlai fymryn yn chwil.

'Oedd 'na rywbeth arall?' gofynnodd Nien.

'Na. Rydach chi wedi bod yn help mawr. Diolch o galon i chi,' meddai Daniel, ac estynnodd un o'r darnau arian o'i boced i'w roi i Nien.

'Does dim angen i chi dalu am wybodaeth sydd ar gael i bawb,' meddai yntau, cyn troi ar ei sawdl a chau'r drws. Aeth Daniel a Rani yn ôl gyda Sen i'w thŷ ar ochr arall y stryd. Roedd Nathan, y bachgen hynaf, yn siglo hen arwydd lôn fel ffan, tra oedd y plant iau yn gorwedd bron yn noeth ar y matres yn yr ystafell gysgu.

'Mami, dwi'n boeth!' meddai Arif, y lleiaf o'r plant.

'Dwi'n gwybod, 'mach i. Tyrd i gael diod o ddŵr yn y gegin. Mi basith y gwres mawr 'ma, ac fe ddaw'r glaw, ac mi fydd popeth yn well cyn bo hir.'

Ond ddaeth pethau ddim yn well. Os rhywbeth, gwaethygu wnaethon nhw. Penderfynodd Daniel mai'r unig le call i fod yn y fath dywydd oedd yn y môr. Roedd y dŵr yn oerach na'r awyr, er ei fod bron mor gynnes â dŵr bath. Fe ganiataodd Sen i'r plant fynd gydag o a Rani i lawr i'r stad suddedig lle cafodd Daniel y palet. Daeth Daniel â'i gogls, a nofiodd allan dros y stryd, dros erddi a iardiau cefn, ac allan rhwng y tai i'r hen draeth, oedd yn dal yno, rai metrau o dan y dŵr. Y tu hwnt i'r traeth roedd ardal o dywod gwastad gyda morwellt, ac wedi hynny, dechreuai'r riff. Ond doedd y riff yma ddim fel y rhai roedd Daniel wedi'u gweld wrth snorclo efo'i dad ers talwm. Roedd y rheiny'n llefydd lliwgar, llawn bywyd, gyda degau o wahanol rywogaethau o greaduriaid yn byw blith draphlith, yn bwydo ac amddiffyn tiriogaeth a gwarchod wyau a denu cymar, pob un yn arddangos lliwiau a phatrymau trawiadol i gyfathrebu â'i gilydd. Roedd Daniel wedi meddwl ar un adeg y byddai wedi hoffi astudio bioleg y môr yn y brifysgol, ac roedd wedi dysgu beth allai am riffiau cwrel.

Ond roedd teimlad marwaidd am y lle yma. Sgerbydau gwynion oedd y cwrel, ac er bod pysgod yn gwibio yma ac acw, ymddangosai'r niferoedd yn isel, a gwelai'r un tair neu bedair rhywogaeth drosodd a throsodd. Pysgod arian neu lwyd, rhai oedd yn medru byw ar beth bynnag oedd yn digwydd bod ar gael. Roedd hyd yn oed ansawdd y dŵr yn wahanol. Ymddangosai'n fwll, rhywsut, yn gymylog ac yn wyrdd. Roedd Daniel wedi clywed wrth gwrs am riffiau cwrel yn gwynnu ac yn marw, ond doedd o ddim wedi'u gweld â'i lygaid ei hunan o'r blaen. Roedd yn brofiad poenus o wybod sut y dylai riff iach edrych.

Dychwelodd i'r dŵr bas lle'r oedd Rani'n chwarae efo'r plant. I ddechrau, roedd hwyl fawr i'w gael yn tasgu dŵr ar ei gilydd ac yn cicio ac yn nofio o dan y dŵr a chwarae crocodeil, ond yna daeth y mwg. Dechreuodd fel arogl yn yr aer, ac awgrym o lwydni yn tywyllu'r awyr las yn y pellter. Wedyn gwelsant gwmwl mawr du yn ymledu o'r gorllewin. Roedd o'n symud yn ara deg, gan nad oedd unrhyw wynt, ond er hynny, erbyn diwedd y prynhawn roedd llygaid pawb yn goch ac yn annifyr, ac roedd gan Daniel deimlad craflyd yng nghefn ei wddf. Dechreuodd Arif, mab lleiaf Sen, besychu'n afreolus. Doedd dim dewis ond mynd yn ôl i'r tŷ. Cariodd Nathan ei frawd bach, gan wrthod unrhyw help gan Daniel a Rani. Erbyn cyrraedd y tŷ roedd y pesychu'n ysgwyd corff bychan Arif, ac allai o ddim anadlu'n iawn rhwng pesychiadau. Roedd Mia, y ferch wyth oed, wedi dechrau pesychu hefyd.

Agorodd Sen y drws i'r plant, a'i gau yn syth ar eu holau. Roedd yr aer yn well tu mewn, ond roedd blas mwg yn dal i fod ymhobman.

'Be sy'n digwydd?' gofynnodd Rani. 'Mae hi fatha diwedd y byd tu allan.'

'Y jyngl yn llosgi ar y tir mawr,' meddai Sen, gan chwilota mewn basged ar silff yn y gegin. Daeth i'r ystafell gysgu lle'r oedd Nathan wedi gosod Arif i orwedd, yn brwydro am ei wynt, a chododd y plentyn yn ei breichiau. Rhoddodd gorn rwber dros ei drwyn a'i geg, a chwistrellu'r ffisig i mewn i'r siambr anadlu. Pesychodd Arif, a chwistrellodd Sen fwy o'r ffisig.

'Dyna ni, anadla'n ara deg,' meddai'n dyner.

Chwistrellodd eto, ac eto, nes oedd y plentyn yn anadlu'n fwy normal.

'Dyna ni, fy nhrysor bach i. Gwell?' gofynnodd Sen. Nodiodd Arif, a gwenodd ei fam arno, a mwytho'i wallt.

'Mia rŵan,' meddai Arif.

'Na, dwi'n iawn,' meddai Mia, oedd wedi stopio pesychu ers dod i mewn i'r tŷ ac eistedd i lawr.

'Ti'n siŵr? Mi fydd dy dad yn ôl heddiw neu fory, a gawn ni brynu mwy wedyn,' meddai Sen.

'Na, dwi ddim angen o. Well cadw fo i Arif,' meddai Mia.

'Ti'n ferch dda,' meddai Sen. 'Maen nhw'n blant da. Wn i ddim beth faswn i'n ei wneud hebddyn nhw.' Roedd dagrau'n bygwth yng nghorneli ei llygaid.

Parhaodd y mwg am ddau ddiwrnod, ac roedd mor annifyr nes bod pawb wedi anghofio am y gwres, er bod hwnnw'n parhau hefyd. Doedd dim byd i'w wneud ond cysgodi yn y tŷ, a rhoi cadach gwlyb dros dy wyneb os oedd rhaid mynd allan. Er bod Daniel a Rani a Nathan yn gwneud eu gorau i ddiddanu'r plant llai, roedd pawb yn mynd yn rhwystredig mewn lle mor gyfyng trwy'r dydd, ac roedd Alex a Mia, oedd yn agos o ran oed, yn ffraeo byth a hefyd. Rhwng y sŵn a'r cecru a'r chwarae a'r chwerthin, a'r poeni am iechyd Arif bach, oedd yn dal i besychu yn y nos ac angen dosau cyson o ffisig, doedd dim llawer o amser i feddwl. Er hynny, roedd hi'n amlwg i Daniel nad oedd ei dad ar yr ynys hon. Credai'n siŵr fod Nick wedi mynd i'r tir mawr a dilyn yr afon i fyny at y caeau reis. Dyna'r peth amlwg i'w wneud, gan nad oedd y bobl oedd yn tyfu'r reis wedi dod i'r farchnad. Yr unig beth i'w wneud oedd dilyn ar ei ôl, ond doedd ganddyn nhw dim ffordd o adael yr ynys, yn enwedig dan yr amgylchiadau presennol. Y noson honno, tra oedd Rani yn plethu gwallt

Mia, a Nathan yn darllen stori i'r rhai bach, gofynnodd Daniel i Sen,

'Ydach chi'n gwybod ble faswn i'n medru dod o hyd i fap?'

'Yn y llyfrgell. Dydi map ddim yn broblem, fe fydd hi'n anoddach i chi gael cwch.' Roedd Sen wedi deall yn syth beth oedd ar feddwl Daniel.

'Ydach chi ddim yn meddwl y bydd 'na rywun yn mynd am y tir mawr rhyw ben cyn bo hir?' gofynnodd Daniel.

'Mae'r Baracwda yn mynd a dod fel fynnon nhw, ond dydi hi ddim mor hawdd i bobl eraill,' meddai Sen. Doedd ar Daniel ddim awydd gofyn am reid gan y Baracwda.

'Pam felly?' gofynnodd.

'Maen nhw'n dueddol o stopio unrhyw un sy'n cario nwyddau, a chymryd canran helaeth o'r cargo iddyn nhw'u hunain, felly does 'na ddim llawer o gychod masnach yn teithio rhwng yr ynysoedd a'r tir mawr. Mae pentrefwyr afon O wedi bod yn talu'n ddrud am werthu eu reis yma, efallai mai dyna pam na ddaethon nhw ddim y tro hwn.'

'Oes 'na ddim rhesymau eraill i deithio yn ôl a blaen?' holodd Daniel.

'Dwi'n nabod rhywun sy'n dod yn wreiddiol o'r tir mawr, ond dwi'n digwydd gwybod ei fod o wedi bod fis yn ôl i ymweld â'i rieni,' meddai Sen. 'Fe allech chi ofyn i bobl yn yr harbwr, ond fe synnech chi gyn lleied o draffig sy'n croesi'r ffordd yna'r adeg yma o'r flwyddyn.'

'Pam yr adeg yma o'r flwyddyn?' gofynnodd Daniel.

'Ofergoelus ydi pobl,' meddai Sen. 'Mae 'na ddywediad am y dduwies a'r gwynt ym mis Mehefin, ond mae'r gwyntoedd wedi bod yn anwadal erioed.'

'Oes 'na rywun yn gwerthu cychod yma?' holodd Rani dros ei hysgwydd.

'Oes. Mae Son Lee yn gwerthu cychod, ond sut ydach chi'n mynd i dalu amdano?'

'Wn i ddim. Beth ydi gwerth y rhain?' gofynnodd Daniel, gan estyn y tri darn arian o'i boced.

'Chei di fawr o gwch am hynna!' meddai Sen, gan fwytho gwallt Daniel fel pe bai'n blentyn iddi.

'Ond faswn i'n cael rhywbeth?' gofynnodd Daniel, heb ddigio.

'Rhwyf, efallai. Un ail-law, efo twll ynddi.'

'O.' Roedd Daniel yn siomedig. Chwarddodd Sen. 'Ella faswn i'n medru gweithio iddo fo?' meddai Daniel.

'Fasa'n gwneud dim drwg siarad ag o. Mae o'n ddyn teg, ond yn ddyn busnes. Wnaiff o ddim rhoi unrhyw beth i neb am lai na'i werth. A waeth i ti heb â gofyn i neb am unrhyw beth nes bod y mwg yma'n clirio – mae'n gwneud pawb yn flin fel crancod.'

21

Y bore wedyn pan biciodd Rani allan i'r tŷ bach, wedi gwlychu cornel ei sgarff *dupatta* a'i thaenu dros ei thrwyn a'i cheg, sylwodd ei bod hi'n llawer goleuach nag y bu hi ers dyddiau, ac edrychodd i fyny a gweld awyr las. Tynnodd y defnydd oddi ar ei hwyneb. Roedd y mwg wedi mynd! Roedd yr awyr ffres ddi-fwg cystal â diod o ddŵr oer ar ddiwrnod poeth. Llanwodd ei hysgyfaint yn ddwfn a gwenu ar yr haul.

Rhedodd Rani i mewn i'r tŷ.

'Mae o wedi mynd!' gwaeddodd. 'Mae'r mwg wedi mynd, mae'r awyr yn las, mae 'na awel. Mae'r byd yn iawn eto.'

Daeth Sen allan o'r ystafell gysgu, gan wthio'i gwallt o'i hwyneb. Camodd allan trwy'r drws cefn i'r iard.

'Ti'n iawn hefyd. Mae hi'n well o lawer yn fan hyn. Ond mi fydd yr awel fach 'ma sy'n ein ffafrio ni yn chwythu'r tanau, ac yn gwneud iddyn nhw ledu'n gynt, ac yn chwythu'r mwg i gyfeiriad rhywun arall.'

'O. Ie. Wnes i ddim meddwl am hynny,' meddai Rani. Doedd hi ddim wedi meddwl fawr am ffynhonnell y mwg. Meddyliai amdano fel math annifyr iawn o dywydd. Rŵan gallai ddychmygu'r tân yn rhwygo trwy'r jyngl, a'r anifeiliaid yn ffoi neu'n cael eu dal a'u llosgi'n fyw. A oedd pobl yn y jyngl? Beth ddigwyddodd iddyn nhw? Teimlai'n sâl, er bod yr awyr yn las.

'Ond ti'n iawn,' meddai Sen, wrth weld wyneb poenus Rani. 'Fe ddylen ni fod yn ddiolchgar ei fod wedi clirio. Dyro ddŵr yn y tegell.'

Cynigiodd Rani edrych ar ôl y plant tra oedd Sen yn mynd â'r dillad i'w golchi yn y môr, felly ar ei ben ei hunan yr aeth Daniel i'r harbwr i holi am gwch oedd yn teithio i'r tir mawr. Aeth i lawr at lan y dŵr i weld a oedd y pysgotwyr y bu'n siarad â nhw o'r blaen o gwmpas. Doedden nhw ddim, ond roedd rhai eraill yno, yn paratoi i rwyfo allan.

'I'r tir mawr? Na, dim mis yma,' meddai'r person cyntaf i Daniel ei holi, ac ateb tebyg a gafodd gan bawb.

'Fydda i byth yn croesi'r bae, pam fyddwn i eisiau mynd i'r tir mawr? Does 'na ddim pysgod yn fanno!' meddai un.

'Na, does dim byd ond dihirod draw ffordd honno,' meddai un arall, ond yr atebion mwyaf cyffredin oedd:

'Dim tan fis Awst.'

'Dim yn y cyfnod yma.'

'Dim rŵan.'

'Dim ym mis Mehefin.'

Pan ofynnai pam, edrychai'r pysgotwyr ar eu traed a murmur rhywbeth am lwc a gwynt, ond dim byd oedd yn swnio i Daniel fel rheswm pendant.

'Ond mi rydach chi'n mynd allan i bysgota rŵan,' meddai Daniel, yn methu deall beth oedd y gwahaniaeth.

'Ie, dim ond allan at y riff, digon agos i rwyfo'n ôl. Dim allan i'r môr mawr, does dim eisiau aflonyddu ar y dduwies yr adeg yma.'

Roedd Sen yn iawn, pobl ofergoelus iawn oedd pysgotwyr, penderfynodd Daniel. O'r harbwr fe aeth i ochr arall yr ynys i chwilio am y dyn a werthai gychod, Son Lee. Roedd yn ddyn byr, ond pwerus, gyda'i wallt wedi'i dorri'n gwta a'i frest yn noeth wrth iddo weithio ar hen gwch haearn oedd wedi'i dynnu i fyny ar drelar allan o'r dŵr.

'Bore da,' meddai Daniel, wrth gerdded tuag ato.

Edrychodd Son Lee i fyny o'r gwaith. Sythodd ei gefn yn ofalus, gan roi cledr ei law arno. Edrychai'n ddrwgdybus.

'Sut fedra i'ch helpu chi?' gofynnodd.

'Mae angen cwch arna i,' meddai Daniel.

'Rwyt ti wedi dod i'r lle iawn felly,' meddai Son, ond yn dal heb wenu.

'Y peth ydi...' meddai Daniel.

'Ie?' meddai Son Lee.

'Wel, ym... Does gen i ddim arian.'

'Does gan neb arian dyddiau 'ma, mae'n boen. Pa nwyddau sydd gen ti?' gofynnodd Son Lee.

'Dim byd,' meddai Daniel.

'Wel. Fedra i mo dy helpu di felly,' meddai Son, yn ddigon anghyfeillgar, a throi'n ôl at ei waith.

'Mi fedra i weithio i chi,' meddai Daniel.

Trodd Son Lee yn ôl i'w wynebu. 'Yn gwneud beth?' gofynnodd yn amheus.

'Unrhyw beth, beth bynnag sydd angen ei wneud. Peintio, sgubo lloriau, trwsio cychod, cadw cyfrifon...'

'Oes gen ti brofiad?'

'Oes! Oes, dwi wedi gwneud lot o waith plymio, a thrydan, ac adeiladu, a thrwsio pethau. Mae fy nhad yn beiriannydd ynni adnewyddol, dwi wedi gweithio lot efo fo... Dwi'n medru gwneud mathemateg, a sgwennu, unrhyw beth sydd angen ei wneud!'

'Oes gen ti gefn cryf?'

'Oes! A dwi'n dysgu'n gyflym, a does gen i ddim ofn gwaith.'

'Hmm. Ti'n frwdfrydig, beth bynnag. Efallai gallwn ni ddod i ryw fath o gytundeb. Sut fath o gwch oeddet ti'n meddwl ei gael?'

'O, dim byd ffansi. Cwch hwylio bychan.'

'Fel hwn?' meddai Son, gan arwain y ffordd at gwch hwylio dau berson.

'Fasa rhywbeth fel'na yn berffaith!' meddai Daniel. Ystyriodd Son. Gallai Daniel weld rhifau yn clecian yn ei lygaid.

'Pythefnos o waith,' meddai o'r diwedd.

'O. Wel, y peth ydi, rydw i'n chwilio am rywun. Fy nhad. Mae o wedi diflannu, a dwi angen ei ffeindio fo cyn gynted â phosibl. Doeddwn i ddim wedi meddwl aros am fwy nag ychydig ddyddiau.' Edrychodd Son yn graff arno, yna pwyntiodd at ganŵ pren drylliedig efo twll yn y gwaelod.

'Gei di hwnna am ddau ddiwrnod o waith, ond rhaid i ti ei drwsio yn dy amser dy hun.'

Syllodd Daniel ar y canŵ. Doedd o ddim wedi meddwl gorfod rhwyfo i'r tir mawr.

'Ydach chi'n meddwl fasa'n bosibl rhoi hwyl arno?' gofynnodd.

'Basa, wrth gwrs. Mae llawer o'r pysgotwyr yn defnyddio canŵ efo hwyl.'

'Fasach chi'n fodlon fy rhoi i ar ben ffordd efo'r gwaith? Fydda i ddim angen lot o help, ond fasa'n dda cael cyngor gan rywun sy'n deall cychod.'

'Mi wyt ti'n un hy, yn dwyt? Wel, chei di ddim byd heb ofyn, mae'n siŵr. Gei di'r canŵ am ddau ddiwrnod o waith, ac mi wna i dy helpu di i'w baratoi ar gyfer mordaith go iawn.'

Chwarddodd Son yn ei wddf, yn ymlacio am y tro cyntaf. Gwenodd Daniel yn llydan.

'Diolch,' meddai, ac ysgydwodd law Son Lee. 'Mi fedra i ddechrau'n syth, os hoffech chi.'

'Iawn,' meddai Son, ac amneidiodd ar Daniel i'w ddilyn. Arweiniodd y ffordd oddi wrth y môr ac o amgylch adeilad blêr oedd yn amlwg yn rhyw fath o swyddfa, storfa, gweithdy, ac o bosibl hefyd yn dŷ iddo. Tu ôl i'r adeilad roedd clwt o dir gyda cherrig mân a chwyn sychedig, a ffens bigog o'i amgylch.

'Fy ngardd,' meddai Son. Edrychodd Daniel yn ddryslyd arno, ond wnaeth Son ddim byd ond chwerthin. Yng nghanol yr 'ardd', mewn pant bas, roedd drws haearn trwm. Cododd Son y caead, a dangos i Daniel fod twll oddi tano, a grisiau yn arwain i grombil y graig galchfaen islaw. Stopiodd calon Daniel am eiliad – twll yn y ddaear! Roedd ei dad mewn twll yn y ddaear.

'Seston ydi o,' meddai Son. 'Ond mae o'n rhy fach. Mae o'n sych ers wythnosau. Dwi wedi bod yn meddwl ei ehangu ers blynyddoedd, ond rhwng un peth a'r llall... Ti'n gwybod sut mae hi. Ac mae 'nghefn i'n dechrau mynd. Ond ti'n hogyn ifanc cryf, fedri di wneud rhywfaint mewn dau ddiwrnod, yn medri?'

Syllodd Daniel i lawr i'r düwch. Nid dyma'n union oedd ganddo dan sylw pan gynigiodd weithio i'r dyn trwsio cychod, ond allai o ddim gwrthod rŵan.

'Ymm... Mi wna i 'ngorau,' meddai Daniel. 'Mae hi braidd yn dywyll, oes 'na ffordd o gael golau i lawr yna?'

'Na,' meddai Son Lee, ond yna ychwanegodd, 'Mi fedrwn ni agor y drws dros do'r ffynnon. Mi wneith hynny adael rhywfaint mwy o olau i mewn, ac mi wneith dy lygaid di gynefino'n o sydyn. Ti am fynd i lawr?'

Dringodd Daniel i lawr y grisiau cul i'r tywyllwch, gan feddwl nad oedd o'n gwybod dim byd am y dyn yma. Gallai'n hawdd gau caead y twll am ei ben, ac yna byddai'n garcharor o dan y ddaear, yn union fel ei dad. Teimlai'n ofnus ac yn ffôl iawn, ac yn siŵr bod rhywbeth drwg ar fin digwydd. Atseiniodd ei draed ar y grisiau, a chaeodd y düwch amdano. Ond ni ddaeth y glep ddisgwyliedig. Yn lle hynny, agorodd twll crwn yn y nenfwd, ac yn raddol daeth llygaid Daniel i arfer efo'r tywyllwch. Gallai weld ei fod mewn ystafell fach sgwâr wedi ei thorri allan o'r calchfaen, oedd yn lliw gwyn, hufennog. Ymddangosodd Son Lee y tu ôl iddo, ac yn sydyn teimlai'r lle yn gyfyng iawn.

'Dyma gŷn a morthwyl,' meddai Son Lee, gan roi'r arfau trymion yn ei law. 'Mae 'na gaib yn fanna.' Pwyntiodd at y gaib, oedd yn sefyll yn erbyn y wal. 'Dydi'r garreg ddim mor galed ag y byddet ti'n feddwl, unwaith ti'n cael y dechneg yn iawn, mi weli di. Y peth pwysig ydi dy fod yn cloddio yn y lle iawn. Paid, da ti, â mynd i lawr, neu mi fyddi di wedi cyrraedd lefel y môr ac mi fydd ein dŵr yfed ni wedi'i lygru am byth. Cloddia ffordd yna – mae'r graig yn dal i fod yn gadarn am tua thri chan metr i'r cyfeiriad yna, felly does dim peryg i ti ddymchwel y lle am dy ben. Dydw i ddim yn disgwyl gorffeniad taclus, ond tria gadw'n weddol sgwâr, mae'n haws mesur a gwybod faint o ddŵr sydd yma wedyn. Mi wna i nôl bwced i ti roi'r cerrig ynddi, ac mi fedri di eu tynnu nhw i fyny trwy'r twll efo rhaff.'

Nodiodd Daniel.

'Popeth yn iawn?' holodd Son.

'Yndi, popeth yn iawn,' meddai Daniel.

'Mi wna i adael i ti ddechrau felly,' meddai Son, a dringodd y grisiau gan adael Daniel ar ei ben ei hun yn y twll.

Rhoddodd Daniel y cŷn ar ongl yn erbyn y wal, tua'r canol, a tharodd o gyda'r morthwyl. Llithrodd y cŷn yn ei flaen fodfedd, gan greu llwybr bas, a rhyddhau cwmwl ysgafn o lwch calchfaen mân. Ceisiodd Daniel eto, gan newid ongl y cŷn, a'i daro'n galetach. Claddodd y llafn ei hunan yn y graig, ac roedd yn rhaid iddo frwydro i'w gael oddi yno. Arbrofodd gydag ongl y cŷn a pha mor galed roedd angen ei daro, nes llwyddo i gael lwmp bychan o garreg allan o'r wal. Ar ôl hanner awr, roedd ganddo lond llaw o ro mân a thwll maint dwrn yn y wal. Roedd hyn yn rhy ara deg, meddyliodd, a gafaelodd yn y gaib. Tarodd hi'n galed i'r twll yr oedd wedi ei gychwyn, a thasgodd cawod o gerrig i bob cyfeiriad, gan ei daro ar ei ben a'i frest. Roedd hynny'n fwy effeithiol, ond bod angen darganfod ffordd o reoli i ble'r âi'r cerrig. O fewn hanner awr arall, roedd Daniel wedi meistroli techneg oedd yn chwalu twll go lew yn y garreg bob tro y trawai gyda'r gaib, a thrwy reoli'r ongl gallai sicrhau bod y gwastraff yn disgyn o amgylch ei draed, yn hytrach na'i daro ar ei ben. Dechreuodd ganfod rhythm cyson. Roedd y gwaith yn galed ac yn ailadroddus, ac roedd ei freichiau wedi blino'n lân ar ôl dim ond awr, ond daliodd i fynd. Tra oedd ei ddwylo a'i gorff yn brysur yn cloddio'r graig, crwydrai meddwl Daniel.

Roedd hi'n rhyfedd bod o dan y ddaear, doedd ganddo ddim ymwybyddiaeth o gwbl o'r byd uwchben. Teimlai fel pe na bai unrhyw beth yn bodoli, ond am y twll bach yma, ac yntau ar ei ben ei hunan ynddo. Ac eto, dyma'r un graig oedd yn cynnal y nendyrau, yr un graig oedd ar waelod y môr i bob cyfeiriad, yr un ddaear oedd yn tyfu'r reis roedd ei dad wedi mynd i'w brynu. Yr un ddaear lle'r oedd ei dad yn garcharor, yn rhywle. A'i fam? A oedd hi hefyd o dan y ddaear? Dychmygai'r tri ohonyn nhw, yn eu gwahanol dyllau. Ei dad ac yntau'n fyw, ac yn sicr o gael dod ohoni. Sylweddolodd nad oedd unwaith wedi croesi ei feddwl y gallai ei dad fod wedi marw. Ond ei fam? Allai o ddim bod mor siŵr. Ceisiodd beidio meddwl am y peth, ond daeth delwedd i'w feddwl o'i pherglog yn gorffwys ar garreg, a'r pridd yn gwasgu i lawr ar ei hasennau, yn llenwi'r gwagle lle dylai ei chalon fod. Teimlai ei bod hi'n rhan o'r ddaear, yn perthyn i'r pridd. Ei bod wedi ei gwneud o'r un deunydd â'r creigiau. Doedd yntau ddim ond yn ymwelydd. Llithrodd y gaib a tharo ei droed, a daeth y boen ag o'n ôl at realiti. Sylweddolodd fod ei fochau'n wlyb, a sychodd ei wyneb gyda'i grys, oedd yn llawn llwch calchfaen a chwys.

'Dydi hi ddim wedi marw!' meddai wrtho'i hun yn ffyrnig. 'Sut fedri di feddwl hynny? Does 'na ddim rheswm dros feddwl hynny.' Roedd wedi dychryn, ac o ganlyniad i hynny, wedi gwylltio.

Aeth ati i gasglu'r darnau cerrig a gro yr oedd wedi eu rhyddhau o wal y seston, a'u taflu'n galed i'r bwced. Gweithiodd fel ffŵl i gau'r meddyliau allan. Gweithio fel nad oedd lle i unrhyw sylwadau yn ei ben ond 'mae hyn yn brifo!' Ond doedd Daniel ddim wedi arfer â'r gwaith, a theimlai ei hun yn gwanhau, ac yn arafu. Sylwodd ymhen ychydig fod ei freichiau'n crynu, ond daliodd ati. Pan oedd ar fin gorwedd i lawr yn swp diymadferth ar lawr y twll, clywodd draed rhywun ar y grisiau.

'Oes arnat ti syched?' gofynnodd Son Lee.

'Oes!' crawciodd Daniel, gan sylweddoli yn sydyn fod yn wir ganddo'r syched mwyaf a brofodd erioed. Llowciodd gynnwys y botel a roddodd Son Lee yn ei law.

'Wel. Mi wyt ti'n weithiwr da,' meddai Son Lee, wrth graffu ar y wal y bu Daniel yn gweithio arni. 'Tyrd i fyny rŵan i gael rhywbeth i fwyta, cyn i ti ladd dy hun.' Arweiniodd y ffordd i fyny'r grisiau.

Rhoddodd Son Lee ginio syml i Daniel, o fara fflat a physgod wedi'u halltu, a digon o ddŵr.

'O ble mae'r dŵr yma'n dod, a'r seston yn wag?' gofynnodd Daniel.

'O'r seston gyhoeddus ar y sgwâr. Mae pawb yn cael pum litr y diwrnod, ond maen nhw'n sôn am ei dynnu i lawr i dri, gan fod y lefel yn mynd mor isel. Mae'r un yna yn ogof naturiol enfawr, dydi hi erioed wedi sychu o'r blaen. Ond does 'na ddim golwg o law.'

'Faint o sestonau sydd ar yr ynys yma?' gofynnodd Daniel.

'Wn i ddim. Mwy nag ugain, llai na chant. Mae'r rhan fwyaf yn fach. Dyna'r oll oedd ei angen ers talwm, roedden nhw'n cael eu llenwi gan y glaw'n ddigon aml fel bod 'na ddŵr i bawb. Ond mae'r glaw wedi mynd mor annibynadwy, ac mae 'na gymaint mwy o bobl rŵan. Ac mae rhai o'r sestonau wedi llenwi efo dŵr hallt, wrth gwrs.'

'Pan maen nhw'n wag, ydi pobl yn eu defnyddio nhw at rywbeth arall?' gofynnodd Daniel.

'Fel beth?'

'Fel carchar efallai?'

'Na, dydw i erioed wedi clywed am hynny. Beth wnaeth i ti feddwl am eu defnyddio nhw fel carchar?'

'Dwi'n chwilio am fy nhad. Mae o wedi diflannu, a dwi'n meddwl ei fod o mewn twll yn y ddaear. Fan hyn oedd y lle olaf iddo gael ei weld, ac mae'r ynys yma'n dyllau i gyd, felly meddwl oeddwn i y byddai'n bosibl iddo fod wedi cael ei garcharu yma, a heb gyrraedd y tir mawr o gwbl.'

'Na. Dydi pobl yr ynys yma ddim yn defnyddio'r sestonau fel carchardai. Fasa hynny'n sarhad ar dduwies y dŵr. Rydan ni'n ofergoelus iawn yma, wyddost ti! Ond mae'r bobl yn y jyngl yn defnyddio tyllau yn y ddaear i ddal anifeiliaid, ceirw a buail. Mae'n ffordd draddodiadol o hela. Ond rŵan bod y jyngl yn llosgi, a phobl eraill yn symud i mewn, gall fod pobl y jyngl wedi mynd i ddefnyddio'r trapiau anifeiliaid fel llefydd i gadw carcharorion.'

'Ydach chi'n meddwl?!'

'Fyddwn i ddim yn synnu. Mae 'na bob math o wrthdaro'r

dyddiau yma. Gangiau, lladron, pobl yn torri coed ac yn gosod tanau.'

'Fasa fy nhad i ddim yn gwneud pethau felly.'

'Dim ond dweud wrthyt ti beth ydw i'n wybod ydw i.'

'Diolch,' meddai Daniel.

'Wyt ti'n teimlo'n well rŵan? Roedd golwg ddigon gwelw arnat ti gynnau.'

'Yndw, diolch. Gwell o lawer.'

'Tria beidio mynd mor wyllt pnawn 'ma. Dydi o ddim fel fi i ddweud hyn, ond does dim angen i ti ladd dy hun yn cloddio, wyddost ti. Mi wnei di fwy wrth fynd yn araf a phwyllog na thrwy ymlafnio fel ffŵl.'

'Iawn. Diolch am y cinio,' meddai Daniel.

Cymerodd Daniel gyngor Son Lee, a phwyllodd. Gweithiodd yn gyson ac araf trwy'r prynhawn, a meddyliodd am beth roedd Son Lee wedi'i ddweud wrtho. Pridd du oedd waliau'r twll yn ei weledigaeth, nid cerrig gwyn fel waliau'r seston. Roedd gwreiddiau'n dangos ynddo hefyd. Roedd beth roedd Son Lee yn ei ddweud yn gwneud synnwyr, felly. Roedd Nick wedi dilyn yr afon i fyny i'r pentref lle'r oedd y bobl oedd yn tyfu reis yn byw, a rhywsut roedd o wedi cael ei ddal a'i garcharu yno. Pam? Pwy a ŵyr. Rhyw gamddealltwriaeth, mae'n rhaid. Ta waeth am hynny, teimlai Daniel yn siŵr yn awr ei fod ar y trywydd iawn, ac edrychai ymlaen at gael ei gwch ei hun, a chael cychwyn ar y daith.

Ar ddiwedd y dydd, cerddodd Daniel yn araf yn ôl i dŷ Sen, bwytaodd rywbeth a roddwyd o'i flaen, heb sylwi bron beth oedd o, a disgynnodd i gysgu yn y fan a'r lle. Cysgodd yn drwm ac yn ddifreuddwyd, a deffro'n gynnar y bore wedyn yn teimlo'n rhyfeddol o ffres. Hwyliodd frecwast iddo'i hunan a'r plant, tra oedd Sen a Rani'n dal i gysgu. Yna gadawodd nodyn yn dweud ble'r oedd o, ac aeth yn ôl am yr iard gychod.

Yr ail ddiwrnod, gweithiodd yn arafach, stopiodd yn amlach, a chyflawnodd tua'r un faint â'r diwrnod cyntaf. Yn lle hel meddyliau am ei rieni wrth gloddio, aeth Daniel i feddwl am ran nesaf stori Aqualung, o dan y ddaear yn yr isfyd, gyda'r duw Hades. Roedd gan Daniel ddarlun clir iawn yn ei ddychymyg o Hades – roedd ei wyneb yn benglog, gwisgai siwt hen ffasiwn gyda gwasgod a chrafát, a het uchel, a chariai bolyn neu hudlath wedi ei addurno â phenglogau. Gwyddai nad fel hyn yr edrychai Hades y Groegiaid, bod y ddelwedd yn agosach at Baron Samedi, duw'r isfyd Voodoo o Haiti. Duw a hoffai sigârs, a rỳm, a merched drwg. Nawddsant cyndeidiau, duw fyddai'n helpu'r meirwon ac yn eu croesawu i'r isfyd. Duw y gellid apelio ato am adferiad pan fyddai claf yn agos at farwolaeth.

22

Erbyn diwedd yr ail ddiwrnod, roedd Daniel wedi ymlâdd unwaith eto, ac allai o ddim meddwl dechrau gweithio ar y canŵ. Trefnodd gyda Son Lee y byddai'n dod eto'r diwrnod canlynol, i drwsio'r twll a gosod hwylbren a hwyl arno. Erbyn hynny, roedd gwaith caled y dyddiau diwethaf wedi dweud arno, ac roedd ei freichiau a'i ysgwyddau, ei holl gorff, mewn gwirionedd, yn brifo. Er hynny, aeth ati dan oruchwyliaeth Son Lee i lifio a hoelio a sgriwio a pheintio. Newidiodd y pren oedd wedi pydru yng ngwaelod y cwch, a gosododd ddarn arall o bren ar draws blaen y canŵ, gyda thwll ynddo i ddal y mast, ac o dan hwnnw, blocyn gyda thwll ynddo i gadw troed y mast yn ei le. Daeth Son o hyd i bolion a darnau o bren sgrap yma ac acw, i wneud y mast a'r darnau eraill angenrheidiol. Tra oedd Daniel yn gwneud y gwaith coed, addasodd Son Lee hen hwyl dyllog oddi ar gwch mwy. Trwy dorri'r darn drylliedig i ffwrdd yn ofalus, a gwnïo plyg ar hyd y top, gwnaeth hwyl fechan berffaith ar gyfer y canŵ. Synnai Daniel ei fod mor barod ei gymwynas, ar ôl bod mor ddrwgdybus ar y cychwyn, ond doedd o ddim yn mynd i gwyno. Tua diwedd y prynhawn, daeth Son Lee at Daniel gyda phot o baent gwyn a brws tenau.

'Does ganddi ddim enw,' meddai.

'Gwir,' meddai Daniel. 'Fe ddylai hi gael enw.'

'Meddylia am y peth, tra'r wyt ti'n llyfnu'r mast.'

Meddyliodd Daniel. *Pererin* II? Antur? Hoffai alw'r cwch yn Rani, ond wyddai o ddim beth ddywedai'r Rani go iawn pe meiddiai wneud hynny.

Cymerodd y gwaith y rhan fwyaf o'r diwrnod hwnnw,

ond erbyn y diwrnod canlynol roedd popeth yn barod, a Daniel yn ysu am gael cychwyn. Daeth Rani i lawr i'r iard gychod i helpu i lansio cwch newydd Daniel, *Y Dywysoges Niloufar*. Roedd Rani wedi bod yn y llyfrgell, ac wedi copïo mapiau a siartiau o'r môr o amgylch Ynys Halen. Dadroliodd un o'i mapiau ar lawr llychlyd yr iard, a gofynnodd i Son Lee:

'Mae'r cerrynt yn mynd i'r de yn fan hyn, yn tydyn?'

Syllodd Son arni, ar ei chwrcwd yn y llwch, yn edrych yn ddisgwylgar i fyny arno, a'i bys ar y map. Sylwodd ar ei phlethen daclus yn ymddangos o dan y *dupatta* oedd wedi ei lapio'n dwt o amgylch ei phen. Sylwodd ar y freichled denau aur ar ei harddwrn, a'i dwylo gosgeiddig. Sylwodd ar ei hwyneb ifanc, ei chroen llyfn. Roedd rhaid iddi ailadrodd y cwestiwn cyn iddo roi ei sylw ar ei geiriau.

'Y cerrynt. I'r de maen nhw'n mynd?' meddai eto.

'Ie,' meddai Son Lee, â chysgod gwên. Pam roedd y ferch ifanc hon yn holi am y cerrynt?

'Felly fe fydd angen i ni osod cwrs tipyn mwy i'r gogledd na ble'r ydan ni'n anelu amdano, i wneud iawn am hynny.'

'Bydd,' meddai, er mai hanner gwrando yr oedd.

'Dyna'r oeddwn i'n feddwl, felly os ydan ni eisiau cyrraedd fan hyn,' meddai, gan bwyntio at geg afon O, 'fe fyddai angen i ni anelu i'r gogledd-orllewin.'

'Bydd,' cytunodd, yn edrych i lawr ar dop ei phen.

'Os ydan ni'n glanio rhywle i'r gogledd o geg yr afon, fydd hi'n ddigon hawdd dilyn yr arfordir i lawr nes ein bod ni yn y lle iawn. Gwell hynny na mynd yn rhy bell i'r de a thrio mynd yn erbyn y cerrynt yn ôl i fyny'r arfordir.'

'Ie,' meddai Son Lee.

'Iawn. Faint gymrith i ni hwylio?'

'Wel, mae hynny'n dibynnu ar y gwynt!' meddai Son

Lee, yn ddigon nawddoglyd, gan edrych i fyny ar hosan wynt oedd yn hongian yn llipa ar bolyn uwchben y swyddfa.

'Petaen ni'n cael gwynt teg?' gofynnodd Rani. Syllodd Son Lee arni.

'Pedair awr, efallai,' meddai.

'Ydi'r gwynt arferol yn dod o'r gorllewin?'

'Ydi, fe ddylai fod y tu ôl i chi'r holl ffordd. Os cewch chi wynt, hynny ydi.'

'Ac os ddim?'

'Wel, gwell peidio cychwyn os nad ydi'r gwynt yn chwythu!'

'Pryd fydd y gwynt yn chwythu?' gofynnodd Rani.

Chwerthin wnaeth Son Lee, fel petai'n chwerthin ar ben plentyn. 'Ti'n disgwyl fy mod i'n gwybod pob dim, yn dwyt? Dim ond pysgotwr syml ydw i!'

'Pysgotwyr ydi'r bobl orau i'w holi am y môr a'r gwynt,' meddai Rani, yn amyneddgar.

Chwarddodd Son Lee eto.

'Dwyt ti ddim yn swil, er gwaethaf dy ddillad gwylaidd!'

'Ydi'r gwynt yn well ar rai adegau na'i gilydd?' gofynnodd Rani, yn gwneud ymdrech i gadw'i llais yn wastad.

'Ers talwm, roedd y gwynt yn chwythu o fis Medi tan fis Chwefror, yn ddi-baid ac yn ddibynadwy. Rhwng mis Mai a Gorffennaf, dim gwerth o wynt, felly dim hwylio, dyna pam mae llawer yn dal i wrthod mynd ar daith hir ym mis Mehefin – duwies y môr yn paratoi am ei phriodas neu ryw lol wirion. Ond dyddiau yma, does wybod beth wneith o. Rhaid i chi fod yn amyneddgar.'

Doedd Daniel ddim yn teimlo'n amyneddgar. Teimlai eu bod wedi colli gormod o amser yn barod, ac roedd yn poeni am ei dad. Roedd hefyd wedi dechrau meddwl am y bobl eraill yn y tŵr. Roedd ef a Rani wedi cymryd y cwch sbâr, a doedd dim modd i'r lleill ddod i chwilio amdanynt. Byddai pawb yn poeni, ond doedd dim byd y gallen nhw ei wneud. Teimlai'n ddrwg am fod wedi colli'r unig gwch ar wahân i un Nick, a hwnnw'n gwch modur hefyd. Doedd dim dewis ond dal ati i chwilio, ond heb wynt, ni allai wneud hynny chwaith. Roedd o wedi gweithio mor galed i gael cwch ac i'w gael yn barod ar gyfer y siwrne, a nawr doedd dim byd i'w wneud ond aros. Roedd y rhwystredigaeth yn llethol. Treuliodd Daniel ddeuddydd yn cicio'i sodlau ac yn cerdded o un ochr i'r ynys i'r llall mewn hwyliau drwg iawn, tra oedd Rani yn helpu Sen i edrych ar ôl y plant, a chadw'r tŷ a gwneud gwaith golchi. O'r diwedd, ar ôl pedwar diwrnod o aros, cododd awel ysgafn o'r dwyrain. Newidiodd hwyliau Daniel, a rhuthrodd i bacio. Teimlai'r gwynt yn ysgafn iawn i Rani, ac ofnai nad oedd yn ddigon i'w cario'r holl ffordd i'r tir mawr, ond roedd Daniel mor benderfynol o gychwyn, feiddiai hi ddim dadlau ag o. Casglodd ei phethau ynghyd, a pharatôdd fwyd ar gyfer y siwrne. Mynnodd Sen eu bod nhw'n mynd â dwywaith gymaint ag yr oedd Rani'n meddwl y byddai ei angen am ddiwrnod o hwylio. Roedd bara fflat, pysgod hallt, wyau wedi'u berwi, a reis wedi ei goginio mewn blwch plastig. Rhoddodd Sen jar o lysiau wedi'u piclo iddynt hefyd. Erbyn deg o'r gloch y bore roedd popeth yn barod, ac fe ddaeth Sen a'r plant i lawr i'r iard gychod i ffarwelio. Daeth Son Lee â photel o win reis a gwydrau i lawr i'r lanfa. Tywalltodd ddiod i Daniel ac iddo'i hunan, a thywallt gwydriad dros flaen y cwch.

'I'r *Dywysoges Niloufar!*' meddai, gan godi ei wydr, ac yfodd Daniel ac yntau'r llwncdestun. Cododd Rani un ael ar Sen, a chwarddodd y ddwy y tu ôl i'w dwylo.

Cariodd Son a Daniel y canŵ i lawr y lanfa, a'i osod ar

y dŵr, a'i ddal yn llonydd tra dringai Rani i mewn iddo. Neidiodd Daniel i mewn ar ei hôl.

'Iawn, Rani, coda'r hwyl os gweli di'n dda!' meddai Daniel yn llawn asbri. Tynnodd Rani ar y rhaff, cododd yr hwyl, a llenwi'n foliog gyda'r awel gynnes. Symudodd y cwch yn llyfn a diymdrech dros wyneb y dŵr, a chlywyd gwaedd o'r lan.

'Hwrê!'

'Pob hwyl!'

'Hwyl fawr!'

'Ta-ta. Dewch yn ôl ryw ddiwrnod!'

Sychodd Rani ddeigryn wrth godi llaw, ac i ffwrdd â nhw am y Gorllewin gwyllt.

23

Cyn bo hir roedden nhw allan o'r harbwr ac allan o olwg eu ffrindiau.

'Dyma ni ar y môr agored unwaith eto!' meddai Daniel yn hapus.

'Jyst gobeithio na chawn ni ddim tywydd fel y tro diwethaf. Faswn i ddim awydd bod mewn storm fel'na yn y cwch yma,' meddai Rani.

'Hanner diwrnod o hwylio ydi o,' meddai Daniel yn ysgafn. 'Chymerith hi ddim yn hir i ni. Dwi'n falch ei fod o'n gweithio. Chefais i ddim cyfle i brofi'r hwyl tan rŵan. Fues i allan yn rhwyfo, felly roeddwn i'n gwybod ei fod o'n mynd i arnofio, ond doeddwn i ddim yn siŵr am gynllun hwyl Son Lee. Ond mae'r hen foi yn gwybod ei bethau.'

'Pwy ydi'r dywysoges Niloufar?' gofynnodd Rani.

'O, jyst ryw stori dwi'n gweithio arni. Comic. Dyna dwi'n ei wneud ar ddyddiau diflas yn y twr,' meddai Daniel. Teimlai fymryn o embaras, am ryw reswm.

Cariodd y gwynt hwy nes doedd dim tir i'w weld o'u holau, a daeth llinell niwlog dywyll i'r golwg ar y gorwel o'u blaenau yn fuan wedyn.

'Y tir mawr!' meddai Rani.

'Ddwedais i nad oedd o ddim yn bell, yn do?' meddai Daniel.

Ond ar hynny, diflannodd y gwynt, ac aeth yr hwyl yn llipa. Roedd yr haul yn boeth, a'r awyr yn hollol lonydd. Syllodd Daniel a Rani i fyny ar yr hwyl.

'Wel,' meddai Daniel. 'Lwcus bod gynnon ni rwyfau!'

'Mae'n edrych yn ffordd bell i rwyfo!' meddai Rani, ond

doedd dim dewis. Gafaelodd yn ei rhwyf a'i phlannu yn y dŵr ar flaen y canŵ, a thynnodd gyda'i holl nerth.

Ar ôl awr, roedd ysgwyddau a breichiau Rani yn brifo. Roedd cyhyrau Daniel yn dal fymryn yn boenus ers yr holl waith tyllu o dan y ddaear, ond teimlai er hynny fod ei gorff yn dechrau arfer gyda gwaith caled, ac y gallai ddal i fynd am oriau eto.

'Well i ni gael rhywbeth i fwyta,' meddai Daniel. Trodd Rani yn ei sedd i'w wynebu, ac estynnodd Daniel y bwyd o gefn y canŵ. Roedden nhw wedi dod â deg litr o ddŵr o'r tap y tu ôl i dŷ Sen. Tra oedden nhw'n bwyta, trodd y cwch i mewn i'r ceryntt, ac o daflyd rhaff i'r dŵr ac edrych ar y cwmpawd, roedd hi'n amlwg eu bod yn teithio i'r de. Doedd dim golwg eu bod ddim nes at y tir, ac roedd gan Rani deimlad drwg yn ei stumog. Bwytaodd ei reis a'i physgod hallt, a cheisiodd ymlacio'i hysgwyddau poenus. Edrychodd ar yr haul yn dringo i'w anterth, a meddyliodd am ei chwiorydd a'i mam yn ôl yn y tŵr. Roedd hi wedi gadael nodyn, ond fyddai hynny ddim wedi tawelu llawer ar eu meddyliau. Gobeithiai y byddai'n dychwelyd atyn nhw'n fuan. Sibrydodd y *duas* o dan ei gwynt: 'Allaahu Akbar, Allaahu Akbar, Allaahu Akbar, Subhaanal-lathee sakhkhara lanaa haathaa wa maa kunnaa lahu muqrineen...'

Roedd mam Rani'n grefyddol, ac yn glynu at yr amseroedd gweddi dyddiol, ond roedd Rani a'i chwiorydd wedi mynd yn esgeulus dros y cyfnod ar ôl i'w tad farw. Er hynny, parhâi Rani i weddïo'n dawel wrthi ei hunan ar adegau anodd. Doedd hi ddim yn siŵr a oedd hyn yn well neu'n waeth na pheidio gweddïo o gwbl, ond roedd yn rhywfaint o gysur iddi feddwl ei bod yn nwylo Allah, ac nad hi ei hunan yn unig oedd yn gyfrifol am ei ffawd. Daeth at ddiwedd y weddi, ac agorodd ei llygaid. Roedd Daniel yn gorwedd yn ôl yng nghefn y canŵ, a'i lygaid ar gau. Roedd o'n fwy sensitif na'r disgwyl, weithiau.

'Well i ni ailgychwyn?' meddai Rani.

Eisteddodd Daniel i fyny.

'Ie, mae'n siŵr,' meddai. Edrychodd ar y tir yn y pellter. Roedd yn niwlog a di-liw.

Rhwyfodd Daniel a Rani am oriau, heb siarad, a heb stopio ond i gael diod o ddŵr bob hyn a hyn, ac edrych ar y cwmpawd i sicrhau eu bod ar y cwrs iawn. Edrychai'r lan mor bell ag erioed, a doedd ganddyn nhw ddim ffordd o wybod faint o gynnydd roedden nhw'n ei wneud, os o gwbl. Roedd eu cyhyrau'n brifo, a swigod poenus ar eu dwylo. Sylweddolodd Rani ar un pwynt fod dagrau yn llifo i lawr ei bochau, er nad oedd yn teimlo unrhyw beth ond blinder. Plygodd ymlaen, rhoddodd flaen ei rhwyf yn y dŵr, ond gwrthododd ei breichiau dynnu. Ymddangosodd smotiau duon o flaen ei llygaid, yn fach i ddechrau, ond yn tyfu'n fwy. Allai hi ddim dal ati. Llwyddodd i dynnu'r rhwyf o'r dŵr a'i gollwng yn drwsgl ar lawr y cwch cyn i'w chorff fynd yn llipa, ac i'w phen lanio'n ddiymadferth ar ei phengliniau. Erbyn iddi rolio oddi ar ei sêt, roedd hi'n anymwybodol.

Doedd Rani ddim yn ymwybodol o Daniel yn rhoi'r gorau i rwyfo, ac yn panicio, yn siarad efo hi, yn ei rhoi i orwedd yn fwy cyffyrddus, yn ei hysgwyd a'i chofleidio.

'Rani, Rani. Wyt ti'n fy nghlywed i? Deffra, plis, Rani. Be sy'n bod? Be sy wedi digwydd i ti? Plis deffra!'

Ddaeth hi ddim ond at ei choed pan dywalltodd Daniel ddŵr oer ar ei phen a'i hwyneb allan o'r botel fawr wrth ei draed. Agorodd ei llygaid, gwelodd ar amrantiad beth oedd yn digwydd, cododd ar ei heistedd, ac estynnodd y botel o'i ddwylo.

'Be ti'n neud? Ffŵl!' meddai. Roedd Daniel mor falch o'i gweld yn dadebru fel na allai wneud dim byd ond chwerthin.

'Ein dŵr yfed ni ydi hwnna!' meddai Rani.

'O, Rani, ti'n iawn. Dwi mor falch. Wnest ti 'nychryn i go iawn rŵan!' meddai Daniel.

'Ti 'di gwastraffu tua dau litr o ddŵr yfed!' meddai Rani, gan graffu ar gynnwys y botel.

'Ond mi wyt ti'n iawn!' meddai Daniel, yn dal i wenu'n wirion.

'Yndw, wrth gwrs fy mod i'n iawn,' meddai Rani, yn gwthio cudynnau o wallt gwlyb o'i hwyneb.

'Wnest ti lewygu!' meddai Daniel. 'A deud y gwir, doeddwn i ddim yn siŵr os oeddet ti'n dal i anadlu!'

'Oeddet ti ofn?' gofynnodd Rani, yn anghofio am eiliad am y dŵr.

'Wnes i banicio, braidd,' cyfaddefodd Daniel.

Edrychodd y ddau ar ei gilydd am yn hir. O'r diwedd, edrychodd Rani draw am y gorwel. Os rhywbeth, edrychai'r tir yn bellach i ffwrdd nag o'r blaen. Roedd yr haul yn machlud y tu ôl iddo.

'Mi ydan ni mewn trwbl,' meddai.

'Ydan,' meddai Daniel.

Roedd yn rhyddhad o ryw fath cael dweud hyn, ei gael allan yn agored, er bod y peth wedi bod yn amlwg ers oriau.

'Mae'n debyg bod y cerrynt yn gryfach nag ydan ni'n medru rhwyfo,' meddai Rani.

'Yndi,' meddai Daniel.

'Dydyn ni ddim yn mynd i gyrraedd y tir mawr fel hyn,' meddai Rani.

'Efallai codith y gwynt,' meddai Daniel.

'Ac efallai ddim,' meddai Rani.

'Beth wyt ti'n ei awgrymu?' gofynnodd Daniel.

'Ein bod ni'n troi'n ôl am Ynys Halen,' meddai Rani.

'Troi'n ôl?' Doedd y syniad erioed wedi croesi meddwl Daniel, ac fe'i llanwai â siom. Er hynny, roedd hi'n amlwg nad oedd rhwyfo i'r tir mawr yn mynd i fod yn bosibl.

'Fyddwn ni'n medru ffeindio'n ffordd yn ôl?' gofynnodd.

'Mae gynnon ni siart, a chwmpawd,' meddai Rani.

'Ond mae'n beryg ein bod ni wedi drifftio oddi ar ein cwrs,' meddai Daniel.

'Dydw i ddim yn mynd i ddal ati i ladd fy hun i drio cyrraedd fanna,' meddai Rani'n bendant, gan bwyntio at y llinell denau o dir ar y gorwel.

'Iawn, dwi'n deall. Dwi jyst yn poeni os ydan ni'n troi'n ôl yr awn ni ar goll.'

'Fe ddaw'r sêr allan mewn ychydig, fedrwn ni ddefnyddio'r rheiny i lywio.'

'Wyt ti'n gwybod sut i wneud hynny?'

'Yndw. Fues i'n darllen am y peth yn y llyfrgell tra oeddet ti'n gweithio yn yr iard gychod.'

'Beth os ydan ni'n methu dod o hyd i Ynys Halen?'

'Mae 'na lawer o ynysoedd eraill,' meddai Rani.

'Oes, ond does 'na ddim tir mawr arall am gannoedd o filltiroedd i'r cyfeiriad yna. Mae o i'w weld yn risg i mi, y basan ni'n medru peidio dod ar draws unman saff i lanio.'

'Beth wyt ti'n ei awgrymu felly?'

'Wel, edrych ar hyn. Rydan ni wedi rhoi'r gorau i rwyfo, ac mae'r cwch wedi troi i mewn i'r cerrynt. Rydan ni'n drifftio i'r de,' meddai Daniel, gan edrych ar y cwmpawd.

'Ac felly?'

'Y peth hawsaf i'w wneud fyddai chwilio am dir i'r de, glanio yn rhywle ac aros nes bod y gwynt yn codi. Yr unig broblem ydi bod gynnon ni ddim syniad ble ydan ni rŵan.'

'Dwi'n meddwl y medra i ddatrys hynny,' meddai Rani.

'Edrych, mae'r sêr yn dechrau ymddangos. Dyna'r arad… Ie, a dyna seren y gogledd…'

Ymestynnodd Rani ei braich gyda'i llaw yn gwneud dwrn, a chyfrif o'r gorwel at seren y gogledd gan roi un dwrn ar ben y llall.

'Pymtheg,' meddai. Syllodd Daniel arni, fel petai'n perfformio swyn hud, ond ddywedodd o ddim byd.

'Reit,' meddai Rani. 'Dyro dy esgid i mi.'

'Beth?' meddai Daniel.

'Dwi angen benthyg dy esgid di, plis.'

Syllodd Daniel arni fel petai wedi mynd yn wallgof, ac ni symudodd.

'Gei di hi'n ôl wedyn,' meddai Rani.

Yn araf, plygodd Daniel i lawr ac agor carrai ei esgid, a'i phasio i Rani. Clymodd hithau'r garrai i ddiwedd rhaff, yna mesurodd y rhaff gan ddefnyddio lled ei breichiau.

'Ok,' meddai hi, 'dwi angen i ti amseru. Dechrau pan dwi'n dweud dechrau, a stopia pan dwi'n dweud stop.'

'Iawn…' meddai Daniel, gan edrych ar ei oriawr.

'Dechrau!' gwaeddodd Rani, a thaflu esgid Daniel i'r môr.

'Hei!' gwaeddodd Daniel.

Gwyliodd Rani'r esgid yn arnofio ar y dŵr, ac yn mynd yn bellach i ffwrdd, nes y cyrhaeddodd ddiwedd y rhaff.

'Stop!' gwaeddodd. 'Faint oedd hynna?'

'Tua ugain eiliad, dwi'n meddwl. Pam wnest ti luchio fy esgid i'r môr?'

'I weithio allan ble'r ydan ni, wrth gwrs. Felly pum metr mewn ugain eiliad. Rydan ni'n teithio ers deg o'r gloch bore 'ma, ond dydyn ni ond wedi bod yn drifftio fel hyn ers, beth, hanner awr? Cyn hynny, roedden ni'n rhwyfo i'r cyfeiriad arall. Fydd rhaid i ni fesur ein cyflymder tra'r ydan ni'n rhwyfo.'

Gafaelodd y ddau yn y rhwyfau a thynnu yn erbyn y

llif, gan gadw'r cwmpawd i'r gogledd-orllewin fel y buont yn ei wneud trwy'r dydd. Taflodd Rani'r esgid i'r môr eto. Yna estynnodd bensil a sgriblo'r symiau i lawr ar gornel y map. Lluosodd a thynnodd, a chrafodd ei phen, a gwneud y symiau eto, ac o'r diwedd roedd hi'n hyderus bod ganddi ateb cywir.

'Iawn,' meddai, gan blygu dros y map. 'Rydan ni yn fan hyn.' Pwyntiodd at ardal ddinodwedd yng nghanol y môr, ymhell i'r de o Ynys Halen, ac o aber afon O. 'Tua thri deg cilomedr o'r tir mawr. Y tir agosaf i'r de ydi'r ynys yma'n fan hyn,' meddai, gan bwyntio at smotyn bach gwyrdd yng nghanol y glesni. 'Mae o i'r de ac ychydig bach i'r gorllewin.'

Craffodd Daniel ar y map. Roedd hi'n tywyllu.

'Mae o i'w weld yn darged bach iawn,' meddai Daniel.

'Oes gen ti syniad gwell?' gofynnodd Rani.

'Na,' cyfaddefodd Daniel. 'Wnest ti waith da'n copïo'r map mor ofalus, efo'r llinellau hydred a lledred a phob dim,' ychwanegodd ar ôl ychydig

'Dwi'n hoffi daearyddiaeth,' meddai Rani. 'Ac roedd gen i deimlad y bydden ni ei angen o.'

Roedd rhwyfo i'r de-orllewin yn llawer haws na rhwyfo i'r gogledd-orllewin, a mynnodd Daniel fod Rani yn cael seibiant bob deg munud, er ei bod hi'n dweud ei bod hi'n iawn. Cymerai hithau'r cyfle i gymryd mesuriadau gan y sêr a sicrhau eu bod ar y cwrs cywir. Roedd hi wedi nosi erbyn hyn, ac roedd y sêr yn eu gogoniant yn yr awyr felfed uwch eu pennau. Roedd aer y cyfnos yn teimlo'n llyfn o'i gymharu â gwres tanbaid y dydd. Tra oedd breichiau Daniel yn rhwyfo, gadawodd i'w feddwl grwydro i fyd Aqualung, lle'r oedd y duwiau'n ymosod ar y ddaear i geisio dinistrio'r ddynol-ryw.

Roedd y ddau ffrind wedi bod yn teithio'n ddistaw dros y dŵr tywyll ers awr neu ddwy pan ddywedodd Daniel yn sydyn:

'Ofynnaist ti am fy mam.'

'Do,' meddai Rani, 'mae'n ddrwg gen i.'

'Na, dwi eisiau dweud wrthyt ti. Arhosodd Mam yng Nghymru. Roedd Dad wedi cael cynnig y contract mawr 'ma yn gweithio ar gynlluniau solar yn fan hyn, ac roedd y ddau ohonyn nhw'n meddwl y basa'n brofiad da i mi ddod efo fo, a mynd i ysgol wahanol, dysgu iaith newydd a gwneud ffrindiau newydd a hynna i gyd. Doedd Mam ddim yn gallu dod, neu ddim eisiau. Seicotherapydd ydi hi. Roedd ganddi gleientiaid yn dibynnu arni hi, pobl fregus fyddai'n dirywio pe bai hi'n eu gadael nhw. Neu efallai mai hi oedd eu hangen nhw, dydw i ddim yn siŵr erbyn hyn. Dim ond am flwyddyn roedden ni'n dod yn y lle cyntaf, ond cafodd Dad gynnig adnewyddu'r contract, roeddwn i'n reit hapus yn yr ysgol, ac fe benderfynon ni aros am flwyddyn arall. Roedd Mam i fod i ddod i'n gweld ni, ond mi newidiodd ei meddwl ar y funud olaf. Dydw i ddim yn siŵr pam, rhywbeth i'w wneud efo plentyn roedd hi'n edrych ar ei hôl hi, plentyn rhyw deulu yn y pentref. Doedd hi ddim wedi mabwysiadu'r ferch, ond roedd hi'n aros efo Mam – wn i ddim beth oedd y sefyllfa'n iawn. Fe laddodd mam y ferch 'ma ei hun, a doedd Mam ddim yn teimlo y gallai ei gadael hi. Fel'na mae Mam, mae hi'n rhoi pobl eraill yn gyntaf. Ac wedyn aeth pethau'n flêr yn fan hyn, fel ti'n gwybod. Ar ôl y *junta*, y peth cyntaf wnaethon nhw oedd cau'r meysydd awyr. Oedden ni'n cymryd mai dros dro roedd o, ond felly mae hi wedi bod.'

'Ydach chi wedi clywed gan dy fam wedyn?'

'Na. Does 'na ddim post, dim rhyngrwyd, dim trafnidiaeth. Dwi'n cymryd mai dyna pam. Ond dydw i byth yn siŵr. Mae'n bosibl ei bod hi jyst wedi anghofio amdanon ni.'

'Fasa hi ddim yn anghofio!' meddai Rani.

'Wel, dim yn gyfan gwbl. Ond mae llawer o amser wedi mynd heibio. Pwy a ŵyr, efallai fod ganddi deulu arall erbyn rŵan.'

'O, Daniel, beth bynnag sy wedi digwydd, rhaid i ti beidio byth meddwl nad ydi ots gan dy fam amdanat ti!'

'Mae'n hawdd i ti ddweud hynny, Rani, ond dwyt ti ddim yn ei nabod hi.'

'Rwyt ti'n fab iddi!'

'Ydw. Ac efallai fy mod innau'n medru anghofio pobl hefyd. Efallai nad ydi o ddim ots amdani hi. Mae gen i Dad, a phawb yn y tŵr. A chdi, Rani.'

'Oes,' meddai Rani'n swil.

'Weithiau dwi'n meddwl fel'na,' ychwanegodd Daniel, 'ond wedyn weithiau dwi'n siŵr bod rhywbeth wedi digwydd iddi hi, a dwi'n teimlo mor ddrwg am fod yn flin efo hi…'

'O, Daniel,' meddai Rani, 'mae hi mor anodd peidio gwybod, yn tydi? Peidio gallu cyfathrebu.'

'Yndi, hynna ydi'r peth gwaethaf,' meddai Daniel.

Ar ôl hynny, awgrymodd Rani y dylent gymryd troeon yn cysgu, gan fod y cwch yn drifftio mwy neu lai i'r cyfeiriad iawn. Cysgodd Rani'n gyntaf, ac yna rhoi tro i Daniel gysgu tra oedd hi'n gwylio.

Y diwrnod wedyn, parhau i ddrifftio a wnaethant. Roedd Rani'n dal i fesur eu cyflymder, a chadw golwg ar y cwmpawd, a theimlai y dylent fod wedi cyrraedd yr ynys bellach. I ychwanegu at eu pryderon, roedd y dŵr yfed yn brin, a'r bwyd wedi gorffen. Ymestynnai'r oriau o'u holau ac o'u blaenau, yn ddigyfnewid a phoeth a chyfyng, er gwaetha'r ehangder o'u hamgylch. Ceisiodd Rani bysgota, ond ddaliodd hi ddim byd.

'Dydw i ddim wedi gweld dim pysgod trwy'r dydd,' meddai, gan edrych dros ochr y cwch i'r glesni islaw.

'Maen nhw'n dweud bod 'na rannau o'r môr yn hollol ddifywyd dyddiau 'ma,' meddai Daniel. 'Rhywbeth i'w wneud efo asideiddio, algae, plancton...?' ychwanegodd, yn amhendant.

Cysgasant mewn shifftiau'r ail noson, fel y gyntaf, ac roedd hi'n rhyddhad cael dianc o'r sefyllfa am ychydig oriau, ond yn ddiflastod gorfod deffro a theimlo'r diffyg rheolaeth yn eu llethu eto.

Ar brynhawn yr ail ddiwrnod, a'r haul ar ei lawn gryfder gorthrymus, roedd y ddau deithiwr sychedig, llwglyd, bron ag anobeithio pan ddaeth ynys i'r golwg yn y pellter.

'Rani, ti'n athrylith!' meddai Daniel.

'Yndw, dwi'n gwybod!' meddai Rani, gan chwerthin mewn rhyddhad. Doedd hi ddim yn ffyddiog o gwbl mai'r ynys yr oedden nhw'n anelu amdani oedd hi, ond doedd hi ddim am ddifetha'r foment trwy gyfaddef hynny. Tyfodd yr ynys yn gyflym wrth iddyn nhw gael eu cario'n agosach gan y cerrynt, a rhwyfodd y ddau eu gorau i gyflymu'r daith. Roedd yn ynys fach a serth, gyda chlogwyni uchel a'u copaon dan orchudd o wyrddni trwchus. Dechreuodd Rani gael amheuon wrth ddod yn nes, ond dim ond pan oedden nhw o fewn cyrraedd i'r ochr ddwyreiniol y dywedodd Daniel:

'Beth os nad oes unman i lanio?'

'Wn i ddim,' meddai Rani. 'Awn ni o'i hamgylch hi. Efallai

y bydd 'na o leiaf rywle y gallwn ni glymu'r cwch i ni gael meddwl beth i'w wneud.'

Dyma benderfynu rhwyfo o amgylch ochr ogleddol yr ynys. Er bod hynny'n fwy o waith, gwell hynny na mynd i'r de a chael eu cario ymaith. Rhwyfodd y ddau'n galed yn erbyn y llif, oedd yn gryf iawn o amgylch creigiau gogleddol yr ynys. Symudai'r canŵ droedfedd os hynny gyda phob paliad. O'r diwedd daethant at ben draw'r creigiau a throi'r gornel lle holltai'r cerrynt yn ddau i lifo o amgylch y penrhyn creigiog. Cododd Daniel a Rani eu rhwyfau a gadael i'r dŵr eu cario. Wrth symud heibio i ochr arall y penrhyn, gallent weld carped gwyrdd o goedwig yn dod i lawr at lan y dŵr. Roedd coed wedi disgyn a'u gwreiddiau yn yr awyr lle'r oedd y môr wedi erydu'r pridd oddi tanynt.

Pwyntiodd Rani am y lan: 'Fedrwn ni lanio'n fanna!' Roedd bae naturiol gydag ardal o dir isel yn dod i lawr at y dŵr, ond wrth ddrifftio i mewn i'r bae, sylwodd Daniel gyda sioc fod cwch haearn rhydlyd wedi ei angori yn nyfroedd tawel y bae. Hen gwch milwrol fel yr un yr oedd cwch Miko wedi ei glymu iddo yn y pentref arnofiol. Roedd popeth yn ddistaw, a dim ond un ffigwr ar y dec, yn eistedd mewn cadair, yn ei gwman, yn edrych fel petai'n cysgu. Meddyliodd Daniel efallai y gallent sleifio heibio heb gael eu gweld, ond yr eiliad honno, cododd y dyn ei ben, ac edrychodd yn syth ar draws y dŵr ac i mewn i lygaid Daniel yn ei ganŵ bach tila. Syllodd y ddau ar ei gilydd am eiliad, fel prae ac ysglyfaeth. Yna gwaeddodd y dyn, a thaniwyd injan y cwch, ac o fewn eiliadau roedd hi wrth eu hochr, ac roedd y canŵ wedi ei glymu i'r starn, ac roedd Rani a Daniel wedi cael eu tynnu i fyny ar fwrdd y cwch mawr, heb gael unrhyw gyfle i feddwl am ddianc.

Rhoddwyd Daniel a Rani i eistedd ar ddwy gadair, a'u dwylo wedi'u clymu y tu ôl iddyn nhw, tra safai'r criw o'u blaenau, yn pwyntio gynnau ac yn gwgu. Teimlai'r sefyllfa'n gyfarwydd, mewn ffordd hunllefus, a suddodd calon Rani.

'Pwy ydach chi?' gofynnodd yr arweinydd, capten y cwch. Roedd ganddo wallt byr a chreithiau ar ei wyneb ar ôl rhyw glefyd pan oedd yn ifanc. Roedd ei lygaid yn galed ac annarllenadwy.

'Daniel ydw i, a Rani ydi fy ffrind,' meddai Daniel. Syllodd yr arweinydd arno, heb ddweud dim. 'Rydan ni'n byw mewn nendwr, ond rydan ni'n chwilio am fy nhad. Rydan ni'n meddwl ei fod o wedi mynd i fyny afon O, i chwilio am reis.'

'Afon O?' meddai'r arweinydd. 'Rydach chi'n bell o fanno. O ba gyfeiriad y daethoch chi?'

'O Ynys Halen.'

'Oeddech chi am groesi'r sianel yn honna?' meddai'r arweinydd, yn pwyntio â blaen ei wn at eu cwch bach.

'Oedden. Tasan ni wedi cael gwynt, mi fasan ni wedi bod yn iawn,' meddai Daniel.

Gwenodd yr arweinydd am y tro cyntaf, yn nawddoglyd, ond ddim yn gwbl fygythiol.

'Ha! Felly. Eisiau mynd i fyny afon O, ie?' meddai. Yna, yn fwy wrtho'i hun nag wrth neb arall, meddai, 'Daniel, Daniel. Daniel fab Nick, wedi glanio yng nghledr fy llaw.' Cyn i Daniel gael cyfle i ymateb, trodd y capten at y criw.

'Gwyliwch nhw,' meddai, cyn diflannu i lawr y grisiau i mewn i grombil y cwch.

Safodd y criw o amgylch eu carcharorion, yn edrych yn

fygythiol, yn dweud dim. Meddyliodd Daniel y byddai'n well torri'r iâ.

'Oes 'na bobl yn byw ar yr ynys yma?' gofynnodd, gan bwyntio gyda'i ên at y lan. Edrychodd ar un o'r bechgyn oedd yn ieuengach na'r lleill. Edrychodd hwnnw ar y llawr, heb ateb.

'Dim siarad!' gwaeddodd un o'r lleill, gan chwifio'i arf yn fygythiol.

Tawodd Daniel, ac o fewn munud neu ddau daeth y capten yn ôl ar y dec.

'Iawn,' meddai. 'Fe awn ni â chi cyn belled â cheg afon O. Fydd rhaid i chi rwyfo o fanno.'

Allai Daniel prin gredu ei glustiau.

'Go iawn? Wel! Doeddwn i ddim yn disgwyl hynna! Diolch yn fawr!' meddai, yn tywynnu gwenau mawr cyfeillgar ar bawb. Newidiodd wynebau'r criw ddim, dim ond dal i syllu.

'Mi fydd rhaid i chi fynd â chargo bychan efo chi, ond gan eich bod chi'n mynd ffor'na, fydd o ddim trafferth i chi,' meddai'r arweinydd.

'O, ie. Iawn, wrth gwrs. Dim problem,' meddai Daniel. Edrychodd Rani arno'n ystyrlon, ond ddywedodd hi ddim byd.

Gwasgarodd y rhan fwyaf o'r criw i wahanol rannau o'r cwch, ond gadawyd un dyn arfog i warchod y carcharorion. Taniodd y mêt yr injan, a symudodd y cwch fel llafn trwy'r dŵr o amgylch yr ynys, gan rowndio'r ochr ogleddol yr oedden nhw wedi rhwyfo mor llafurus ati, a chyflymu wrth symud allan i'r môr agored. Rhyfedd oedd bod mewn cwch mor fawr a phwerus ar ôl y canŵ, ac yn symud mor ddiymdrech dros bellteroedd mawr ac yn erbyn llif cryf y cerrynt.

'Tydi'r injan betrol yn beth anhygoel,' meddai Daniel, ond doedd neb mewn hwyliau i sgwrsio ag o.

O fewn dwy awr roedden nhw'n agosáu at y tir mawr, a gallent weld adeilad mawr pren newydd yr olwg ar bolion uwchben y môr yn union o'u blaenau. Roedd mintai o hen gychod modur milwrol bach a mawr yn mynd a dod, a phobl mewn dillad tywyll, rhai'n edrych fel pe baent mewn lifrai byddin, i'w gweld ar y lanfa ac o flaen yr adeilad. Tynnodd eu cwch at y lanfa, a daeth bachgen ifanc i glymu'r rhaffau ar bob pen.

'Arhoswch yn fan hyn,' gorchmynnodd y capten, cyn camu oddi ar y cwch a diflannu i mewn i'r adeilad. Ddigwyddodd dim byd am gyfnod, a gwyliodd Rani a Daniel griw cwch arall yn dadlwytho sachau ar y lanfa, a chriw o'r lan yn eu cario i mewn i'r adeilad. Tybed beth oedd yn y sachau? Tybed beth fyddai'r cargo yr oedden nhw i fod i'w gario? Tybed beth oedd y lle yma? Pwy oedd yr holl bobl hyn? O ble daeth y cychod modur? O ble cawsent y petrol i'w rhedeg? Ymhen hir a hwyr, daeth y capten allan o'r adeilad, gyda dyn arall. Roedd y ddau yn chwerthin a tharo'i gilydd ar eu cefnau, ac yn ymddangos fel pe baent yn ffrindiau mawr. Cerddodd ei ffrind o amgylch ochr yr adeilad a diflannu, a daeth y capten yn ôl at y cwch.

'Dewch i'r ffreutur i gael rhywbeth i fwyta,' meddai wrth Daniel a Rani, ei wên hawddgar wedi diflannu, 'ac yna mi wnaiff Capten Vu roi cyfarwyddiadau i chi am beth sy'n digwydd nesaf.'

Cerddodd Daniel a Rani ar hyd y lanfa ac i fyny'r grisiau at y feranda oedd yn amgylchynu'r adeilad. Arweiniwyd hwy trwy ddrws ochr i mewn i ystafell fwyta fawr, oedd yn wag ar y pryd, ond gyda lle i ugeiniau o bobl eistedd. Roedd amser brecwast wedi bod, ond roedd y cogydd yno'n paratoi pryd ar gyfer cinio.

'Dyro rywbeth i'r plant 'ma i fwyta,' gorchmynnodd y capten wrth y cogydd, ac yna diflannodd yn ddisymwth, a dyna'r olaf a welodd Daniel a Rani ohono.

Edrychodd y cogydd i fyny o'i waith, yna rhoddodd ei gyllell i lawr a llenwi jwg mawr o ddŵr, a'i gario gyda dwy gwpan blastig at fwrdd yn ymyl lle'r oedd Daniel a Rani yn sefyll.

'Eisteddwch,' meddai, a thywallt dŵr iddyn nhw. 'Wna i nŵdls i chi.'

Llwyddodd Daniel i ddweud 'Diolch' yn llesg cyn dechrau llowcio'r dŵr. Yfodd dri chwpanaid cyn meddwl stopio. Pan oedd wedi gorffen, edrychodd ar Rani. Roedd hithau'n sychedig, ond yn bod fymryn yn fwy cymedrol.

'Be sy'n digwydd?' gofynnodd iddi.

'Ti'di cytuno i gario rhywbeth, dydyn ni ddim yn gwybod beth, i fyny'r afon i rywun, dydyn ni ddim yn gwybod pwy.'

Roedden nhw'n siarad yn ddistaw, er nad oedd neb o gwmpas, ar wahân i'r cogydd, oedd wrthi'n troi llysiau mewn woc oedd yn hisian yn swnllyd y tu ôl i'r lle gweini.

'Ddwedaist ti ddim byd yn erbyn y peth.'

'Na. Dwi'm yn licio fo, ond doedd gynnon ni ddim lot o ddewis.'

Roedd yn rhyddhad i Daniel nad oedd Rani'n ei feio ef am y sefyllfa.

'O leiaf mi gawn ni gyrraedd at yr afon,' meddai.

'Gobeithio, wir,' meddai Rani.

Ar hynny, ymddangosodd y cogydd gyda dau blatiad a thwmpath o nŵdls a llysiau a ffiled o bysgodyn ar ben pob un. Gwenodd yn gyfeillgar wrth roi'r bwyd o'u blaenau, ond nid oedodd i siarad. Bwytaodd y ddau yn ddiolchgar.

'Diolch,' gwaeddodd Daniel ar y cogydd, oedd wedi dychwelyd at ei waith. 'Blasus iawn.'

'Dim problem,' meddai yntau'n edrych i fyny.

Roedd Daniel a Rani newydd orffen bwyta pan ymddangosodd dyn yn y drws, yn gwisgo lifrai milwrol ffurfiol, gyda het sgleiniog. Roedd hi'n rhyfedd gweld ffigwr mor ddisgybledig, meddyliodd Daniel. Roedd o wedi credu bod pob awdurdod wedi torri i lawr.

'Dewch gyda mi, os gwelwch yn dda,' meddai'r dyn. Arweiniodd hwy ar hyd coridor ac i swyddfa gyda desg fawr bren hen ffaswin, a mapiau ar y wal, gyda phinnau ynddynt. Roedd carped trwchus dan draed, a atgoffai Daniel o'r carped moethus yn ei fflat yn y nendwr. Roedd y dyn y tu ôl i'r ddesg yn y swyddfa yr un mor drwsiadus a disgybledig â'r tywysydd, ond yn hŷn. Safodd i'w cyfarch ac ysgwyd eu dwylo.

'Capten Vu ydw i,' meddai. 'Eisteddwch, os gwelwch yn dda.'

Eisteddodd Rani a Daniel ar soffa ledr gyferbyn â'r ddesg. Roedd bleinds ar y ffenest a gadwai olau'r haul allan, ac roedd y waliau wedi eu peintio'n lliw browngoch. Roedd yr effaith yn dywyll ond yn foethus.

'Dwi'n siŵr bod gyda chi lawer o gwestiynau,' meddai. 'Yn anffodus, mae'n well i ni os dydach chi ddim yn gwybod gormod am beth sy'n digwydd, ond mi allaf rannu rhai pethau efo chi. Rydw i'n gweithio i gorff o'r enw "Gwarchodwyr Glannau'r Hen Ddinas ac Ynysoedd y Gorllewin". Mae rhai pobl anwybodus yn rhoi'r enw "Y Baracwda" arnon ni. Dydyn nhw ddim yn deall ein cymhellion a'n pwrpas.'

'Sef?' meddai Daniel.

'Gwarchod poblogaeth yr ardal dan sylw, sicrhau cyflenwad bwyd, trydan a nwyddau hanfodol, cadw'r heddwch, cyfraith a threfn, helpu'r anghenus, ymateb i argyfyngau, ac amddiffyn rhag grymoedd niweidiol.'

'O, grêt,' meddai Daniel. 'Roeddwn i'n meddwl am funud mai rhyw fath o gang oeddech chi, neu weddillion y fyddin yn trio cadw'u gafael ar bŵer er bod 'na ddim llywodraeth dim mwy...'

'Mae'r rhan fwyaf o'n haelodau yn gyn-filwyr, ac mae'n hadnoddau ni wedi eu hetifeddu oddi wrth y fyddin. Gan nad oes llywodraeth mwyach, roedden ni'n teimlo bod bylchau mawr o ran gwasanaethau i'r ardal, ac y dylem wneud ein gorau i warchod y boblogaeth.'

'Wel, chware teg i chi,' meddai Daniel, oedd yn teimlo'n ddigon cyffyrddus erbyn hyn. Edrychodd ar Rani. Roedd ei hwyneb hi mor gaeedig â llyfr clawr caled, a ddywedodd hi ddim byd.

'Felly lle'r ydan ni'n ffitio i mewn i hyn i gyd?' gofynnodd Daniel.

'Rydw i am i chi gario cyflenwad o fwledi gyda chi i gwmni sydd mewn gwersyll i fyny'r afon,' meddai Capten Vu.

'Reit...' meddai Daniel. 'I beth maen nhw angen bwledi?'

'Ar gyfer eu gynnau... Maen nhw wedi rhedeg allan.'

'Ie... Oes 'na ryfel i fyny'r afon?' gofynnodd Daniel.

'Rhyfel? Na, dim byd mor ddramatig â hynny. Dim ond rhyw fymryn o anghydfod gyda rhai o'r gangiau lleol. Does dim brwydro mewn gwirionedd, dydi'r arfau ddim ond rhag ofn i bethau waethygu. Fel rhybudd. Arfau ataliol, os liciwch chi.'

'Os felly...' meddai Daniel.

'Mae popeth o dan reolaeth, anghytundeb dibwys rhwng gangiau lleol ynglŷn â hawliau tir traddodiadol. Dim ond fel dyfarnwr rydan ni'n cymryd rhan, mewn gwirionedd. Cadw'r heddwch, fel y dywedais i. Does dim byd yn atal trais fel grym anorchfygol.'

'Nac oes?' holodd Daniel, yn ansicr.

'Na. Coeliwch chi fi, mae gen i lawer o brofiad yn y maes.'

'Oes, wrth gwrs,' meddai Daniel.

'Dyna ni, felly. Nawr, os wnewch chi fy esgusodi, mae gen i gyfarfod arall yn awr. Fe gewch chi gyfarwyddiadau manylach gan un o'r is-gapteiniaid. Dydd da i chi'n awr, dwi'n ddiolchgar iawn i chi am eich help.'

Ar hynny, tarodd fotwm ar y ddesg, a siarad i mewn i feicroffon.

'Wnewch chi hebrwng y bobl ifanc allan rŵan, os gwelwch yn dda?'

Yna trodd at Daniel a Rani.

'Mae'r cargo wedi ei lwytho ar eich cwch chi'n barod. Mae'n ddrwg gen i na fedra i ddim benthyg cwch mwy pwrpasol i chi, ond mae'n well eich bod yn eich cwch eich hunain. Mi wnaiff un o'r is-gapteiniaid eich tynnu chi at geg yr afon gydag un o'r cychod modur. Yr oll sydd raid i chi ei wneud ydi rhwyfo i fyny'r afon, a phan gyrhaeddwch chi'r tro mawr mi welwch chi lanfa, debyg i'r un o flaen y pencadlys yma, ar ochr ogleddol yr afon. Bydd rhywun yno'n aros amdanoch chi. Mi wnân nhw eich helpu chi i ddadlwytho ac wedyn fe fyddwch chi'n rhydd i fynd ar eich ffordd.'

Pan ddaeth y tywysydd at y drws, meddai Capten Vu:

'Ewch â nhw at eu cwch, os gwelwch yn dda. Diolch yn fawr, a phob hwyl i chi ar eich taith.'

Roedd *Y Dywysoges Niloufar* wedi ei glymu ar ben pella'r lanfa. Roedd tri bocs cardfwrdd wedi eu gosod yng nghanol y cwch, ac er nad oedden nhw'n fawr, mae'n rhaid eu bod nhw'n drwm, oherwydd edrychai'r cwch bach yn is nag arfer yn y dŵr. Edrychai'n eiddil iawn hefyd, ymysg yr holl gychod modur.

Dringodd Daniel a Rani i'w canŵ, ac eistedd yn gwylio'r lan yn pasio am y chwarter awr o daith at geg yr afon. Roedd tref sianti o dai simsan yn dilyn yr arfordir yr holl ffordd, gydag ambell adeilad hŷn, mwy cadarn yma ac acw. Tynnodd y cwch modur hwy at geg yr afon, ac i fyny rhyw fymryn, ac yna dadfachodd yr is-gapten hwy, a throi am yn ôl gan godi llaw yn ddigon cyfeillgar cyn diflannu o amgylch y tro, a'u gadael ar eu pennau'u hunain unwaith eto. Roedden nhw yn y rhan o'r aber lle'r oedd yr afon yn dechrau culhau, a dylanwad y môr yn pellhau. Roedd hi'n afon fawr, a'r dŵr yn rhedeg yn llyfn ond yn gryf dros wely mwdlyd. Roedd yn rhaid iddyn nhw ddechrau rhwyfo ar unwaith, er mwyn atal eu hunain rhag cael eu golchi allan i'r môr.

'Anela at y lan!' meddai Rani. 'Fydd y llif ddim mor gryf yn fanno.'

Roedd hi'n iawn, ac er bod y rhwyfo'n waith caled, roedd hi'n bosib ymwthio'n raddol i fyny'r afon trwy weithio efo'i gilydd a defnyddio'r dechneg roedden nhw wedi ei pherffeithio wrth geisio croesi'r môr.

Roedd rhwyfo cwch trymlwythog yn erbyn y llif yn waith caled, ond wrth gadw'n agos at y lan, roedden nhw'n gallu cael seibiant pan oedd angen trwy glymu'r cwch i goeden oedd â'i changhennau neu ei gwreiddiau yn hongian dros y dŵr.

'Jyngl,' meddai Rani, wrth wrando ar sgrechiadau rhyw aderyn o'r golwg ymysg y coed.

'Ie. Dydi o ddim yn wir nad oes 'na ddim ar ôl,' meddai Daniel.

'Na. Ond o'i gymharu â beth oedd 'na. Dwi'n meddwl mai dyna oedd Miko'n olygu. Roedd hi wedi gweld lot o jyngl yn cael ei ddinistrio.'

Roedd hi'n dawel, ar wahân i sŵn yr adar, a dechreuodd Rani ymlacio fymryn.

'Dwi ddim yn ymddiried yn y Capten Vu 'na,' meddai.

'Dwi'n gwybod nad wyt ti ddim,' meddai Daniel. 'Oedd o'n swnio'n ddigon dilys i mi.'

'Wrth gwrs ei fod o'n swnio'n ddilys. Felly maen nhw bob amser.'

'Beth wyt ti'n feddwl, nhw?'

'Dynion efo pŵer. Maen nhw'n gwybod be sy'n swnio'n dderbyniol ac yn rhesymol ac yn ddilys. Sut i wneud i ti ymddiried ynddyn nhw a gwneud fel maen nhw'n dweud.'

'Felly beth ddylen ni wneud? Taflu'r bocsys 'ma i'r afon?'

'Mae ganddyn nhw wersyll a glanfa i fyny'r afon, yr ydan ni'n mynd i orfod eu pasio. Maen nhw'n ein disgwyl ni. Os ydan ni'n cyrraedd heb y bwledi, wyt ti'n meddwl wnân nhw adael i ni basio?'

'Na, dwi ddim yn meddwl.'

'Na fi.'

'Beth ddylen ni wneud felly?'

Ni chafodd Rani amser i ymateb i'r cwestiwn, oherwydd gwelsant ganŵ yn cael ei wthio i'r dŵr ddim yn bell o'u blaenau, a thri pherson yn rhwyfo'n galed tuag atynt. Roedd llif yr afon o'u plaid, felly roedden nhw wedi cyrraedd o fewn munud neu ddau. Gafaelodd un o'r dynion yn ochr *Y Dywysoges Niloufar*, a thynnu'r ddau gwch ynghyd.

'Pwy ydach chi? Beth ydi'ch busnes chi?' gofynnodd. Roedd ei wallt yn hir, ac roedd yn gwisgo hen grys-T Iron Maiden. Nid y Baracwda, meddyliodd Rani.

'Daniel ydw i a dyma Rani. Rydan ni'n chwilio am fy nhad, Nick,' meddai Daniel.

'Beth sydd yn y bocsys?' gofynnodd y dyn.

'Ie. Y bocsys. Roedden ni newydd fod yn trafod beth i'w wneud efo'r bocsys,' meddai Daniel.

'Beth sydd ynddyn nhw?' gofynnodd y dyn.

'Bwledi,' meddai Rani.

'Rydach chi'n cario arfau i'r Baracwda,' meddai'r dyn.

'Yn erbyn ein hewyllys,' meddai Rani.

'Wrth gwrs. Yn erbyn eich ewyllys. Ond yn cario arfau, yr un fath.' Roedd dynes yng nghefn y canŵ, oedd yn raddol bach wedi codi gwn ac yn awr yn ei bwyntio at Rani.

'Ti, ti'n mynd i ddod i'n cwch ni,' meddai'r ddynes wrth Rani. 'Newid lle efo hi,' meddai wrth y dyn yng nghanol y canŵ arall.

Nid hawdd o beth yw newid cwch ar ganol afon, ond rhywsut straffaglodd Rani drosodd i'r cwch arall. Llamodd y dyn o'r cwch hwnnw drosodd i le Rani gyda thipyn llai o ffwdan. Yna mynnodd newid lle gyda Daniel, fel bod Daniel yn y blaen, ac yntau yn y cefn, yn pwyntio gwn ato.

'Iawn,' meddai'r dyn. 'Rhwyfa.'

Doedd gan Daniel ddim dewis ond rhwyfo'i orau. Eisteddodd Rani yn y canŵ arall gyda'r ddynes yn pwyntio gwn ati, a chafodd hithau rwyf a gorchymyn i rwyfo. Ond wnaethon nhw ddim rhwyfo'n bell. Daethant at draeth caregog ar ochr ddeheuol yr afon, a thynnu'r cychod i fyny'r lan.

'Mae'n rhaid i ni gario'r cychod o fan hyn am ddwy filltir,' meddai un o'u herwgipwyr wrth Daniel. 'Ac mae'n rhaid i ni fod yn ddistaw,' ychwanegodd, 'mae'r Baracwda ar yr ochr arall, ac ar hyd yr afon. Dydyn nhw ddim yn mentro i'r goedwig ochr yma'n aml iawn.'

'Pam hynny?' meiddiodd Daniel ofyn.

'Rydan ni'n eu saethu nhw,' meddai'r dyn yn syml.

'Wnawn ni gladdu'r cesys o fwledi a dod i'w casglu eto. Mae'n ormod i'w gario efo'r cychod,' meddai'r ddynes o'r cwch arall.

Doedd dim llwybr amlwg trwy'r jyngl, a doedden nhw ddim yn dilyn glannau'r afon yn agos chwaith. Ond roedd eu herwgipwyr yn adnabod y ffordd yn dda, ac yn medru dod o hyd i lefydd digon llydan i gario'r cychod fel nad oedd rhaid eu codi'n rhy aml dros foncyffion coed oedd wedi disgyn. Roedden nhw'n amlwg wedi hen arfer gorfod cario'u cwch i osgoi'r patrôl ar yr afon. Roedd Daniel a Rani, ar y llaw arall, yn cael mwy o drafferth, er eu bod yn cael cymorth gan un o'r dynion. Roedd eu cwch nhw fymryn yn drymach oherwydd y mast a'r hwyl a'r cêl roedd Daniel wedi ei ychwanegu, ond roedden nhw hefyd wedi blino ar ôl eu hanturiaethau. Jyst pan oedd Rani'n ofni na allai fynd dim pellach, ac yn dechrau teimlo'n benysgafn, galwodd rhywun stop, a phasio potel ddŵr o amgylch i bawb gael diod. Eisteddodd Rani ar wreiddyn coeden, a rhoddodd Daniel ei fraich amdani.

'Ti'n iawn?'

'Yndw,' meddai, 'wedi blino, 'na'r oll.' Gwnaeth ymdrech i wenu, ond roedd hi'n edrych yn fwy tebygol o grio.

'Mae'n ddrwg gen i, Rani. Doeddwn i ddim yn meddwl y byddai mor ddrwg â hyn.'

'Roeddwn i'n meddwl y byddai'n llawer iawn gwaeth. Dyna pam y dois i efo chdi,' meddai Rani.

Roedd Daniel yn dal i drio gwneud synnwyr o'r datganiad yma pan ddywedodd rhywun ei bod hi'n amser cychwyn eto. Teimlai'r daith trwy'r jyngl yn llawer mwy na dwy filltir, ond o'r diwedd, daethant allan ar lan yr afon a dringo'n ôl i'r cychod, a rhwyfo eto. Cafodd Rani eistedd yn y cwch heb rwyfo, gan ei bod hi'n amlwg yn dioddef, a doedd yr herwgipwyr ddim eisiau iddi lewygu. Treuliodd yr amser yn syllu ar y trolifau yn y dŵr brown, ei meddwl yn hollol wag, am unwaith, wedi ei llethu gan flinder a'r sioc o gael ei chipio am yr eilwaith mewn pedair awr ar hugain. Roedd Daniel yn boenus drosti, ond roedd disgwyl iddo ddal ati i rwyfo, felly allai o ddim meddwl gormod am beth oedd yn digwydd.

O'r diwedd daeth pentref i'r golwg ar ochr ogleddol yr afon. Roedd y tai agosaf at yr afon wedi eu hadeiladu ar bolion, i'w harbed rhag llifogydd pan oedd yr afon yn codi. Ymhellach oddi wrth yr afon codai llethrau wedi eu terasu'n gaeau reis, a thai gwasgaredig a'u toeau gwellt yn hongian yn isel dros yr ymylon i gadw'r glaw i ffwrdd. Edrychai'n lle gwyrdd, ffrwythlon a digon croesawgar. Roedd glanfa wedi ei hadeiladu ar hyd ochr yr afon, a chlymwyd y cychod i'r polion oedd yn ei dal i fyny.

'Iawn, chi'ch dau, ffordd hyn,' meddai'r dyn yn y crys Iron Maiden, yn amneidio arnynt gyda'i wn. Cerddodd y ddynes o'u blaenau, a'r dyn arall y tu ôl iddynt, i fyny llwybr cul, serth â waliau cerrig ar y ddwy ochr. Aethant trwy ganol y pentref, lle syllai heidiau o blant arnynt, ac ar lwybr arall yn uwch i fyny'r bryn, rhwng caeau reis. O'r diwedd daethant at dŷ, gyda dyn arfog yn eistedd y tu allan i'r drws ar y llawr gwaelod. Roedd grisiau yn esgyn ar y tu allan, i'r llawr cyntaf, lle'r oedd drws i fynd i mewn i brif ran y tŷ. Doedd dim ffenestri yn y llawr gwaelod.

'Pwy 'di'r rhain?' gofynnodd y dyn arfog, yn ffidlan gyda'i gap.

'Mab Nick,' meddai'r ddynes.

Ddywedodd y dyn arfog ddim byd, dim ond chwerthin, ac agor y drws.

Roedd hi'n dywyll tu mewn, ac roedd yn rhaid i'r ddynes ddefnyddio fflachlamp i ddangos iddyn nhw fod yr ystafell yn wag, ar wahân i dwll mawr siâp petryal yn y llawr pridd. Roedd ysgol yn gorffwys yn erbyn y wal, wedi ei gwneud o fambŵ, a gafaelodd un o'r herwgipwyr yn hon a'i gollwng i lawr i'r twll.

'Ewch i lawr,' meddai.

Roedd Daniel wedi cynhyrfu'n llwyr, a bu bron iddo daflu ei hun dros ochr y twll yn ei frys i weld a oedd Nick yno. Roedd Rani'n llai hapus, ond gwaeddodd y ddynes arni:

'Dringa i lawr, neu mi wna i dy daflu di!'

Roedd hi'n dywyll yn y twll, ond synhwyrodd Daniel yn syth fod rhywun yno. Roedd yr aer yn llaith, ac roedd drewdod chwys, a phethau gwaeth na hynny.

'Dad?' sibrydodd Daniel.

'Daniel?' Daeth ateb yn syth, ac yn yr un gair hwnnw, mynegodd llais Nick ei holl bryder ac ofn a syfrdandod ac anghrediniaeth ar unwaith.

Cropiodd Daniel yn ddall ar hyd llawr y twll i gyfeiriad y llais nes i'w law gyffwrdd troed Nick, yn dal yn y treiners hynny yr oedden nhw wedi dadlau drostynt mor ofnadwy o bell yn ôl. Gafaelodd yn y droed, ac yna yn y goes, ac o fewn eiliad roedd yn cofleidio'i dad, ac yn cuddio'i ben yn ei war ac yn crio fel babi.

'Daniel, Daniel,' meddai Nick, gan ei siglo a'i freichiau o'i amgylch fel y byddai'n ei wneud pan oedd yn fachgen bach oedd ddim eisiau cysgu. 'Fy mab bach annwyl i, beth yn y byd wyt ti'n ei wneud yn fan hyn?'

'O, Dad! Dwi wedi dy ffeindio di!'

'Oes 'na rywun efo chdi?'

Roedd Daniel wedi anghofio am Rani yn ei lawenydd wrth ddod o hyd i'w dad.

'Oes. Rani.'

'Rani? Dim ond chi'ch dau? Beth oedd ar eu pennau nhw'n eich anfon chi, rydach chi'n llawer rhy ifanc!' meddai Nick.

'Ddaru neb ein hanfon ni, Dad. Penderfynu dod wnaethon ni.'

'Yn y cwch modur?'

'Ie.'

'Felly does dim cwch ar ôl yn y nendwr.'

'Na.'

'Felly does neb yn gallu dod i'n helpu ni rŵan.'

'Na.'

'Daniel. Rwyt ti wedi gwneud peth ffôl iawn.'

'Dad, dwi wedi ffeindio chdi!'

'Ti wedi peryglu dy fywyd dy hun a'r ferch ddiniwed 'ma, ac wedi glanio yn yr union dwll rwyt ti wedi dod yma i fy achub i ohono fo. Sut wnest ti lwyddo i ddod o hyd i mi, gyda llaw? A pam bod y pentrefwyr wedi'ch taflu chi yn y twll?'

'Wel, mae'n stori weddol hir,' meddai Daniel.

'Mae gen i drwy'r dydd,' meddai Nick.

Felly adroddodd Daniel y stori i gyd, o'r foment y penderfynodd fynd i chwilio am Nick, a Rani'n mynnu dod gydag o, hyd at y foment y cawsant eu dal gan y pentrefwyr ar yr afon. Ychwanegodd Rani fanylion yma ac acw.

'Fy mab yn cario arfau i'r Baracwda,' dywedodd Nick, yn siomedig. 'Roeddwn i'n meddwl y byddet ti'n gwybod yn well, Daniel. Beth ddywedais i wrthyt ti? Dydi trais byth yn datrys unrhyw beth.'

'Dwi'n gwybod, Dad, ond doedd gynnon ni ddim dewis.'

'Nac oedd? Fasat ti wedi medru gwrthod.'

'Ond wedyn fyddwn i byth wedi cyrraedd yma.'

'Yn union!' ffrwydrodd Nick. 'Fedri di ddim gweld, Daniel? Dwyt ti ddim yn mynd i fy achub i. Nid stori archarwr ydi hon. Rydw i mewn twll, ac rŵan mi rydach chi'ch dau yn y twll efo fi, a does 'na neb yn dod i'n hachub ni. Mae'n eithaf tebygol y gwnawn ni farw yn y twll 'ma.' Roedd Nick yn flin iawn. Dechreuodd Rani grio'n ddistaw yn ei chornel dywyll, a daeth hynny â Nick at ei goed rhyw fymryn.

'Sori, Rani,' meddai, a llwyddodd i roi ei law ar ei braich, er gwaetha'r tywyllwch. 'Dwi'n gwybod eich bod chi'n trio gwneud peth da, ac rydach chi wedi bod yn ddewr iawn, ond mae'n rhaid i chi weld bod y sefyllfa'n waeth rŵan, nid yn well.'

'Dwi'n gwybod,' meddai Rani, yn ddagreuol. 'Ti sy'n iawn. Ddylwn i fod wedi ei atal o rhag cychwyn. Ddylwn i fod wedi ei berswadio fo i aros tan y bore a siarad efo'r oedolion.'

'Faswn i ddim wedi!' meddai Daniel. 'Faswn i wedi mynd hebddot ti.'

'Dwi'n gwybod,' meddai Rani. 'A chael dy saethu neu dy herwgipio neu dy werthu fel caethwas. Mae o mor ddiniwed, Nick. Allwn i ddim gadael iddo fo fynd ar ei ben ei hun.'

Roedd hyn yn anodd i Daniel ei gymryd, a phwdodd o glywed ei ffrind yn dweud y fath beth amdano, wrth ei dad, o bawb.

'Ti'n iawn, Rani,' meddai Nick ar ôl ennyd. 'Dwi wedi ei gysgodi fo ormod. Arna i mae'r bai am hyn i gyd.'

Arhosodd pawb yn ddistaw, yn meithrin eu teimladau cymysg. Ar ôl ychydig, meddai Daniel yn annisgwyl:

'Pam bod nhw wedi dy daflu di yn y twll 'ma beth bynnag, Dad? A sut bod dynion y Baracwda i gyd yn dy nabod di?'

Roedd yn rhaid i Nick gyfaddef ei fod yn masnachu efo'r Baracwda'n rheolaidd.

'Efallai nad wyt ti ddim yn gwybod hyn, Daniel, ond mae 'na fragdy a distyllfa alcohol yn y tŵr. Rydan ni'n gwneud gwirod reis, nid i ni ei yfed, ond am fod y Baracwda'n hoffi alcohol, ac mae'n rhaid i ni gael rhywbeth i iro'u dwylo nhw.'

'Iro dwylo'r Baracwda?'

'Mae'n rhaid cadw ar delerau da efo nhw, er mwyn iddyn

nhw adael i ni fynd a dod. Heb hynny, fe fydden ni'n hollol ynysig yn y tŵr ac yn methu mynd i'r farchnad na phrynu reis na dim. Ganddyn nhw ydw i'n cael disel ar gyfer y cychod.'

'*Lao khao?*' meddai Daniel.

'Ie,' meddai Nick, '*lao khao.*'

'Neis iawn,' meddai Daniel. 'Ges i beth ganddyn nhw. Roedden nhw i gyd yn chwil ac yn ffiaidd. Roedd yn rhaid i ni ddianc yn o handi, yn doedd, Rani? A beth am y pentrefwyr, pam bod nhw wedi cymryd yn dy erbyn di, Dad? Ai am dy fod di'n gweithio i'r Baracwda?'

'Yn union yr un fath â chdi, Daniel. Naïf. Dim ond llythyr oedd o, a phecyn bach efo darnau electronig ar gyfer system radio. Doeddwn i ddim yn meddwl y byddai hynny'n gwneud dim drwg i neb. Doeddwn i ddim wedi deall bod 'na ryfel yn mynd ymlaen yma.'

'Oes 'na?' gofynnodd Daniel.

'Mae'r Baracwda eisiau rheolaeth dros y tir yma. Dyma lle mae'r reis yn dod ohono ar gyfer y rhan fwyaf o'r rhanbarth. Mae reis yn werth mwy nag aur y dyddiau yma, ac wrth reswm mae'r pentrefwyr eisiau cadw rheolaeth dros eu tir eu hunain a masnachu ar eu telerau eu hunain.'

'Ond dywedodd Capten Vu...'

'Do, wrth gwrs,' meddai Nick. 'Mae pobl fel'na bob amser yn dweud beth wyt ti eisiau'i glywed. Ond rydan ni wedi bod yn gweithio i'r diafol, fy mab bach annwyl, ac rŵan mae'n rhaid i ni dalu'r pris.'

'Wnei di stopio 'ngalw i'n hynna!' meddai Daniel. 'Dydw i ddim yn fach, nac yn annwyl, dwi'r un mor gyfrifol â chdi. Sut feiddi di ddweud y drefn wrtha i am ddod i chwilio amdanat ti pan oedd pawb arall yn gwrthod helpu? Sut fedri di siarad mor nawddoglyd efo fi a finnau wedi mentro fy mywyd i ddod i chwilio amdanat ti? Rydan ni wedi goroesi pob math o bethau, yn do, Rani? Rydan ni'n dîm anhygoel. Rydan ni wedi cael ein hunain allan o bob math o drafferthion, ac mi gawn ni'n hunain, a chdi, allan o hyn. Gei di weld, Dad. Dydw i ddim yn fab bach annwyl dim mwy. Dwi'n gallu gwneud pethau.'

Croesodd Daniel ei freichiau ac eistedd yn blwmp ar y ddaear ar waelod y twll, a bu bron iddo eistedd ar ben Rani yn y tywyllwch. Symudodd hithau draw i wneud lle iddo, a rhoddodd ei fraich yn amddiffynnol o amgylch ei hysgwyddau. Roedd pethau'n edrych yn o ddu, ond rhywsut roedd araith fach ffyrnig Daniel wedi codi calon Rani.

Roedd bywyd yn y twll yn ddiflas. Roedd hi'n hollol dywyll y rhan fwyaf o'r amser, ar wahân i'r adegau pan ddeuai un o'r pentrefwyr â bwyd iddynt ac i wagio'r bwced toiled.

Gwrthododd Rani ddefnyddio'r bwced, a thrwy brotestio yn uchel bob tro y deuai rhywun yn agos, cafodd y fraint o adael y twll i fynd i'r toiled mewn sied gyntefig yn y jyngl cyfagos. Roedd y tripiau hyn i'r tŷ bach yn ddihangfa, ac roedd gweld yr awyr a'r coed yn codi ei chalon ac yn ei hatgoffa bod bywyd yn mynd yn ei flaen y tu allan i'r twll. Ceisiodd Daniel wneud yr un tric, ond am ryw reswm ni chafodd yr un driniaeth, ac roedd yn gas ganddo orfod pw mewn bwced yng ngŵydd ei ffrind.

'Mae 'na rai manteision i fod yn fenywaidd,' meddai Rani.

Deuai rhywun â bwyd a diod iddynt deirgwaith y dydd, a chawsant fflachlamp i'w defnyddio, gyda rhybudd bod batris yn brin ac na fyddai 'na rai newydd ar gael am dridiau.

'Gawn ni gannwyll?' gofynnodd Rani unwaith.

'Na,' oedd yr ateb disymwth.

Gan ei bod hi'n dywyll trwy'r amser, roedd hi'n anodd gwybod pryd oedd nos a dydd, ond wrth gyfrif prydau bwyd gallent wybod faint o ddyddiau oedd yn mynd heibio.

Roedd digon o amser i feddwl, a sgwrsio. Roedd Nick yn poeni am beth oedd yn digwydd yn y tŵr yn ei absenoldeb. A fyddai Melissa wedi llwyddo i drwsio pwmp yr awyrydd? A fyddai'r babi'n cael ei eni'n iawn? Oedd 'na ddigon o drydan? Roedd Nick yn poeni am y cyflenwad bwyd, a'r dŵr. Roedd o'n poeni y byddai pobl yn methu cytuno yn ei absenoldeb, y byddai 'na ffraeo, neu broblemau technegol na fyddai neb ond ef yn medru eu datrys.

Pan nad oedd Nick yn rhestru trychinebau posibl, roedd yn synfyfyrio ar bosibiliadau ar gyfer y dyfodol. Hoffai gael mwy o bobl yn y tyrau, nawr eu bod nhw wedi profi eu bod yn lle saff i fyw. Byddai angen mwy o drydan – hoffai gael paneli solar a'u gosod ar fframwaith ar du allan y tŵr. Hoffai greu rhyw fath o system puro dŵr môr. Hoffai gael mwy o ardal tyfu bwyd y tu mewn i'r tyrau, mwy o ieir, mwy o erddi madarch. Popeth yr oedden nhw wedi ei wneud yn y tŵr cyntaf, fe ellid ei wneud eto yn yr ail dŵr, tybiai Nick, ac yna gellid dyblu'r boblogaeth, a byddai'r holl beth gymaint yn fwy cynaliadwy wedyn.

Fel arall roedden nhw'n pasio'r amser yn dysgu caneuon i'w gilydd ac yn trio cofio cerddi a storïau. Roedd gan Rani storfa o straeon gwerin ar ei chof, ac fe fyddai hi'n adrodd stori ar ôl swper bob nos.

Adroddodd Daniel stori Aqualung a Niloufar, gan ddisgrifio'r lluniau fel yr oedd yn eu dychmygu nhw, gan fod y rhan fwyaf heb eu cwblhau eto. Disgrifiodd y duwiau'n ymosod ar y byd, y tonnau anferthol a'r coedwigoedd ar dân.

'Mae'n edrych yn ddrwg ar y bobl druan,' meddai Rani. 'Be sy'n mynd i ddigwydd nesaf?'

'Wn i ddim. Dwi'n meddwl bod Demeter, duwies amaethyddiaeth, yn mynd i ymyrryd ar eu rhan nhw,' meddai Daniel. Meddyliodd am ychydig, ac yna meddai:

'Mae duwies yn ymddangos ar faes y gad. Mae hi'n cynrychioli Guanyin, Phosop, Thiên Y A Na, Devi Shri a Demeter, ond mae hi'n edrych fymryn yn debyg i Rani. "Pam ydych chi'n lladd fy mhobl i?" meddai hi.'

'Daniel, ti wedi darllen gormod o lyfrau straeon tylwyth teg,' meddai Nick.

'Mytholeg, llên gwerin. Dyna be sydd yn llyfrgell y twr,' meddai Daniel.

'Mae 'na ddigon o lyfrau ffiseg ac astronomeg a pheirianneg ac electroneg. Chdi sy'n dewis llenwi dy ben efo straeon ffantasi.'

Ddywedodd Daniel ddim byd. Ar ôl munud, meddai Rani:

'Edrych fel fi?'

'Yndi!' meddai Daniel. 'Wn i ddim pam, jyst fel'na dwi'n ei dychmygu hi.'

'Ydi hi'n mynd i achub y dydd?' gofynnodd Rani.

'Duwies trugaredd a charedigrwydd ydi Guanyin. Mae hi'n mynd i drio achub y bobl, yndi.'

'Pam wyt ti'n cymysgu'r duwiau i gyd i fyny fel'na? Ydi o ddim braidd yn ddryslyd?' gofynnodd Rani.

'Mmm. Un rheswm ydi i wneud y lluniau'n fwy diddorol. Mae'r cerfluniau clasurol o Zews, Poseidon a Hades yn debyg iawn i'w gilydd, ond mae Ra a Baron Samedi yn dod â rhywbeth gwahanol, newydd i'r llun. Ond ar wahân i hynny, mae 'na rai pethau sy'n eithaf cyffredinol rhwng traddodiadau. Mae 'na dduwiau sy'n rheoli'r awyr, duwiau sy'n rheoli'r dyfroedd, duwiau'r isfyd, duwiesau'r cnydau... Pam ddim eu cymysgu nhw o gwmpas? Mae eu rôl nhw'n rhywbeth tebyg.'

'Wyt ti wedi clywed y term "Perchnogi diwylliannol"?' gofynnodd Nick.

'Do, Dad,' meddai Daniel, gan rolio'i lygaid yn y tywyllwch.

'Wel, dyna wyt ti'n ei wneud, nage ddim?'

'Na, dwi'n hidlo trwy waddol miloedd o flynyddoedd o ddiwylliant y byd, sy'n eiddo i ni i gyd, rŵan ein bod ni wedi'n cymysgu a'n trawsblannu a'n disodli mor drylwyr, yn chwilio am bethau sy'n berthnasol i'r amser ydan ni'n byw ynddo.'

'Wow. Pryd ddysgaist ti ddadlau mor soffistigedig?' gofynnodd Nick.

'Yn gwrando arnat ti a'r deallusion yn mynd trwy'ch pethau.'

'Ti'n hogyn hy iawn, Daniel Lewis, ond dwi'n falch ryfeddol ohonot ti,' meddai Nick.

'Er bod ni i gyd mewn twll?' gofynnodd Daniel.

'Er bod ni i gyd mewn twll,' meddai Nick.

'Ydach chi eisiau clywed be sy'n digwydd nesa?' gofynnodd Daniel.

'Oes,' meddai Nick a Rani.

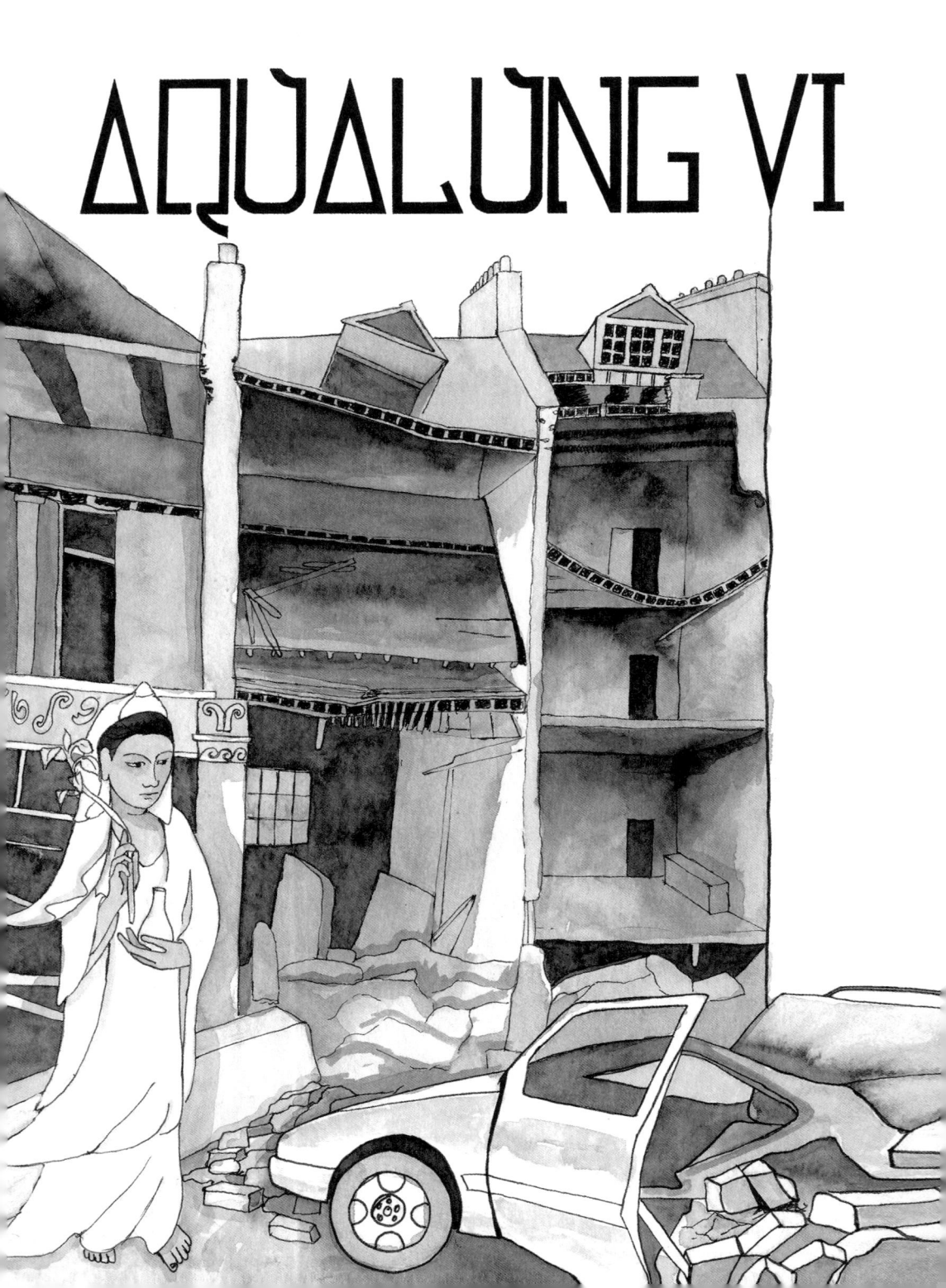

"DYDI HI BYTH YN RHY HWYR. YSTYRIWCH..."

BYRAMIDAU'R AIFFT

SIAMBRAU CLADDU'R HEN FRYTHONIAID

ANKOR WAT

Y TAJ MAHAL

YSTYRIWCH GILGAMESH, Y MABINOGI, BEOWULF. MEDDYLIWCH AM BOTICELLI, CARAVAGGIO, HOKUSAI, SHAKESPEARE, WALDO, BEETHOVEN, DATBLYGU.

"BETH AMDANYN NHW?"

"NEU MEDDYLIWCH AMDANOM NI'N HUNAIN. Y DUWIAU. DUWIAU GROEG, YR AIFFT, SGANDINAFIA, AWSTRALIA, CONGO. DUWIAU BACH A MAWR"

ROEDD 'NA DDUW I BOB CARREG A PHOB NANT ERS TALWM. DUW I BOB TYWYDD, A PHOB SEREN, POB CYFEIRIAD A PHOB LLIW. RYDYN NINNAU'N DRINHAU, YNGHYD Â'R RHINOSEROSIAID A'R SALAMANDRAU.

"BETH YDYCH CHI'N TRIO'I DDWEUD, GUANIN?"

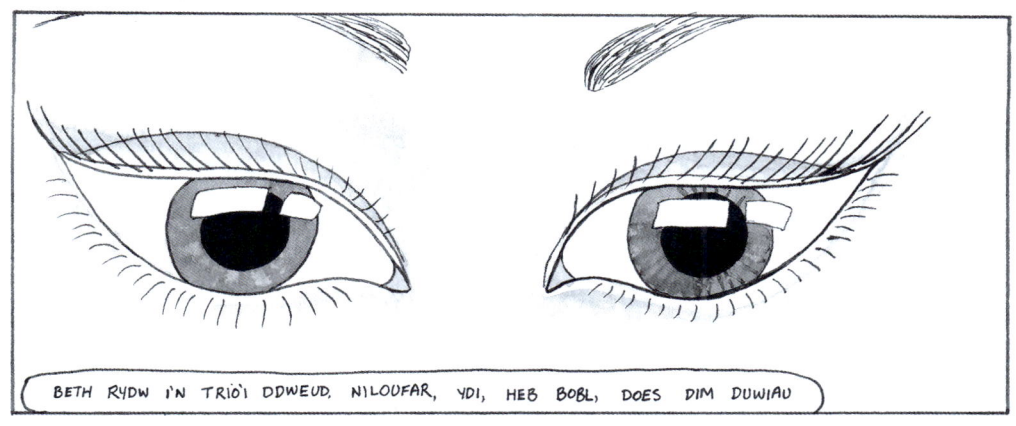

Er yr holl rannu storïau a sgwrsio, y prif beth ar feddyliau'r tri oedd sut i ddianc o'r twll, a beth oedd yn debygol o ddigwydd iddynt nesaf. Ceisiodd Rani gadw'i gafael mewn llwy yr oedd hi wedi ei chael i fwyta'i chawl un diwrnod, yn y gobaith y gellid ei defnyddio i balu eu ffordd allan. Ond fe sylwodd y gwarchodwr oedd yn gyfrifol amdanynt y diwrnod hwnnw, a'i gorfodi i'w rhoi yn ôl. Fe fu'r tri yn crafu ochrau'r twll gyda'u dwylo, ond roedd y ddaear yn syndod o galed, ac roedd eu hewinedd wedi dechrau hollti a'u bysedd yn gwaedu cyn iddyn nhw fod wedi gwneud unrhyw argraff sylweddol ar waliau'r twll. Roedd Daniel yn breuddwydio am gwffio gyda'u carcharwyr. Hoffai eu diarfogi gyda chic hedfanol, cymryd eu gynnau, a dianc trwy'r jyngl, ond doedd o erioed wedi mynd heibio i felt gwyrdd yn karate, ac roedd hynny flynyddoedd yn ôl pan oedd yn mynd i wersi ar ôl yr ysgol. Pan oedd yn dal yn blentyn.

Yn y pen draw, fu dim rhaid iddyn nhw ddianc. O fewn llai nag wythnos daeth chwech o'r pentrefwyr, dau ohonynt yn cario gynnau, a'u hebrwng i fyny'r ysgol ac allan o'r twll i oleuni'r dydd. Doedd Daniel a Rani ddim wedi gweld golau dydd ers pum diwrnod, a Nick ers bron i ugain. Roedd y goleuni yn eu dallu, ond ar ôl i'w llygaid ddod i arfer, roedd gweld dail gwyrdd y coed yn rhyddhad enfawr. Gallai Daniel deimlo ei ysgyfaint yn llacio a'i galon yn ymestyn. Pan sbeciodd plentyn bach arnynt o ddrws tŷ wrth iddyn nhw fynd heibio, ei lygaid duon mor ddiniwed a swil, ond yn mentro gwenu er hynny, synnodd Rani o sylwi bod dagrau yn cronni yn ei llygaid.

Fe'u hebryngwyd at adeilad mawr gyda tho gwellt ond dim waliau. Roedd torf o bentrefwyr yno, ond roedd hi'n dawel a threfnus, ac roedden nhw i gyd yn gwrando ar ddau oedd yn y canol yn trafod rhywbeth oedd yn amlwg o bwys mawr i bawb.

'Os gallwn ni eu diarfogi nhw, ac arfogi ein hunain ar yr un pryd, bydd gyda ni siawns go iawn o ennill.'

'Mae'n rhy beryglus ymosod yn agored fel'na. Mae tactegau *guerilla* yn fwy diogel ac yn fwy effeithiol.'

'Mor effeithiol fel eu bod nhw'n dal yma ar ôl chwe mis, yn cau amdanon ni a ninnau'n methu hyd yn oed mynd â'r reis i'r farchnad!'

'Does 'na neb o'r pentref wedi cael ei ladd!'

'Ond maen nhw wedi cymryd rheolaeth o'r caeau i lawr yr afon, ac mae dau o'r teulu yn fanno wedi colli eu bywydau. Dyna fydd yr hanes yn fan hyn hefyd, oni bai ein bod ni'n eu gyrru nhw i ffwrdd,' meddai rhywun oedd yn eistedd ar y llawr.

'Neu'n eu lladd nhw,' meddai dyn canol oed byr, cyhyrog mewn crys a fu unwaith yn goch.

'Eu lladd nhw! Wyt ti'n gwybod faint o filwyr sydd gan y Baracwda i lawr ar yr arfordir?'

'Dim ots am hynny, lladd y rhai sy'n dod ffordd hyn. Eu cadw nhw draw.'

'Dyma'r carcharorion,' meddai'r ffigwr yn y canol, dyn urddasol a phwyllog, yn gwisgo het big a chrys-T tyllog fel y lleill.

Arweiniwyd Nick a Daniel a Rani i ganol y cylch.

'Rydyn ni wedi'ch dal chi yn gwneud gwaith y Baracwda, y tri ohonoch, ac oherwydd hynny, rydym yn eich ystyried chi'n elynion,' meddai'r dyn yn y crys coch.

'Aros funud, Quan,' meddai'r dyn yn yr het big. Roedd

hwn yn un o'r dynion oedd wedi herwgipio Daniel a Rani ar yr afon.

'Tam ydw i, rydan ni wedi cyfarfod o'r blaen. Dyma Quan,' meddai gan amneidio ar ei gyd-drafodwr. 'A dyma drigolion eraill Lang Song, ein pentref.' Amneidiodd ar y dorf oedd wedi ymgasglu.

'Ai chi yw'r penaethiaid?' gofynnodd Nick.

'Na, dim yn union. Dim ond mai ni sydd â barn gref am beth y dylid ei wneud am y Baracwda, ac amdanoch chithau. Mae gan bawb sy'n bresennol hawl i gymryd rhan yn y drafodaeth, ac fe fyddwn ni'n gwneud ein gorau i ddod i benderfyniad sy'n plesio pawb yn y pen draw.'

'Trwy bleidlais?' holodd Nick.

'Dim ond os oes raid,' meddai Tam.

'Trwy gonsenws, felly?' meddai Nick.

'Os mai dyna wyt ti eisiau'i alw fo. Trwy drafodaeth.'

'Gwych. Tebyg iawn i beth ydan ni'n trio'i wneud yn y tŵr,' meddai Nick. 'Dydyn ni ddim yn credu mewn hierarchaeth.'

'Na ninnau. Ond dydyn ni ddim yn credu mewn malu awyr yn ddiddiwedd chwaith, felly mae angen cadeirydd fydd yn llym ond yn deg. Hai Hien, wyt ti'n fodlon?'

Safodd Hai Hien ac ymlwybro rhwng y bobl oedd yn eistedd ar y llawr at y canol. Roedd gan Hai Hien wallt hir, a gwisgai ddillad llac, llwydfrown, a bag defnydd lliwgar ar ei ysgwydd. Doedd hi ddim yn amlwg ai dyn neu ddynes ydoedd, ac er bod ei lais yn dawel, roedd yn siarad gydag awdurdod digynnwrf, a'r pŵer i gadw pawb yn dawel a sicrhau bod pawb yn cael ei glywed.

'Croeso i'r cyfarfod,' meddai Hai Hien. 'Croeso i chi, fy mrodyr a chwiorydd, croeso i ysbrydion a duwiau'r mynydd, yr afon, a duwies y reis. A chroeso i'n gwesteion, ein carcharorion, ein brodyr a'n chwaer sydd wedi dod o bell iawn i ymyrryd yn ein bywydau, er gwell, er gwaeth. Does gennym ni ddim malais yn eich erbyn, os does gennych chi ddim yn ein herbyn ni.'

Edrychodd yn hir ar Nick, gan wneud iddo feddwl y dylai ddweud rhywbeth.

'Rydw i wedi egluro wrth nifer ohonoch chi'n barod,' meddai Nick. 'Dydw i ddim yn aelod o'r Baracwda. Roeddwn i'n teithio i fyny'r afon i chwilio amdanoch chi, am fy mod eisiau masnachu ein cynnyrch o'r tŵr am reis, gan na fuoch chi yn y farchnad. Does gen i ddim bwriad drwg yn eich erbyn. Ond cefais fy stopio gan batrôl o filwyr ifanc yn perthyn i'r Baracwda. Yna cefais ganiatâd i barhau â'm taith, ond fy mod yn cario neges i'w gwersyll nhw islaw fan hyn, a darnau ar gyfer eu system radio sydd, fel y gwyddoch, wedi torri. Fe fûm i'n ddigon gwirion i gytuno i'r fargen, ond cefais fy nal gan Tam a'r lleill ar yr afon cyn dod at y gwersyll, ac rydych chi'n gwybod beth ddigwyddodd wedyn.'

'Wyt ti'n gwybod rhywbeth am y system radio?' gofynnodd Quan yn annisgwyl.

'Mae'n rhaid mai rhyw fath o uned trosdderbynnydd symudol ydi o. VHF-FM, siŵr o fod. Pam ydych chi'n gofyn?' meddai Nick.

'Rydan ni'n ystyried y posibilrwydd o ddefnyddio'r radio yn eu herbyn, ond fe fyddai'n rhaid ei drwsio'n gyntaf. Mae'r darnau angenrheidiol gennym ni, diolch i ti, ond does neb yn y pentref sy'n deall radios ddigon i'w drwsio. Fyddet ti'n gwybod sut i wneud?'

'Roedd fy nhad yn dipyn o arbenigwr radio, ac fe fues i'n helpu i drwsio hen setiau efo fo pan oeddwn i'n hogyn. Roedd o'n hoffi gwrando i mewn ar donfeddi'r heddlu lleol a'r gyrwyr lorïau. Ond roedd hynny flynyddoedd yn ôl.'

'Ond rwyt ti wedi trwsio radios VHF?' gofynnodd Tam.

'Do. Debyg y byddwn i'n medru gweithio allan beth oedd o'i le. Ond pam ydach chi eisiau trwsio radio'r gelyn?'

'Quan?' meddai Hai Hien.

'Mae gen i gynllun,' meddai Quan. 'Un ymosodiad mawr, ac fe fydd yr holl beth drosodd. Fe fyddwn ni angen eich help chi, a thrwy hynny gallwch chi ennill ein pardwn am eich gweithredoedd ar ran y Baracwda, ac fe wnawn ni eich rhyddhau.'

Edrychodd Rani a Daniel ar ei gilydd.

'Amlinella'r cynllun,' meddai Hai Hien.

'Bydd y llanc a'r ferch yn tynnu sylw'r milwr sy'n gwarchod y babell lle mae'r radio'n cael ei gadw. Yno mae'r storfa arfau hefyd.'

'Beth? Pam ni?' meddai Rani.

'Am eich bod chi wedi bod yn cario bwledi i'r Baracwda, am fod yn rhaid i chi ein helpu ni cyn i ni ymddiried ynddoch chi a gadael i chi fynd. Ond yn bennaf am eich bod chi'n ddieithriaid. Dydych chi ddim yn edrych fel ni. Fyddan nhw ddim yn eich amau chi. Bydd yn rhaid i chi gymryd arnoch eich bod chi ar drip gwersylla gerllaw, ac wedi mynd ar goll, neu wedi colli ci, rhywbeth o'r math yna.'

'Gwersylla? Ydi pobl yn dal i wneud hynny?' gofynnodd Rani.

'Ydyn, pobl ifanc sydd eisiau dianc oddi wrth eu rhieni. Mae 'na le ar ochr arall y mynydd lle mae rhaeadrau a phyllau nofio enwog yn yr afon. Mae pobl yn gwersylla yno'n aml.'

Rhyfeddodd Rani. Allai hi ddim dychmygu bywyd lle'r oedd mynd ar drip gwersylla yn gwneud synnwyr, bellach. Ond rhaid bod pethau'n fwy normal i rai pobl. Tawodd.

'Fydden nhw ddim yn gwybod amdanon ni?' gofynnodd Daniel. 'Rydan ni wedi dod i gysylltiad â'r Baracwda ddwy neu dair gwaith, ac roedden ni i fod i'w cyfarfod nhw gyda'r cargo o fwledi.'

'Ond wnaethoch chi ddim. Dydi'r radio ddim yn gweithio. Ddaru'r neges roedd Nick yn ei chario ddim cyrraedd. Rydan ni wedi sicrhau nad ydyn nhw ddim mewn cysylltiad â'r penaethiaid i lawr ar y glannau. Maen nhw'n aros am gyfarwyddiadau, am gyflenwad o fwledi, o fwyd, neges o unrhyw fath, ond does dim byd wedi cyrraedd ers wythnosau. Maen nhw'n dechrau poeni, ond y gorchymyn diwethaf gawson nhw oedd i aros am gyfarwyddyd pellach, felly dyna beth maen nhw'n ei wneud. Dydyn nhw ddim yn ymwybodol o'ch bodolaeth chi.'

'Rydach chi'n gwybod llawer amdanyn nhw,' sylwodd Nick.

'Rydan ni'n gwybod ble ac ar ba adegau maen nhw'n mynd ar batrôl, rydan ni'n gyfarwydd â chynllun y gwersyll. Rydan ni'n gwybod faint a sut fath o gychod sydd ganddyn nhw, a pha arfau sydd ganddyn nhw. Rydan ni'n gwybod faint o bobl sydd yno a'u henwau ac enwau eu teuluoedd. Rydan ni'n gwybod faint o fwyd sydd ganddyn nhw, beth maen nhw'n ei fwyta i frecwast a pha ymarferion maen nhw'n eu gwneud i gadw'n heini. Rydan ni'n gwybod pwy sy'n hoffi pêl-droed a pwy sy'n wyllt am griced. Rydan ni wedi bod yn eu gwylio nhw bob awr o bob dydd.'

'Felly. Ac ydych chi'n teimlo'u bod nhw'n fygythiad i'r pentref?' gofynnodd Nick.

'Yn amlwg. Rydyn ni'n gwybod eu bod nhw. Mae 'na gaeau ar gyrion y pentref lle mae dau deulu'n tyfu reis. Fe gyrhaeddodd y Baracwda jyst cyn y cynhaeaf, a thra oedd y ffermwyr yn cynaeafu'r reis, roedden nhw'n sefyll ar ymylon y caeau gyda'u gynnau. Pan oedd y reis wedi ei baratoi i fynd i'r farchnad neu'r storfa, i gyd mewn sachau, fe gymeron nhw dri chwarter y cnwd. Treth, medden nhw, am warchod y fferm. Pan wrthwynebodd y ffarmwr, fe gafodd ei saethu yn ei ben. Yr unig reswm dydyn nhw ddim wedi dod yma i wneud yr un peth i ni ydi eu bod nhw'n brin o fwledi.'

'Sut hynny? Mae popeth arall ganddyn nhw,' meddai Nick.

'Fe sleifiodd mab y ffarmwr i'r gwersyll a dwyn dau focs o getris. Roedd o wrthi'n dianc yn ei ganŵ pan sylweddolodd y milwr ar ddyletswydd beth oedd wedi digwydd a dechrau saethu o'r lan. Trodd mab y ffarmwr ei ganŵ drosodd, gan wasgaru'r bwledi ar hyd gwaelod yr afon, a llwyddodd i ddianc, diolch byth. Roedd o wedi eu diarfogi dros dro, ond wrth gwrs, mi ddaru nhw yrru negesydd i lawr yr afon i ofyn am fwy. Roedd hynny cyn i ni sylweddoli bod rhaid i ni reoli'r traffig ar yr afon a pheidio gadael i unrhyw neges fynd trwodd.'

Nodiodd Nick. 'Mi wna i eich helpu chi os galla i,' meddai.

Aeth y drafodaeth yn ei blaen, yn sôn am dactegau a phwy fyddai'n aros yn lle, a sut fydden nhw'n gwagio'r storfa arfau ac yn amgylchynu'r gwersyll. Roedd Daniel yn teimlo'n fwy a mwy sâl wrth glywed hyn i gyd, ac roedd ganddo deimlad drwg iawn. Edrychodd ar Rani. Roedd ganddi olwg daer, ofnus yn ei llygaid.

'Sut ydan ni'n mynd i'w darbwyllo nhw mai eu capten sy'n siarad ar y radio?' gofynnodd Nick.

'Mae Hai Hien yn un da am ddynwared,' meddai Quan.

'Dyma eich Capten Li yn siarad,' meddai Hai Hien, yn cymryd arno siarad i mewn i radio, mewn llais oedd yn swnio'n hollol wahanol i'w lais ei hunan.

'Wow!' meddai Rani, yn anghofio'i phryder am eiliad. 'Am actor gwych!'

'Arhoswch funud,' meddai Daniel, gan synnu ei hunan. Doedd o ddim wedi rhagweld ei fod am ddweud unrhyw beth, ond ni allai ei rwystro'i hun. 'Mae'n rhaid bod 'na ffordd arall.' Roedd pawb wedi tewi, ac yn edrych arno. Teimlai bwysau eu disgwyliadau yn dirgrynu yn ei ben.

'Maen nhw'n filwyr profiadol, wedi eu hyfforddi a'u harfogi. Dydych chi ddim yn meddwl bod ymosod arnyn nhw'n risg fawr i'w chymryd?'

'Yn union, mae'r hogyn yn siarad synnwyr!' meddai Tam.

'Oes gen ti syniad gwell?' gofynnodd Quan.

Edrychodd Daniel o'i amgylch, edrychodd ar Rani. Roedd ei ben mor wag â'r awyr ar ddiwrnod clir. Ond roedd rhaid iddo ddweud rhywbeth. Roedd rhaid atal y frwydr wallgof 'ma oedd yn siŵr o droi'n lladdfa. Roedd gweld y dorf yn troi'n gas dros brinder dŵr ar Ynys Halen wedi dychryn Daniel, a doedd o ddim eisiau gweld neb arall yn cael ei saethu.

'Demeter!' meddai o'r diwedd, rhwng panig ac ysbrydoliaeth. 'Duwies amaethyddiaeth. Difetha'r cnydau. Gallwch chi gymryd arnoch nad oedd 'na ddim cnwd. Bod y reis wedi methu. Os does yna ddim reis, fydd 'na ddim byd i'w ddwyn, dim rheswm i'r Baracwda fod yma. Fe ân nhw i ffwrdd, heb i neb arall gael ei ladd.'

'Malltod reis,' meddai Tam. 'Mae o wedi digwydd yn y gorffennol bod y rhan fwyaf o'r cnwd wedi ei golli i afiechydon.'

'Lol!' meddai Quan. 'Rydan ni wedi bod yn eu gwylio nhw, fedri di fod yn reit siŵr eu bod nhw wedi bod yn ein gwylio ninnau hefyd. Fe fydden nhw wedi ein gweld ni'n dod â'r cynhaeaf i mewn. Maen nhw'n gwybod ble mae'n storfeydd ni. Malltod reis, wir! Dydyn nhw ddim yn wirion!'

'Mae Quan yn iawn,' meddai rhywun o'r llawr. 'Fedrwn ni ddim eu twyllo nhw ynglŷn â'r cnwd.'

'Na, mae'n debyg eich bod chi'n iawn,' meddai Hai Hien. 'Roedd yn syniad da, Daniel, ac mae atal trais bob amser yn well os yw'n bosibl, ond mae'n wir eu bod nhw'n gwybod bod gyda ni stôr o reis. Maen nhw'n aros am eu bwledi, ac yna fe fyddan nhw'n ymosod arnon ni. Mae'n debyg fod trais yn anochel.'

Eisteddodd Daniel ar y llawr wrth ymyl Rani, a'r ofn yn cnoi twll yn ei stumog.

'Wnest ti drio,' meddai Rani'n dawel, gan roi ei llaw ar ei fraich.

32

Cerddodd Daniel a Rani i lawr yr allt, yn chwerthin ac yn jocian yn nerfus, ac yn gweiddi 'Coco' bob hyn a hyn, fel petaent yn chwilio am gi coll. Roedd Daniel yn cario hen bêl-droed. Wnaethon nhw ddim stopio ar ymyl y goedwig, dim ond cerdded yn hyderus allan o gysgod y coed, at y milwr oedd yn eistedd ar gadair galed y tu allan i'r babell lle'r oedd yr arfau a'r radio'n cael eu cadw.

'Hia,' meddai Daniel, wrth i'r milwr sefyll i fyny.

'Mae hwn yn wersyll preifat,' meddai'r milwr, 'does dim mynediad i'r cyhoedd.'

'O, iawn. Sori,' meddai Daniel. 'Chwilio am gi ydan ni. Ci bach brown. Mwngrel. Cyfeillgar ofnadwy. Coco ydi ei henw hi. Oedden ni jyst yn chwarae pêl-droed wrth ymyl y gwersyll yr ochr arall i'r bryn, ac mi redodd i ffwrdd i mewn i'r coed. Dydach chi ddim wedi ei gweld hi, naddo?'

'Na.'

'Mae hi'n gwneud hyn weithiau. Ci bach drwg ydi hi. Ond mae fy chwaer yn ei charu, fydd 'na ddagrau heno os na chawn ni hyd iddi. Oes gynnoch chi gi?'

'Na. Ond mae fy mab i wedi dofi deryn maina.'

'Do? Wow! Dwi wrth fy modd efo adar. Ydi o'n byw yn y tŷ efo chi?'

'Na, ond mae o'n dod bob dydd i gael gweddillion reis o waelod y sosban. Mae'r hogyn yn meddwl y bydd o'n medru dysgu iddo siarad.'

'Mae rhai yn medru!' meddai Daniel. 'Oedd gen i ffrind ers talwm, oedd ganddo fo barot llwyd oedd yn medru dweud y pethau mwyaf ofnadwy. Ewythr fy ffrind oedd wedi dysgu iddo regi. Doedd o ddim yn deg ar y deryn, doedd o ddim yn deall beth oedd o'n ei ddweud, nac oedd?'

Bownsiodd Daniel y bêl ar y llawr, ac yna rhoi pen-glin iddo at Rani. Ciciodd hithau'r bêl yn fwriadol flêr i gyfeiriad y giard, a chiciodd yntau hi at Daniel.

'Pa fath o le ydi hwn, felly?' holodd Rani'n ddiniwed, gan bwyntio at y pebyll. Doedd neb i'w weld o gwmpas. Dyma'r awr boeth, dawel cyn cinio. Doedd patrôl y bore ddim wedi dychwelyd eto, roedd y shifft nos yn cysgu, roedd y cogyddion yn brysur yn y babell gegin, a'r tîm arall oedd ar ddyletswydd i lawr wrth yr afon yn atgyweirio a glanhau un o'r cychod.

'Gwersyll Gwarchodwyr Glannau'r Hen Ddinas ac Ynysoedd y Gorllewin.'

'Nid yr hen ddinas ydi fan hyn,' meddai Daniel. 'Nac Ynysoedd y Gorllewin, o ran hynny.'

Cododd y milwr ei ysgwyddau.

'Amddiffyn rhag bandits, felly?' meddai Rani.

'Ie. Edrych ar ôl y bobl leol. Mae 'na lot o bobl ddrwg o gwmpas dyddiau 'ma. Ddyliech chi'ch dau ddim bod yn cerdded o gwmpas ar eich pennau'ch hunain.'

'O, 'dan ni'n iawn,' meddai Daniel. 'Does 'na ddim pwynt ein herwgipio ni, does gan ein rhieni ni ddim byd i'w gyfnewid amdanon ni!'

'Dydi hynny'n gwneud dim gwahaniaeth. Mi wneith rhai o'r gangiau 'ma herwgipio rhywun jyst am eu bod nhw'n digwydd bod yn y lle anghywir ar yr adeg anghywir. Hyd yn oed heb bridwerth. Maen nhw'n gwneud i bobl weithio iddyn nhw, fel caethweision.'

'Dydych chi ddim am ein caethiwo ni?' meddai Rani, yn cymryd cam yn ôl.

'Na! Wrth gwrs ddim. Dydyn ni ddim yn gwneud pethau

felly. Ond mae 'na gang i fyny'r afon fasa ddim yn meddwl ddwywaith am wneud.'

'Ti'n hoffi pêl-droed?' holodd Daniel yn sydyn.

'Fi oedd capten tîm fy ysgol am dair blynedd, wedyn fe fues i'n chwarae i dîm y dref, ac yn hyfforddi'r tîm ieuenctid. Pêl-droed oedd fy mywyd i cyn hyn.'

Roedd Daniel, wrth gwrs, yn berffaith ymwybodol o hyn ymlaen llaw, oherwydd y gwaith ysbïo'r oedd y pentrefwyr wedi bod yn ei wneud. Dyna pam roedd wedi dod â phêl-droed gydag o.

'Wir? Mae hynna'n anhygoel,' meddai Daniel. 'Fedri di fy nysgu fi i wneud cic beic?'

'Cic beic?'

'Ie, cicio'r bêl am yn ôl dros dy ben i mewn i'r gôl.'

'O! Ie. Anodd. Ymm. Wel, does dim lot o le yn fan hyn,' meddai'r milwr, yn gwenu. Roedd wedi anghofio popeth am warchod y babell arfau.

'Draw fanna, mae hi'n fwy clir,' meddai Daniel, yn pwyntio at ardal wastad lle'r oedd y jyngl wedi cael ei glirio i'r milwyr wneud eu hymarferion, fymryn islaw'r gwersyll.

'Dydw i ddim i fod i adael fy safle wrth y babell 'ma,' meddai'r milwr, gan gofio'n sydyn am ei waith.

'Does 'na neb o gwmpas,' meddai Daniel. 'Mi wneith Parvati aros yn fan hyn. Os oes rhywun yn dod yn agos, Parvati, jyst dyro chwiban, ac fe ddown ni'n ôl yn syth.'

Nodiodd Rani'n ufudd.

'Wel… Iawn 'ta,' meddai'r milwr. 'Ond cofia, y munud ti'n gweld rhywun, unrhyw un o gwbl, hyd yn oed os ydyn nhw'n amlwg yn rhan o'r gwersyll yma, dyro chwiban.'

Arweiniodd y milwr y ffordd at y tir gwastad.

'Mae'r bêl 'ma braidd yn fflat gen ti,' meddai, gan fownsio'r bêl ar y ddaear. 'Ta waeth, mi wneith y tro… Teo ydi fy enw i.'

'Hari,' meddai Daniel.

'Iawn, Hari. Eisiau ymarfer cicio dros dy ben am yn ôl, y gic beic, fel ti'n ei galw hi, ie? Beth am wneud ychydig o gics eraill mwy arferol yn gyntaf, i gynhesu?'

Y munud roedd Teo wedi mynd o'r golwg, rhoddodd Rani arwydd gyda'i dwylo, a cherddodd Nick, Hai Hien a Quan allan o'r jyngl ac i mewn i'r babell yr oedd hi'n awr yn ei gwarchod. Aeth Nick ati'n syth i dynnu'r clawr oddi ar y radio, ac o fewn munudau roedd ganddo ddarnau electronig wedi eu gwasgaru ar hyd y bwrdd o'i flaen. Gafaelodd Quan a Hai Hien mewn dwy reiffl yr un oddi ar y rac oedd yn erbyn wal gefn y babell, a'u cario i'r jyngl lle'r oedd cadwyn o bentrefwyr yn aros i'w cludo ymaith. Gwnaeth y ddau y trip yma bedair gwaith eto, gan gludo'r holl arfau llaw – un deg chwech o ynnau i gyd – allan o'r babell.

Yn y cyfamser, roedd Nick wedi dod o hyd i'r broblem, ac wedi sodro'r darn newydd yn ei le a rhoi'r radio'n ôl at ei gilydd. Rhoddodd yr uned ddarlledu yn llaw Hai Hien. Pwysodd Hai Hien y botwm, a dweud mewn llais hyderus, awdurdodol:

'Ga i eich sylw, bob uned? Capten Li sy'n siarad. Neges frys. Mae argyfwng wedi codi. Pob uned i adrodd i'r gwersyll. Rwy'n ailadrodd: pob uned i ddychwelyd i'r gwersyll ar unwaith. Argyfwng. Allan.'

Yna roedd hi'n amser gadael. Brasgamodd Nick o'r babell.

'Amser mynd,' meddai'n frysiog wrth Rani, a cherddodd y ddau tuag at y jyngl. Roedd Hai Hien a Quan y tu ôl iddynt, a gallai Rani glywed Daniel yn y pellter yn dweud,

'Mae hynna'n anhygoel, diolch yn fawr...'

Yr eiliad wedyn clywodd floedd, wrth i'r milwr oedd efo

Daniel weld Hai Hien a Quan yn diflannu i'r coed. Clywodd wn yn saethu. Un, dwy, tair ergyd fyddarol, ac roedd hi wedi fferru, allai hi ddim gweld trwy'r coed beth oedd yn digwydd, ond teimlodd rywbeth yn rhuthro heibio, a gwelodd Nick yn llamu dros foncyff coeden, yn rhedeg yn ôl i lawr am y gwersyll, a reiffl yn ei law. Yna clywodd un ergyd arall o'r gwn, a Nick yn gweiddi:

'Rheda!'

Eiliadau wedyn ailymddangosodd Nick yn baglu trwy'r dail a'r brigau, ei wyneb yn welw a sioc amlwg yn ei lygaid.

'Rhedwch, rhedwch, rŵan!' gwaeddodd Nick, gan ddod yn ôl i'r golwg, a rhedodd pawb i fyny'r allt serth oedd yn mynd ymlaen ac ymlaen, a'u coesau'n pwmpio'n wyllt, a'r aer yn rhuthro i'w hysgyfaint, a meddwl Rani ar ddim byd ond dianc mor bell i ffwrdd ag y gallai oddi wrth y sŵn saethu, oedd yn dal rywle y tu ôl iddyn nhw. Wyddai hi ddim beth oedd wedi digwydd, dim ond bod ei bywyd mewn perygl, ac roedd ei chorff yn ymateb gyda rhuthr gwyllt o adrenalin a'i cariodd hi i ben yr allt ac i lawr yr ochr arall i'r dyffryn ar gyflymder anhygoel. Roedd hi'n ymwybodol o bobl eraill yn rhedeg trwy'r coed i'r un cyfeiriad â hi, a sylweddolodd ar ôl peth amser mai Daniel oedd un ohonynt. Fe lwyddodd i ddianc, felly. Diolch byth. Sut mai dim ond rŵan roedd hi'n meddwl amdano? Roedd hi'n synnu ati ei hunan. Roedd y sŵn saethu'n swnio'n bellach i ffwrdd rŵan, ond roedd mwy ohono. Rhaid bod y pentrefwyr wedi dechrau saethu'n ôl. O'r diwedd gwelodd fod Quan, oedd o'i blaen, yn arafu, a chyn bo hir roedden nhw wedi cyrraedd y guddfan lle'r oedd y pentrefwyr wrthi'n llwytho rhai o'r gynnau yr oedden nhw wedi'u dwyn gyda'r bwledi yr oedd Daniel a Rani wedi eu cludo, ac yn eu dosbarthu i'r criw oedd yn mynd i ymosod ar y gwersyll o'r ochr arall.

Taflodd Rani a Daniel eu hunain ar y llawr, allan o wynt ac mewn rhyw fath o banig dall.

Claddodd Daniel ei wyneb ymysg y dail crin, ei ysgwyddau'n ysgwyd. Rhoddodd Rani ei llaw ar ei gefn.

'Daniel. Ti'n iawn?'

Allai Daniel ddim ymateb. Roedd newydd weld Teo yn saethu Hai Hien yn ei gefn wrth iddo ddianc am y jyngl. Roedd Hai Hien wedi disgyn, yna o fewn eiliadau roedd Nick wedi ffrwydro allan o'r jyngl a saethu Teo yn ei frest. Roedd Daniel wedi syllu o un i'r llall, y ddau yn gwaedu yn y llwch. Roedd Hai Hien wedi marw. Roedd o a'i wyneb i lawr, a'i freichiau ar led, a phwll o waed yn ymledu oddi tano. Wyddai Daniel ddim sut roedd o'n gwybod, ond fe wyddai. Roedd Teo, ar y llaw arall, yn syllu ar yr awyr, â golwg syfrdan ar ei wyneb. Anadlodd unwaith, a thra oedd Daniel yn gwylio, aeth y goleuni allan o'i lygaid.

'Oeddwn i'n chwarae pêl-droed efo fo funud yn ôl!' oedd y cyfan allai Daniel ei ddweud. Ymddangosodd Nick wrth ei ymyl.

'Daniel. Mi oeddet ti'n ddewr, mi wnest ti chwarae dy ran yn anhygoel. Dwi'n falch iawn ohonat ti,' meddai.

'Mae o wedi marw!' meddai Daniel, mewn rhyfeddod a sioc.

'Dim arnat ti mae'r bai,' meddai Nick.

Syllodd Daniel ar ei dad.

'Ar bwy felly?' gofynnodd.

'Dydi didoli bai ddim yn mynd i helpu neb, Daniel. Y sefyllfa oedd y drwg. Ddylen ni fod wedi bod allan o'r golwg cyn i'r gard ddod yn ôl, ond doedden ni ddim yn ddigon sydyn. Dim arnat ti oedd y bai am hynny.'

Roedd Daniel yn teimlo'n sâl. Doedd dim byd yn gwneud synnwyr. Roedd ei dad yn dal i siarad, yn trio'i gysuro, ond doedd Daniel ddim yn medru clywed y geiriau. Roedd ei dad newydd ladd dyn. Dyn ifanc, oedd yn hoffi pêl-droed, ac yn dad i hogyn oedd wedi dofi aderyn. A rŵan roedd o'n ymddwyn fel petai dim byd wedi digwydd.

'Rŵan mae'r frwydr yn dechrau,' meddai Nick. 'Mae dynion y Baracwda'n dewis y bywyd yna, gan wybod bod trais yn rhan ohono.'

Roedd golau'r haul yn dod trwy'r dail yn lliw gwyrdd asidig, rhy lachar, rhy siarp. Baglodd Daniel ar ei draed a chymryd dau neu dri cham cyn taflu i fyny. Gafaelodd Nick yn ei fab, ei dynnu i'w gôl, a'i siglo fel petai'n blentyn bach. Ni wrthwynebodd Daniel. Syllodd Rani arnynt, yn teimlo dim byd mawr tywyll ym mhwll ei stumog.

Roedd y pentrefwyr wedi diflannu i ymuno yn y frwydr. Roedd Quan yn arwain y criw oedd yn mynd i sleifio o ochr arall y dyffryn tra oedd y criw cyntaf yn ymosod yn ymyl y babell arfau. Y cynllun oedd sicrhau bod dynion y Baracwda i gyd yn y gwersyll a'u hamgylchynu. Yn y cyfamser, byddai'r afon yn glir, a gellid mynd â'r cwch reis i'r farchnad. Roedd cychod Nick a Daniel hefyd wedi cael eu tynnu o'u cuddfan yn y jyngl, a'u llwytho gyda'r reis roedd Nick wedi ei gyfnewid am y pysgod a'r halen a'r jariau o lysiau wedi'u cadw. Roedd rhywun o'r pentref wedi dod â'r cychod i lawr at gei'r Baracwda ar yr afon, i Nick, Daniel a Rani gael gadael cyn gynted ag yr oedd eu rhan nhw o'r cynllun wedi ei gweithredu.

'Mae'n rhaid i ni fynd,' meddai Nick, yn addfwyn, gan fwytho gwallt Daniel. Edrychodd Daniel arno. Roedd wedi drysu'n lân, gyda delweddau echrydus o Hai Hien a Teo yn gwaedu yn y llwch, a'r teimlad sâl, euog, wedi ffieiddio, yn corddi yn ei stumog. Ond roedd o'n ymddiried yn ei dad, er gwaethaf popeth. Nodiodd. Safodd ar ei draed, yn simsan i ddechrau, ond unwaith yr oedd wedi dechrau cerdded gallai roi un droed o flaen y llall yn fecanyddol, ac roedd hynny'n help iddo beidio â gorfod meddwl. Cerddodd y tri ohonynt trwy'r jyngl am ddwy neu dair milltir, gyda sŵn ergydion gynnau'n tanio yn y pellter o hyd. Ceisiodd Rani beidio meddwl am beth oedd yn digwydd yn y gwersyll.

Wrth ddod at yr afon, daeth cwch i'r golwg. Cwch hwylio, gyda'r hwyl wedi plygu, a thîm o chwech yn rhwyfo i lawr yr afon – cwch y pentrefwyr yn cario'r reis i Ynys Halen i'r farchnad. Cododd y wraig oedd wrth y llyw ei llaw mewn salíwt fuddugoliaethus wrth basio.

31

Tynnodd Nick y cortyn i danio injan y cwch, ac i ffwrdd â nhw, gan adael dryswch y frwydr o'u holau, gyda chwch modur Nick yn tynnu canŵ Daniel i lawr yr afon. Eisteddodd Daniel yn nhu blaen y cwch a'i ben yn ei blu. Eisteddodd Rani wrth ei ochr. Roedd Nick yn y tu ôl, yn tyrchu trwy ei fag, yn chwilio am rywbeth. Edrychodd Rani ar Daniel, ei hwyneb yn gonsýrn a charedigrwydd i gyd. Teimlodd Daniel don o serch tuag ati, y ferch glyfar, garedig hon oedd wedi bod trwy gymaint gydag o. Heb aros i feddwl na dadansoddi, heb sylwi, bron, beth roedd yn ei wneud, rhoddodd gusan iddi ar ei gwefusau. Syllodd Rani arno, yn syfrdan, ond heb wylltio.

'Daniel!' meddai.

'Sori. Dwi mewn stad. Ddylwn i ddim...'

'Mae'n iawn,' meddai hithau, yn adennill ei hunanfeddiant ac yn edrych i ffwrdd, i ganol y coed, fel pe bai'n chwilio am aderyn prin. Ar ôl hynny doedden nhw ddim yn gwybod beth i'w ddweud wrth ei gilydd. Doedden nhw ddim yn meiddio edrych ar ei gilydd, hyd yn oed. Ond ar ôl deg munud, teimlodd Daniel law Rani yn ei law ef, ac edrychodd arni. Roedd hi'n gwenu'n gyfeillgar.

'Ti wedi bod trwy lot,' meddai Rani, fel pe bai hynny'n egluro ei ymddygiad.

'A tithau!'

'Wnes i ddim gweld beth ddigwyddodd. Wyt ti eisiau dweud wrtha i beth welest ti?'

'Na. Dim rŵan. Ella... Rhywbryd. Dwi ddim yn gwybod. Dwi jyst eisiau eistedd yn yr haul a pheidio meddwl, ar y funud.'

'Digon teg,' meddai Rani, a thynnodd ei llaw yn ôl. Dydi hi ddim yn dal dig, o leiaf, meddyliodd Daniel. Am lembo fues i'n ei chusanu hi fel'na! Dydi hi ddim yn meddwl amdana i fel'na. Ffrind, neu frawd, efallai, os ydw i'n lwcus. Dim byd mwy.

Roedd sŵn injan y cwch yn boddi eu sgwrs o ble'r oedd Nick yn eistedd, ond fe sylwodd y tri ohonyn nhw ar batrôl Baracwda'n mynd heibio wrth iddyn nhw adael ceg yr afon. Doedd y newyddion am yr ymosodiad ar y gwersyll heb gyrraedd eto, a'r cyfarwyddyd diwethaf i'r cychod patrôl ei gael oedd i adael i Nick, Daniel a Rani basio pan ddeuent yn ôl wedi cyflawni eu gorchwylion. Gwyddai Nick y byddai'r newyddion yn cyrraedd yn fuan, ac y gallai'r Baracwda benderfynu dial arnynt yn y tyrau unrhyw bryd. Byddai'n rhaid cael sgwrs gyda Mikey am eu hamddiffynfeydd.

Cymerodd y daith yn ôl i'r tŵr bedair awr. Roedd Daniel eisiau osgoi meddwl am bopeth oedd wedi digwydd. Doedd o ddim eisiau meddwl am Hai Hien yn cael ei saethu yn ei frest ac yn disgyn i'r llawr, nac am Nick yn camu o gysgod y coed ac yn saethu Teo. Doedd o ddim eisiau meddwl am Teo funudau cyn hynny'n chwarae pêl-droed. Felly meddyliodd yn lle hynny am Aqualung. Neu nid am Aqualung, sylweddolodd yn sydyn. Roedd Aqualung ei hun bellach wedi hen ddiflannu o'r stori. Stori Niloufar oedd hi, bellach. Rhyfedd fel mae cymeriadau yn cymryd drosodd weithiau. Meddyliodd Daniel am y stori hyd yma. Roedd Guanyin wedi perswadio Poseidon, o leiaf, i atal y frwydr. Ond a fyddai'r lleill yn gwrando? A fydden nhw'n derbyn gorchymyn gan eu brawd, neu oedden nhw'n credu yng nghyfiawnder y frwydr ac eisiau dal i fynd? Cofiodd Daniel stori Miko, am yr awyr yn mynd i hwyl, ac yn dal i felltu a tharanu ymhell ar ôl i'r peiriant gael ei ddinistrio. Meddyliodd am ei ymgais aflwyddiannus ei hun i atal y frwydr. Weithiau mae pobl yn dewis trais. Weithiau does dim dewis ond trais. Oedd hynny'n wir? Wyddai o ddim. Wyddai Daniel ddim byd o gwbl, ond bod gan Ra fellten yr oedd yn ysu am ei thaflu.

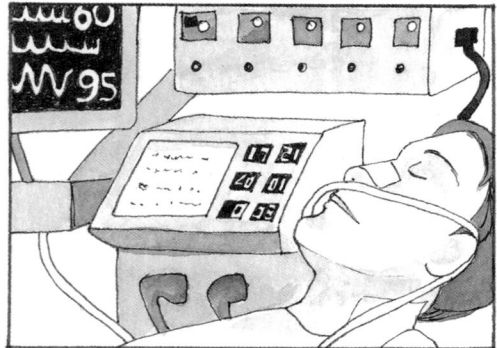
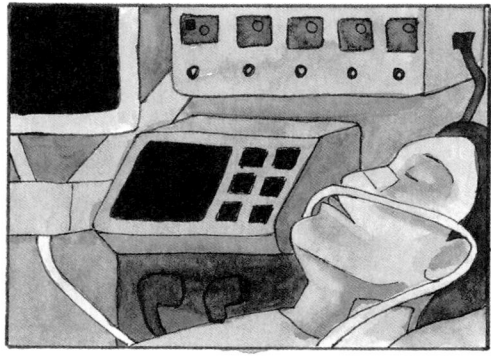

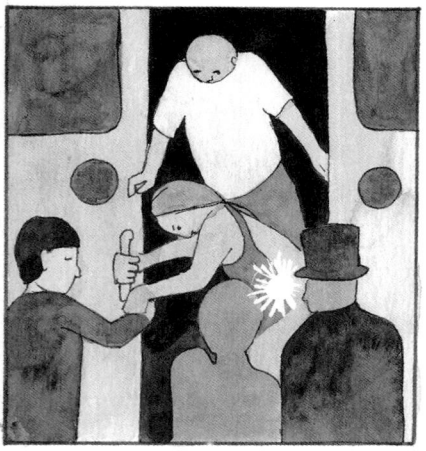

32

Pan ddaeth y nendyrau i'r golwg ar y gorwel, edrychodd Nick ar ei fab, oedd yn eistedd a'i lygaid ar gau yn nhu blaen y cwch, a'i law yn llaw Rani. Tydi bywyd ddim yn troi allan fel ti'n ddisgwyl, synfyfyriodd wrtho'i hun. Gobeithiai y byddai Daniel yn maddau iddo am saethu'r gwarchodwr. Gwyddai i sicrwydd y byddai'n gwneud yr un peth eto pe byddai'n rhaid. Roedd wedi'i achub ei hun, ei fab, Rani, a'r pentrefwyr eraill trwy saethu'r dyn ifanc. Ond doedd hynny ddim yn golygu bod ei gydwybod yn glir. Roedd Nick yn ddigon hen i wybod eisoes bod realiti bywyd yn medru bod yn flêr ac yn hyll, a bod rhai amgylchiadau lle nad oedd dewis da yn bodoli, dim ond dewis oedd ychydig yn llai drwg. Beryg bod Daniel wedi dod i ddeall rhywbeth am hynny hefyd yn ddiweddar. Teimlai falchder tuag at ei fab, yn gymysg â'r pryder amdano. Dylai roi mwy o gyfrifoldeb iddo, meddyliodd. Gwrthododd feddwl am y dyn ifanc yr oedd wedi ei saethu, dim ond ychydig flynyddoedd yn hŷn na Daniel. Fe fyddai'n rhaid iddo, fe wyddai. Rhywbryd, ond nid rŵan.

Ar y foment honno, wrth ddod yn nes at y tyrau, gwelodd fod rhywbeth tywyll wedi ymddangos fel gwregys o amgylch canol un ohonynt. Paneli solar! O ble cawson nhw'r rheiny? A sut wnaethon nhw lwyddo i'w codi nhw mor gyflym? Doedd ganddyn nhw ddim cwch i fynd i chwilio am baneli solar! Rhaid bod rhywun newydd wedi cyrraedd tra oedd o i ffwrdd. Rhywun efo cwch, oedd yn gwybod ble i gael paneli solar, trwy ryw ryfedd wyrth. Gwenodd Nick. Doedd dim rhaid iddo boeni bod pethau'n dirywio yn ei absenoldeb, wedi'r cyfan. Yn sydyn, roedd ar dân eisiau cyrraedd yn ôl i gael gwybod beth oedd wedi bod yn digwydd.

Pan ddaeth y nendyrau i'r golwg ar y gorwel, edrychodd Rani arnynt a theimlo cymysgedd o emosiynau. Sut groeso a gâi hi gan ei mam, tybed? Beth ddywedai ei chwiorydd? Roedd hi wedi rhedeg i ffwrdd gyda bachgen gwyn. Wedi treulio nosweithiau yn ei gwmni, heb neb arall. Fe wyddai hi na wnaeth unrhyw beth o'i le, ond a fyddai ei theulu yn derbyn hynny? Edrychodd ar Daniel. Beth oedd hi'n ei deimlo amdano? Roedd o'n ffrind. Yn fwy na ffrind. Roedden nhw wedi achub ei gilydd, droeon. Roedd 'na rywbeth rhyngddyn nhw oedd yn gryfach na hoffter o storïau antur a manylion technegol. Ond beth oedd y peth hwnnw? Teimlai Daniel yn debycach i aelod o'r teulu nag i ffrind arferol. Fel brawd. Ond y gusan 'na. Roedd hynny wedi drysu Rani. Doedd o ddim yn amhleserus. Ond allai hi ddim croesawu'r peth chwaith. Wyddai hi ddim beth i'w feddwl.

Edrychodd ar y tŵr arall, lle bu hi'n byw cyhyd. Lle gwag, llwm. Bedd ei thad. Daeth dagrau i'w llygaid. Fyddai o wedi medru ei helpu hi i ddeall. Fyddai hi wedi medru dweud unrhyw beth wrth ei thad. Fyddai o byth yn beirniadu nac yn collfarnu. Fyddai o wedi medru ei helpu hi i benderfynu a ddylai hi garu Daniel neu beidio. Ond yn gymysg â'r dryswch a'r tristwch a'r ofnau am beth ddywedai ei theulu, sylweddolodd Rani fwy na dim ei bod wedi blino. Roedd hi'n llwglyd, ac wedi blino, ac roedd hi'n edrych ymlaen at bryd o fwyd a chael cysgu mewn gwely mewn ystafell gyda ffenestri a dim bygythiad amlwg yn erbyn ei bywyd. Beth bynnag arall a ddigwyddai, byddai'n dda cael amser mwy normal am gyfnod.

Roedd y môr yn llonydd fel gwydr wrth ddod i olwg y tyrau, a gellid gweld y strydoedd islaw yn y dŵr bas. Edrychais i'r dyfnder. Roedd fel bod mewn awyren yn edrych i lawr, ond bod y strydoedd yn wag o bobl, a physgod yn hedfan islaw, yn lle colomennod. Roedden ni'n dilyn y stryd fawr, ac roedd y dŵr mor glir fel y gellid darllen yr arwyddion uwchben drysau rhai o'r siopau. Yn sydyn, cefais ysfa i nofio. Estynnais y gogls o fy mhac, a'u gwisgo, a chyn i neb sylwi beth oeddwn i'n ei wneud, plymiais i'r dŵr.

'Dan!' gwaeddodd Nick. 'Be ti'n neud? Mi ydan ni bron iawn yno!'

'Mi nofia i weddill y ffordd!' gwaeddais, gan godi fy mhen uwchben y dŵr. Cymerais anadl ddofn a phlymio i lawr i archwilio'r stryd.

Edrychodd Nick ar Rani, cododd ei ysgwyddau, a gyrru'r canllath olaf i'r harbwr yn y nendwr, gan adael Daniel i nofio'r strydoedd.

Plymiais i lawr at y toeau islaw. Roedd siapiau bychain meddal ar hyd arwynebedd y teils. Rhywbeth lliw golau yn tyfu. Cwrel! Edrychais o gwmpas. Roedd y styd bron yn union fel yr oedd cyn i'r dŵr godi, ond bod byd arall yn dechrau ffurfio fel haen arall dros yr wyneb. Roedd bysedd bach tyner o gwrel pinc ac oren yn pwyntio at olau'r haul, ac anemonïau fel blodau yn blaguro ar silffoedd ffenestri. Heigiai pysgod bychain rhwng arwyddion ffyrdd a goleuadau traffig. Cyn cael cyfle i archwilio ymhellach, roedd yn rhaid dod i fyny i anadlu. Torrais yr wyneb a chymryd llwnc enfawr o aer, cyn plymio yn ôl i lawr. Es yr holl ffordd i lawr i lefel y stryd y tro hwn, ac edrych i mewn i ffenest siop. Cefais sioc o weld rhywun yn edrych yn ôl o'r ffenest, â llygaid treiddgar, deallus. Octopws. Un mawr. Roedd ei freichiau yn cyrlio o'i amgylch, ac roedd yn edrych i fyw fy llygaid. Cefais y teimlad fy mod mewn acwariwm, a'r creadur yn syllu'n chwilfrydig arnaf o ochr arall y gwydr. Yna'n sydyn, tywalltodd yr octopws ei hun â symudiad hylifol i gefn y ffenest ac allan o'r golwg. Codais i'r wyneb am aer. Pan blymiais yn ôl i lawr doedd dim golwg o'r octopws, ond gwelais fod sbyngau yn dechrau tyfu ar ganol y stryd, a chwrel yn ymgartrefu ar y cerflun draig y tu allan i'r bwyty nŵdls.

'Mae'r stryd yn troi'n riff!' meddyliais.

Gorweddais ar fy nghefn, ac arnofio ar wyneb y dŵr, gan syllu ar gymylau bach gwyn yn yr awyr las. Meddyliais am Suri a'r plant oedd wedi ein harwain ni at Miko. Gwnes addewid i mi fy hun y byddwn i'n mynd i chwilio amdanyn nhw'n fuan. Meddyliais am Miko, a'i brawd, am y bobl ar Ynys Halen, am y jyngl yn llosgi, am y tai o dan y dŵr a'u hatgofion suddedig. Meddyliais am y bywyd oedd gen i cyn i hyn i gyd ddigwydd, a phopeth oeddwn wedi ei golli. Meddyliais am Mam, a Nain a Taid, a fy ffrindiau yn ôl yng Nghymru, fy ffrindiau yn yr ysgol ar yr ynys cyn i'r môr lyncu pob dim. Meddyliais am Teo a Hai Hien. Meddyliais tybed sut allai cymaint fod wedi digwydd i rywun mor ifanc. A meddyliais am Rani, wedi coll ei thad, yn byw yn y tŵr gwag, yn graddol redeg allan o fwyd, popeth roedd hi a'i theulu wedi byw trwyddo. A hithau wedyn yn dewis dod gyda fi i chwilio am Dad. Oni bai amdani hi, fyddwn i wedi goroesi'r daith? Rydw i'n lwcus iawn i gael ffrind mor dda.

Wrth nofio am yr harbwr yn y nendwr, sylweddolais fy mod yn edrych ymlaen at gyrraedd adref. Adref, meddyliais. Roeddwn i wedi arfer meddwl am y tŵr fel carchar, pan oedd Dad yn gwrthod gadael i mi fynd allan, a phawb yn fy nhrin i fel plentyn. Ond dwi'n gwybod yn awr bod ffrindiau yno'n aros amdanaf fi, a bwyd a chysgod. Dwi'n medru dychmygu dyfodol yn awr. Dyfodol lle'r ydw i a Rani yn gweithio efo'n gilydd, ac yn cael ein parchu gan yr oedolion.

Mi wnes i fwynhau dysgu am y systemau dŵr efo Melissa, ond dwi'n dychmygu rhywbeth arall, erbyn hyn. Dau dŵr, yn medru cynnal eu hunain, ac allforio bwyd i bobl mewn llefydd eraill. Dau dŵr yn gartref i gannoedd o bobl, pawb a'i waith a'i gartref a'i gyfraniad i'w wneud. Dau dŵr yn sefyll ysgwydd yn ysgwydd gyda'n ffrindiau ar Ynys Halen, gyda phobl afon O, gyda phobl y cychod. Pobl y tŵr yn rhan o gymuned o gymunedau, yn cefnogi a chyfnewid. Trwy uno â'i gilydd, gall y bobl gyffredin amddiffyn eu hunain rhag y Baracwda, eu gorchfygu! Dwi'n dychmygu'r ddau dŵr yn llawn bywyd, pobl, tyfiant planhigion, anifeiliaid, yn hafan ddiogel yng nghanol y môr, gyda phont yn uno'r ddau.

Dwi'n gweld y bont. Fydd hi ddim yn strwythur sgleiniog gwydr a dur, fel y tyrau eu hunain. Byddai deunyddiau felly'n amhosibl i'w cael. Bydd rhaid chwilio am bethau i'w hailgylchu o'r ddinas islaw'r dŵr. Dwi'n dychmygu strwythur pren gyda chadwyni neu geblau'n ei glymu i'r ddwy ochr. Gallai fod yn fwy na phont. Mwy fel platfform rhwng y ddau dŵr. Lle i dreulio amser y tu allan yn yr haul. Lle i dyfu mwy o gnydau, efallai, neu ardd i ymlacio ynddi. Byddai'n siglo yn y gwynt, efallai, ond roeddwn yn siŵr y gellid gwneud rhywbeth digon cryf i fod yn ddefnyddiadwy, efo help arbenigol Nick a'i ffrindiau. Byddai'n uno'r ddau dŵr yn bentref, hanner ffordd i fyny i'r cymylau.